バチカン奇跡調査官

千年王国のしらべ

藤木 稟

角川ホラー文庫
16945

目次

プロローグ　復活の時

1

石造りの古い地下墓所。

代々のアントニウスたちが眠る霊廟の一角に、わずか八十センチ四方程度の小さな祭室がある。

石の扉を開けばすぐに迫る三方の壁と天井には、キリスト受難の物語をモチーフとしたモザイク画が描かれている。正面には石を積んだだけのテーブルがあり、二個の燭台と十字架が飾られてある。

「瞑想の祭壇」と呼ばれるその祈りの場所で、アントニウス十四世は今日も立ち続けていた。

この部屋と同様、余計なもの全てをそぎ落としたかのような、あばらの浮いた体に、そげた頬をした青年だ。

浅黒い肌とカールした黒髪はつややかに光り、妖しいほどに若々しいが、額と眉間には老人めいた苦悩の皺が刻まれている。秀でた額が知性を宿す一方、眼光は猛禽類のように猛々しい。

過酷な修行の結果なのか、その表情は喜怒哀楽に乏しい。アルカイックスマイルを浮かべたエキゾチックな顔つきはきわめてミステリアスだ。

今、静かに両手を組み、瞑想を続けるアントニウス十四世の横顔には、一台のビデオカメラが向けられていた。そのせいで祭室は一層狭くなっていたが、アントニウスは気にしなかった。

ただ一心に祈りを捧げる彼の額には、重い疲労による汗がにじんでいる。この牢屋のような狭い部屋で長時間動かず立ち続けること自体、並の者にはできない苦行なのだ。

肉体が軋んで悲鳴をあげても、アントニウスは祈りをやめなかった。

苦しみが何度かの限界に達したと思われたとき、アントニウスはさわやかな風を感じた。この地下祭室に一陣の春風が吹き込み、芳しい草原の香りを運んで来たような心地がする。

アントニウスは運命の春の出来事を思い出し、微笑んだ。

始まりは十五歳の春だった。

彼は敬虔なカソリックの家庭に生まれ、シャイな友達思いの少年として平凡に暮らしていた。その当時の名前をマルコム・ブーレといった。

だが、運命の輪は突然回り始める。

ある日、マルコムは家族とともに教会の慈善パーティに出かけ、歌や踊りや食事を楽しんだ。そして弾んだ足取りで、近くの湖に浮かぶボートに一人乗り込んだのだった。

穏やかな夜風が水面を撫で月あかりを揺らすのを、目を細めて眺めていたときだ。

突然、水中から魚の顔をした男がぬっと現れたのだ。

パニックで凍りついたマルコムの服を、水中の男はものすごい力で引っ張ってきた。マルコムは必死でボートにしがみついたが、男の怪力には勝てそうにない。

マルコムは喉を振り絞り、助けを求めた。だが、両親もパーティ会場の人たちも、湖の異変に気付く気配はない。

ボートは激しく揺れて傾き、水面が間近に迫ってくる。

見ると、水中には得体の知れない魔物たちが、まだ何人もうごめいている。それらが鋭い歯をむき出したおぞましい顔で、マルコムを見つめて笑っている。

マルコムは思わず、「主よ、助けたまえ！」と叫んだ。

すると魚の顔の男はにやりと笑い、「主を捨て、悪魔に従うと言えば助けてやる」と言うではないか。

マルコムは懸命に首を横に振った。

「いいえ。主がおられるから、私がいるのです」

そう言った瞬間、マルコムの体は水中に引き落とされた。

肺の空気はみるみる無くなり、彼は恐怖に怯えながら死を覚悟した。

魔物に命乞いをすれば助かるかも知れなかったが、悪魔に従うなどと口にすることは、考えられなかった。

その時、「貴方(あなた)は試練をこえられた」と言う声が聞こえ、マルコムは部屋のベッドで目を覚ました。

そして彼は、昨夜両親と共に帰宅して、普段どおり寝床に就いたことを思い出し、湖のことがただの悪夢とわかって胸をなでおろしたのだった。

ただ不思議な夢を見たものだと思った。

だが、その日から一週間、彼は同じような夢を見続けたのだった。

毎夜毎夜、コウモリの姿をした魔神や、狒狒(ひひ)の顔をした奇怪な生き物が、彼の夢を訪れた。そして口々に、悪魔に服従するようにと彼に迫った。

魔神たちは、マルコムを燃える炎の中に落とすと脅したり、氷のつららが無数に落ちてくる洞穴に閉じこめたりした。

しかし、マルコムは彼らに従わなかった。

ある夜には、恐ろしいほど美しい魔女が現れ、優しげな言葉で彼を惑わせ、彼を主から遠ざけようとした。だが、彼は決して騙(だま)されなかった。

目覚めれば夢とわかるとはいえ、毎夜味わう恐怖は現実のものと変わらない。

マルコムは何度もとてつもなく恐ろしい思いをしたが、どのような恐怖も、彼に信仰を捨てさせることは出来なかった。

そのような日々が一週間続いた。

眠れば必ず悪夢を見るため、マルコムはすっかり寝ることが恐ろしくなっていた。寝付けないまま朝方を迎え、ようやく眠りに入ったときだ。

夢の中に、川の中州に立つ教会が現れた。

マルコムは川の畔に立って、教会を見詰めていた。

すると神々しい光が水面にみなぎり、そこにさび色の衣と、えんじ色の外衣をつけた聖人の姿が現れた。

聖人は水の上に浮かぶように立ち、マルコムに向かってほほ笑んだ。

「恐れることはない。私は聖アントニウスである。私の名は貴方も知っているであろう。ここに姿を現したのは、貴方に知らせを告げる為である」

アントニウスと名乗る聖人の声は、透きとおった鈴の音のように清らかであった。

「よく聞きなさい。私は貴方、貴方は私である。貴方は今から教会に赴き、そのことを知らせなければならない。その教会とは他でもないラプロ・ホラ教会だ。

貴方はこの教会において様々な奇跡を行い、人々に主イエス・キリストの存在を示すのである。その為に、貴方は私であることを教会の者達に認めさせねばならない。さあ、よく見なさい。これらの物を貴方が選別することが出来たならば、彼らは貴方が私であることを認めるであろう」

そこまで告げると、聖人は一つの指輪を示した。それは赤い石のついた銀の指輪であり、彼の右手の中指に塡っていた。

「この指輪を示し、私と同じようにはめなさい」

それから次にロザリオが示された。ロザリオの十字架には、色とりどりの宝玉が埋め込まれていた。

聖人は、ロザリオを左手に持って言った。

「貴方はこのロザリオを手に取り、『後ろのものを忘れ、前のものに全身をむけます』と言うのです」

言われたマルコムは、ひたすら驚きと畏れに圧倒され、声はおろか、物音ひとつ立てることさえできずにいた。そして、ただ懸命に聖人の言葉を聞き、深く頷いた。

「貴方はまた、私の着ている衣を良く見ておかねばならない。それが貴方が私であるという証拠となるからである」

聖人に言われ、マルコムは再び声もなく頷いた。そして、目の前の聖人が着ている衣をしっかりと確認した。

「さあ、行って、主キリストの為に働くのです」

聖アントニウスのこの言葉を聞くなり、マルコムの頭の中には今まで見たこともない風景や言葉が湧いてきた。

広がる砂丘や、古い石造りの教会、暗い地下墓所、ピスピルの岩砦――それは聖アントニウスが暮らしていたとされるエジプトの風景に間違いなかった。

そして十五歳のマルコム・ブーレは、自分が聖アントニウスの生まれ変わりだというしっかりとした意識を持って目覚めたのであった。

マルコムはこの夢の内容を両親に告げ、ただちにラプロ・ホラ教会を訪ねた。そして、彼の前にずらりと並べられた十字架や香炉、ストラ、指輪、冠などの古めかしい品々の中から、いくつかの物を選別してみせた。

いずれも夢の中で聖アントニウスから示され、よく覚えておくようにと言われたものであった。

そして赤い石のついた銀の指輪を指にはめ、宝玉が埋め込まれたロザリオの十字架を取り上げて、誓いの言葉をこう述べた。

「後ろのものを忘れ、前のものに全身をむけます」

するとラプロ・ホラ教会の神父達は驚異と喜びの表情を浮かべて、マルコムをアントニウス十四世と認め、教会に受け入れたのであった。

それ以来、彼はアントニウス十四世となり、厳しい修行の日々を過ごしてきた。

聖人アントニウスが行った修行はほとんど網羅しただろう。

そうしていく内に、アントニウス十四世にも、主イエス・キリストのお告げが下るようになっていった。

すなわち、彼の前にキリストが現れ、いつ、どこから、どんな病人が来るのかを告げ、その病人を治すための祈禱（きとう）の言葉を教えたのである。そしてそれは、いつも言葉通りに現実となった。

――今もまた、その時が来た。

アントニウス十四世は、主が姿を現すであろうことを感じていた。

蠟燭の光が眩しくなり、静かな歌声のようなものが微かに響いてくる。

空気が澄み渡り、すうっと、体が軽くなるのを感じた。

主が来られたのだ。

光がアントニウスの前面に出現し、その中にキリストの姿が現れた。

「万能なる我が主よ、御用ですか」

アントニウスがそっと尋ねると、キリストは威厳に満ちた佇まいで頷いた。

そしてキリストの御声が辺りにこだました。

「私の名において許します。バチカンから来た使者を癒しなさい。貴方の頬を彼の頬につけ、胸を胸につけ、腹を腹につけるのです。そして耳から命の息を三度吹き込み、『イエス・キリストの御名によって命ずる。汝よ蘇れ！』といったならば、彼は癒されます」

「はい。仰るとおりに致します」

アントニウス十四世が頭を垂れると、キリストは微笑み、天上へと昇天したのだった。

2

けたたましい足音が鳴っていた。

ストレッチャーの金属音が響いていた。

医療機器がアラーム信号を発するたび、緊迫した怒号が飛び交う。

集中治療室の窓から見える光景が、ロベルトには歪んだ幻のように感じられた。

あわただしく動き回る医師と看護師達の間から、白いシーツとぐったりした平賀の腕が垣間見える。

本当にこれは現実なのだろうか？

ロベルトは息を整え、再び集中治療室の中に平賀の姿を探した。平賀の顔は酸素マスクで覆われてほとんど見えなかった。

そのとき、ベッドサイドモニターのランプが赤く点滅した。

「患者が危篤状態になりました！」

悲鳴のような声が響いた。

ロベルトはよろめき、廊下をあとずさった。

友が苦しむ姿を正視できなかった。

これから起ころうとしている恐ろしい出来事に怯え、ロベルトは絶望の淵に立たされた。

＊　　＊　　＊

「神父様。患者の側にいらっしゃって下さい」

治療室のドアが開き、医師の声が聞こえた。

いよいよ「その時」が来たようだ。

ロベルトは頷き、ふらつきながら立ち上がった。

それでも神父として身についた所作は自然と出てくるものだ。

ロベルトはドアを前にして、「この場所に平和のあらんことを、この道より平和は入り込むであろう」と、唱えていた。

それからロベルトは聖書を片手にしながら、十字架が刺繍(ししゅう)された白いストラを首からかけた。

肩には、蠟燭と聖水、そして種なしパン(ホスチア)の入った容器・プルサを入れた鞄(かばん)を提げている。いずれも平賀に回復の見込みがないとわかった時、用意されたものであった。

そっとベッドの脇に近づくと、平賀は酸素マスクをつけ、引きつるような苦しげな息をしていた。その体のあちこちに、その美しい顔にもみみず腫(ば)れのような帯状発疹(ほっしん)が出ていた。

過激なサタニストの一派が、彼に生物化学兵器を使用したのである。

元来、奇跡調査は危険を伴う任務だ。特に政情不安定な国では尚更(なおさら)である。そんなことは重々理解しているつもりだったが、現実の重みに、ロベルトは押しつぶされそうだった。

死を前に狼狽(うろた)えるなど、宗教者失格である。死はキリストの元へと生まれ変わる第二の生なのだから、祝福すべきことだ。

だが、実際に親しい者の死を前に、そのように割り切ることは難しい。かけがえのない友人ならば尚更のことだ。

いっそ信仰を捨て、神を罵りたいほどのやり場のない腹立ちがロベルトの中にはあった。

だが、仮に今の立場が逆で、死にゆくのが自分の方ならば、平賀はロベルトの枕元に立ち、その魂の平穏を純粋に祈ってくれることだろう。

ならば自分もそうするしかない。

平賀のために今できることをしなければならない。

「平賀神父」

ロベルトが平賀の耳元に呼びかけると、平賀はかろうじてうつろな視線をロベルトに向けた。

そこにはもう生の力強さはなく、彼が確実に死の淵に足をかけているだろうことが窺われた。

ロベルトは胸にぐっと突き上げてくる感情を抑えながら、平賀に訊ねた。

「ゆるしの秘蹟を受けるかい？」

平賀はロベルトを見詰め、微かに頷いた。

ロベルトは鞄の中から蠟燭を取り出すと、枕元の小卓の上に置き、火を灯した。

そしてプルサを蠟燭の前に置いた。

片膝をつき、主に祈りを捧げる。

そののち、鞄から聖水を取りだし、瀕死の平賀に振りかける。

正面に一度、左に一度、右に一度、そして周囲の壁や床にまで、聖水がなくなるまでそれを続けた。

「平賀神父、聖餐を受けることはできるかい？」

平賀は瞳を瞬いて、その意志をロベルトに告げた。

「平賀神父の酸素マスクを外して下さい」

ロベルトの言葉に、医師達は素直に従った。

平賀は何か言いたげであったが、もう口を利く力は残されていない様子であった。

ロベルトは瀕死の平賀の脇に侍って、彼の代わりに告白の祈りを唱え、彼の名で悔悛の秘蹟を捧げ、彼の現世の罪からの赦しを乞うた。

「メアクルパ（我が過ちなり）。メアクルパ、メアクルパ」

ロベルトは嘆願の祈りを行った。

平賀に告白すべき罪など、ロベルトには思いつかなかったが、とにかく平賀の心の中に一抹でも罪を犯したという不安があるとしたら、死を前にそれを払拭する為に、全能なる主の御前で心の中を打ち明けなければならない。

「バイタル、急激に低下」

背後で声が響く。心臓が凍り付きそうだ。

ロベルトはプルサの中から種なしパンを取り出し、それを平賀の唇の近くへと運んだ。

平賀が懸命な表情で、唇を開こうとする。

だが、なかなか唇は開かない。平賀が助けを求める表情でロベルトを見た。

「脈拍、危険域です」

ロベルトは親指と人差し指で、平賀の唇の端を摑み、ゆっくりと力を入れた。

平賀の唇が少し開く。

ロベルトはそこに、種なしパンを差し込んだ。

その途端、不規則な音を立てていた平賀の生体情報モニターがけたたましい音を立てたかと思うと、ピタリと止んだ。

「心停止しました」

その声を聞くなり、ロベルトはむせかえった。

涙がとめどなく目からあふれ出す。だが、そこに悲しいとかつらいといった感情は伴っていなかった。おそらく魂が麻痺でもしているのだろう。

うつろな静寂が、永遠に続くかのように思われた。

その時である。

集中治療室の扉が、ガタリと開いた。

思わず振り返ったロベルトは、そこにアントニウス司祭の姿を見た。

褐色のアントニウスが白い腰布だけを身に着け、左手にロザリオを掲げ持ち、口元に幽かな微笑みを浮かべて立っている。

その姿は、暗い廊下と橙の非常灯とが作る陰影と相まって、ロベルトにレンブラントの宗教画を連想させた。

「ロベルト神父、平賀神父、お喜び下さい。アントニウス司祭様が、主のお告げによりここにかけつけられたのです」

アントニウスの背後から、イヴァン神父が現れて言った。

アントニウスはその言葉に頷き、優雅な足取りで平賀の枕元に近づいてきた。

そしてロベルトの体を平賀から少し離れるようにそっと押した。

ロベルトはなされるままだった。

アントニウス司祭が、巷で騒がれているような奇跡を起こすとは思えないが、平賀に関してはこれ以上最悪なことになりようがないのだ。この期に及んでは、奇跡の力が本当にアントニウス司祭に宿っていてほしいぐらいであった。

ロベルトの視線の先で、アントニウス司祭は、ぐったりと動かない平賀を見詰め、その頬に自分の頬を押し当てた。

そして胸に胸を、腹に腹を押し当て、耳から命の息を三度吹き込んでから、平賀の耳元で囁いた。

「イエス・キリストの御名によって命ずる。汝よ蘇れ！」

ロベルトをはじめ、部屋にいる人々は誰もが緊張して微動だにすらせず、これらを見守っていた。

凍りついたような静けさが数十秒続いた。

そして突然、静寂を破って、「ひーっ」と、強く空気を吸い込む音が響いた。

平賀だった。平賀が瞳を見開き、はあはあと大きく息をし始めたのだ。

呼吸や心拍を映すベッドサイドモニターも、規則正しい信号音を立て始めた。

一人の医師が慌てて酸素マスクを平賀につけようとすると、アントニウス司祭がそれを止めた。

「およしなさい。彼はもう大丈夫です。主の息が彼の中に入られたのだから」

その言葉どおり、平賀の息は安定した様子であった。

「平賀！　大丈夫なのか？　僕がわかるか？」

ロベルトは平賀の側に寄って、その顔を覗き込んだ。

平賀は何度か瞬きをし、ロベルトに向かってゆっくりと頷いた。

「心肺、呼吸、異常ありません！」

「バイタル、安定しています！」

看護師たちの興奮した声が治療室に響いた。

（なんてことだ……！）

ロベルトは目の前で起こった信じられない出来事に、動揺と驚愕を感じつつも、とにかくアントニウス司祭への感謝の念が込み上げてくるのを覚えずにはいられなかった。

「アントニウス司祭、ありがとうございます」

ロベルトは思わずアントニウス司祭に礼を言っていた。

「私の力ではありません。主イエス・キリストが私に命じて行わせたことです。感謝は主に……」

アントニウス司祭は、少しも自分の力を奢(おご)ることのない様子でそう言うと、静かに集中治療室を出て行った。

「ああ、本当によろしかったですね、お二人とも……」

イヴァン神父もこの奇跡に涙ぐみ、胸元で十字を切った。

医師や看護師たちも口々に主への感謝の言葉を述べて、この奇跡を喜んだ。

ロベルトは目の前で行われたこの出来事について、どのように考えてよいのか、皆目わからなかった。

平賀の容体が安定したのを確認した医師たちが、一人二人と去っていく。治療室に残されたのは、平賀とロベルトだけであった。

そのままどれぐらいの時間が経っただろうか。

「……私は一体、どうしたのですか？　よく覚えていないのです……」

ベッドの中から平賀の掠(かす)れた声がした。

「平賀、もうしゃべれるのかい？」

「はい、多分……。まだ喉(のど)が痛みますが……」

平賀はさっきまで危篤だったことが嘘のように、しっかりした目つきで答えた。

「無理をしちゃいけない。君は一度、心停止して死にかけたんだ」

「……そうだったんですか。でもなぜ私が心停止を？」

「君は過激なサタニストグループに拉致(らち)されて、生物化学兵器を浴びせられたんだ」

「……思い出しました。私は『サタンの爪』の連中に、化学工場に連れて行かれて、ガス状の毒物をかがされたんです」

「君はショック状態で発見されて病院に担ぎ込まれたんだが、解毒剤もなく治療の手掛かりもなくて、危篤状態が二日間続いたんだ。そしていよいよ心停止したとき、アントニウス司祭がやって来た……」

するると平賀は空中の一点を、じっと見詰めた。

「そう言えば……私は天使を見ました。光のトンネルのようなものに吸い込まれて、気がつくと、天使が私を見詰めていたのを覚えています。とても……美しい世界でした。やはり天国は存在しますね、ロベルト神父」

平賀はニッコリ微笑んでロベルトを見た。

「ところで、私たちはアントニウス司祭に奇跡を起こす力があるかどうか、調査中だったはずです。今回のケースについてはどうでしたか？　もしアントニウス司祭が奇跡を起こさなかったら、客観的に見て私は死んでいたでしょうか？」

平賀の問いかけに、ロベルトはそれまでの長い迷いを吹っ切ったように、大きく頷いた。

「間違いない。アントニウス司祭は奇跡を起こした。彼こそは聖人にふさわしい」

第一章　イエズス会からの申し出

1

バチカン市国はイタリア・テベレ川の右岸に位置する、面積〇・四四平方キロ、人口八百三十二人、独自の行政・司法・財務機関を持つカソリックの独立国だ。

世界最小の独立国といえど、全世界に散らばるカソリック信徒十一億八千万人の信仰のよりどころとして全世界に強大な影響力を持っている。

その日のバチカンは、全国から集まったカソリック信徒や観光客でごった返していた。

カソリックの二大祭典の一つ、復活祭のクライマックスであったからだ。

聖週間と呼ばれるこの期間には、イエス・キリストがエルサレムに入城してから十字架にかけられ、復活するまでを記念した、様々な祭典が行われる。

キリストを迎えた群衆が棕櫚(しゅろ)やオリーブの枝を道に敷いたことから、枝を掲げて宗教行列を行う「受難の主日の典礼」。

聖油の祝別(しゅくべつ)を行って司祭らの使命を新たにする、サンピエトロ大聖堂での聖香油の合同ミサ。

ヨハネ大聖堂で行われる、最後の晩餐(ばんさん)のミサでは、キリスト自らが弟子の足を洗った故事にならい、法王が十二人の司祭の足を洗われたりする。続いて、キリストの十字架上での死を記念する「主の受難の祭儀」。ここではことばの典礼や十字架の崇敬、聖体拝領が行われる。さらにその夜は、ローマのコロッセオで「十字架の道行き」が行われる。

町には棕櫚とオリーブの枝が飾られたり、店のショーケースにコロンバ(鳩)のケーキや色とりどりのイースターエッグが並んだりしている。

大聖堂前にはオランダから寄贈された花々で構成された春の庭園が造られていて、その美しさが人目を引いていた。

こうしたすべての準備や祭儀は、聖土曜日の夜に大聖堂で行われる「復活の徹夜祭」から、復活祭当日の「復活の主日」のミサ、法王の祝福「ウルビ・エト・オルビ」にかけて、宗教的熱狂のピークを迎えるのだ。

「キリストが復活しなかったのなら、私たちの宣教は無駄であるし、あなたがたの信仰も無駄です」と、聖パウロが「コリントの信徒への手紙」で述べているように、キリスト教はイエス・キリストが復活したことを信じるところから始まっている。

イエス・キリストの死への勝利は、キリストを信じる者にとって、死から生命への「門」である。このことによって人々に及んだ救いを自覚し、己がそうしたキリストの慈悲を受けて生きていることを想起し、信仰へと己を鼓舞する日なのである。

キリスト教徒であることの喜び、主による救済への希望は、イエスの復活に根拠を持っている。この日以上に喜ばしく祝われるべき日は信者にとっては存在しない。それ故に、復活の徹夜祭はカソリックにおいては、「全ての聖なる徹夜祭の母」と呼ばれているのである。

復活の徹夜祭は移動祭日で、「春分の次の満月に続く土曜日」と定められている。

聖土曜日の夜九時、いよいよ徹夜祭が始まった。

サンピエトロ広場には祭壇と客席が設けられていたが、立ち見でも入りきらないほどの巡礼者や観光客が、芋洗い状態で道にあふれだしていた。

バチカンの聖職者たちも、式典の準備に精を出している。

式典に参加する人々に配られる蠟燭を並べたり、巡礼者の通行を整理したりするのだが、巡礼者の中には列を乱したり、興奮から暴れたりする者などもいる。そのたびにスイス衛兵とイタリア警察が飛んできて、ひと騒ぎになるから厄介だ。

特に今年の警備は厳重で、あちこちで人々を注意する声や、争う声があがっていた。

警備兵たちが今年、神経質になっているのは、複数のサタニストの集団から、法王を狙うテロ予告が届いているせいでもある。

実際、前法王ヨハネ・パウロ二世が狙撃されたにもかかわらず、その事件の真相が未だ不明という不名誉な過去が、バチカンにはあった。

それは一九八一年五月十三日水曜日、十七時過ぎのことである。

前法王ヨハネ・パウロ二世は、サンピエトロ広場に集まる巡礼者たちと触れ合うため、大聖堂の左、鐘の門の裏手で、白い大型のオープンカーに乗り込んだ。

同乗したのは数名の側近、身辺警護を担当する数人の私服警官であった。

法王の乗った車が広場に姿を現すと、二万人の群衆がそれを出迎え、熱狂して大歓声を上げた。

車は手を振る法王を乗せて、木の柵で仕切られたルートに沿いながら、信者の列のあいだをゆっくりと進んでいった。

時には法王が車を降り、巡礼者たちと触れ合うこともあるため、車の側や広場の各所にも法王の警備兵たちが目を光らせていた。

二十分ほどで広場を回り終えた車は、ブロンズ門のわきまでやってきた。

その時である。

四発の銃声が響き、サンピエトロ広場は混乱と悲鳴に包まれた。

法王は座席に倒れこんでいた。腹部を撃たれたのである。

運転手は車を急発進させ、法王は人工呼吸器を備えた救急車に移されて、ジェメリ総合病院に向かった。そのときの容体は、意識を失うほど重体であった。

後に法王が重体の身から復活をとげ、奇跡の法王として人気を博することになった点は、不幸中の幸いであった。

一方、サンピエトロ広場では、警官、私服警官、憲兵、公安警察などが総出になって、狙撃犯を追い詰め、取り押さえた。犯人はアリ・アジャというトルコ人であった。

アリ・アジャは貧民街の生まれで、若い頃に「灰色の狼」という組織に拾われ、射撃などの訓練を受けたという。そして、オマル・メルサンという商人と出会い、彼からベキル・セレンクという大物を紹介された。

そしてその男から、法王暗殺の依頼を受けて金と武器を提供された。

アリ・アジャはそのように自供したが、自供を裏付ける証拠は、どこからも出てこなかった。

警察当局は、アリ・アジャの自供はあてにできないものだと結論づけた。

そして法王暗殺を依頼したとされるセレンクも、一九八五年十月十四日、アンカラの刑務所で不可解な心臓発作により死亡する。

国際警察をはじめ、世界中のあらゆるメディア関係者が、誰が何の目的で法王を暗殺しようともくろんだのかを追及しようとしたが、真実は未だに不明である。

このとき犯罪組織として名前があがった「灰色の狼」のみならず、社会に不満を持つ若者を犯罪に誘う組織、ギャング、テロ集団、カルト集団などは無数に存在している。そして彼らあるいは彼らを利用する者たちが、いついかなる理由で法王を狙ってくるか知れないのだ。

警備兵達が目を光らせる中、大聖堂では「光の祭儀」が始まった。

司祭達が新しい光を祝別して復活の蠟燭へと灯していく。おびただしい数の巡礼者達が、手に手に蠟燭を手渡され、その復活の蠟燭から火をもらっていく。

そして全ての蠟燭が高く掲げられると、キリストへの賛美の言葉がラテン語、ギリシャ語、その他、複数の言語に訳されて、サンピエトロ大聖堂のあちこちの祭壇で捧げられていく。

真っ暗な夜に、蠟燭の炎がゆらゆらと揺らめき、熱い夜が過ぎていった。

白いミトラを被り、白いスータンに法王紋が刺繡されたサッシュを締め、法王杖を手にした法王ベネディクト十六世が檀上にあがり、旧約聖書から過ぎ越しの日のことや、出エジプトの奇跡のことを朗読した後、新約聖書から二ヵ所を抜粋して、キリストの復活の物語を読み上げた。

続いて、法王によるミサの説教があった。

「二つの大きなしるしが復活徹夜祭を特徴づけています。第一のしるしは、光となる火です。それはわたしたちに、沈むことのないまことの夜明けの星であるキリストについて語ります。このかたによって光が闇に打ち勝ったからです。第二のしるしは水です。洗礼はわたしたちをイエス・キリストの死と復活にあずからせるのです。

復活徹夜祭のもうひとつきわめて本質的な特徴は、それがわたしたちを聖書のことばに広く触れさせてくれることです。

創造物語はわたしたちに語ります。万物の初めには、理性も自由も存在しなかったのではありません。むしろ、万物の起源は創造者である理性であり、愛であり、自由です。

信仰者であるわたしたちは、創造物語と聖ヨハネとともに答えます。初めにあるのは理性です。初めにあるのは自由です。だから、人間の人格であることはよいことです。拡大する宇宙の中で、最後に、宇宙のある一角に、理性を働かすことができ、被造物のなかに合理性を見いだそうと努め、また被造物のうちに合理性をもたらそうとする生物の種が形づくられたことは、偶然ではありません。

もし人間が宇宙の端のあるところで進化によって偶然生まれたものにすぎないなら、人間の生命には意味がなく、それどころか、それは自然をかき乱すものです。しかし、そうではありません。初めにあったのは理性です。創造者、神である理性です。

それは理性であるがゆえに、自由をも創造しました。そして、自由は自由であるがゆえに、濫用することも可能でした。被造物に敵対するものも生まれました。そのため、宇宙の構造と人間の本性を、いわば濃い闇の筋が貫きます。しかし、このような矛盾が存在するにもかかわらず、被造物は良いものであり続けます。そのため、世は救われることができます。

そのためわたしたちは、理性と自由と愛の傍に、すなわち神の傍につくことができ、またつかなければなりません。神はわたしたちを愛して、わたしたちのために苦しまれたからです。神の死によって、新しい、決定的な、回復されたいのちが生まれるからです。わたしたちは天地の創造主である神を信じます。そして、人となられ、苦しみを受け、死に、葬られ、復活した神を記念します。

この日を祝おうではありませんか。なぜなら、復活した主のおかげで、決定的なしかたでこういえるからです。理性は非合理よりも、真理はいつわりよりも、愛は死よりも強いと。

この初めの日を祝おうではありませんか。なぜなら、創造物語の最後の言葉が決定的なしかたで実現したからです。

『神はお造りになったすべてのものをご覧になった。見よ、それはきわめてよかった（創世記一・三一）』。アーメン」

無数の蠟燭（ろうそく）による光の渦が聖堂を満たしていく。

そして土曜の夜が更け、それが明けると、「復活の主日」は訪れるのだ。

救いの主は　ハレルヤ！
よみがえり給（たま）う　ハレルヤ！
勝ち鬨（どき）あげて　ハレルヤ！
御名（みな）を称（たた）えよ　ハレルヤ！
十字架をしのび　ハレルヤ！

死にて死に勝ち ハレルヤ！
生きて命を ハレルヤ！
人にぞ賜う ハレルヤ！

　この日まで四十日間歌われなかったハレルヤの詠唱が大聖堂にこだました。

　歓喜はピークに達し、人々は信仰への決意を新たに誓う。

　そんな中、ロベルト・ニコラス神父は晴れない気分と憂鬱を胸に抱え、熱狂する人々をどこか冷めた目で見つめていた。こんなおかしな気分になるのは、おそらく疲労のせいだろう。

　彼は神父服の襟元をそっと緩めて、深呼吸をした。

2

　式典が終わるとロベルトは体調不良を訴えて帰宅し、それから三日間、バチカンでの生活の中で初めて療養のための休暇を取った。そして自宅でたっぷり眠り、四日目にようやくいつもの日常に戻ったのだった。

　朝起きて軽い朝食を取り、自らの職場に赴く。

　ロベルトの職場は、バチカン宮殿内の秘密の部署・『聖徒の座』である。

そこはバチカン中央行政機構の『九つの聖省』の内、列福、列聖、聖遺物崇敬などを取り扱う『列聖省』に所属し、世界中から送られてくる『奇跡の申告』に対して厳密な調査を行い、これを認めるかどうかを判断して十八人の枢機卿からなる奇跡調査委員会にレポートを提出するところである。

身分証代わりの磁気カードで出入りが許されるその場所には、古めかしい装飾が残された壁や古書に囲まれて、最新式のコンピューターを設置する机がずらりと二百台あまり並んでいる。

古文書の翻訳をコンピューターに打ち込んでいるグループ。聖遺物と呼ばれる物を化学分析しているグループ。カルテやX線写真を取り囲んで議論しているグループ。そうしたグループがパーテーションごとに分かれて、隣には脇目もふらず自分たちの仕事に専念している。

ロベルトは暗号解読と民俗学の専門家であり、日々、発掘される様々な古文書の修復と内容解読にあたっていた。

彼が現在担当しているものは、一四八七年に書かれて以降三百年間にわたり「魔女狩り」という悪習を生み出した『魔女への鉄槌』の原本で、著者クレーメルとシュプレンゲルの直筆によるといわれるノート類、また彼らが著作の参考にしたとされる資料類すべての真贋と内容を確かめるという作業であった。

箱詰めにされた膨大な書類がロベルトの元に届いていたが、その中に歴史的価値が認められるものは数点で、他は後年作成された偽物、それも扇情的なネタだけが取り柄の醜悪な内容のものだったから、彼はこの作業にうんざりしていた。

仕事の効率があがらないことに苛立ちながらロベルトは立ち上がり、コンピューターと机の間をかいくぐって、休憩所に入った。

どんな戦場にも、心和む場所が必要である。

背の高い金属のパーテーションで一際隔離されるように区切られたその場所は、人が四、五人入れる程度の広さで、中にエスプレッソマシーンが置かれている。

ロベルトが機械のスイッチを押すと、蒸気の音がして泡立ったコーヒーがコップの中に注がれ、いい香りが立ちのぼった。

ほっと一息ついたとき、休憩所にもう一人の人物が入ってきた。ウドルフ捜査官である。

平賀達の科学班のチーフに就任した切れ者科学者だが、彼が敬虔なカソリックではないことは一目瞭然だった。金と名誉を求めてドイツからバチカンにやって来た、欲深い権威主義者と噂されている。

(嫌な奴と一緒になってしまった。飲んだら早く引き上げよう)

そう思っていたロベルトに、いきなりウドルフが近づいてきた。

「やあ、君は確かロベルト・ニコラス神父だね。私はウドルフ・ロバノンだ。それにしてもバチカンは不思議なところだね」

ウドルフは、ひそひそ声でロベルトに囁いた。

「どうしました、藪から棒に。バチカンに疑問でもお持ちですか？」

ロベルトは社交用の微笑を浮かべて応じた。

「ああ、大いにあるね。まず法王様も知らない三つのことだ。清貧を旨として無所有を掲げているフランシスコ会が欲深くてどれだけの財産を持っているか、法王様への従順を誓ったイエズス会員が本当は何を考えているのか、そして女子修道会がいくつあるのか、とかね」

ウドルフはカソリック教会内でよく言われる冗談を、真剣な口調で言った。

「それらのことは、単なる悪い冗談ですよ」

ロベルトが答えると、ウドルフは首を傾げ、眉を顰めた。

「そうだろうか？　私はバチカンに入ってみて、外から見るよりはるかにバチカンは謎の多いところだと思ったんだ。例えば、そうだね。バチカンの台所事情だ。バチカンの収入は一般的に大したものではないと言われている。収入の殆どは美術館の入場料や切手や絵はがきによる僅かな売り上げ、それから五億ドルばかりの有価証券の運用によるわずかな利益と年一度の聖ペトロの日にすべてのカソリック教会で集められる浄財だけだと言うけれど、ここの施設や設備を見るだけでも、そうは思えない。大体、職員だって、公式発表よりもずっと多そうだ。私も所属する会派からは、よい給料をもらっているしね。そうそう私の所属する会派は、イエズス会だ。君は確かフランシスコ会だったね。互いに噂の会派だ」

「バチカンの台所事情を詮索（せんさく）するのは僕の仕事ではありませんから。それに会派のことも雲の上のことが多くて、僕ごときが知る事情などありませんよ」

　ロベルトは爽（さわ）やかに笑って、話を受け流した。

「優等生的な答えだね。しかも人を不愉快にさせない。君は頭のいい人物だ。どうかね、一度、私のサロンに遊びに来ないかね。私はバチカンで様々な特権を受けている身分だ。仲良くしておけば、君にも損はなかろう」

　ウドルフはそう言って、自分の派閥に入るようロベルトに粉をかけてきた。こうして他人を見るたび、自分の野心のために利用できるかどうか判別して歩いているのだろう。こんな男の派閥争いに巻き込まれては面倒だ。

「お誘いは有り難いのですが、ウドルフ神父。聞く相手を間違えましたね」

　ロベルトはそう言うと、ぐいっとエスプレッソを飲み干し、ゴミ箱にコップを投げ入れると、休憩所を出た。

　ウドルフはまだ、ゆっくりとコーヒーを啜（すす）っている。

　不気味な男だ。ああいう男がバチカン内を徘徊（はいかい）しているというだけで、バチカンに対する信頼を失いそうになる。

　そう、サウロ大司教のように信仰を貫くのは、並々ならぬ信念の賜（たまもの）だろう。

　ロベルトが自分の席に戻って暫（しばら）くすると、一通のメールが届いた。

　サウロ大司教からの呼び出しのメールである。

ロベルトは机の間を通り抜けて、突き当たりの階段を上った。

二階にはそれぞれの会派の派閥責任者の部屋がある。

ロベルトはサウロ大司教の部屋に入った。

そこにはロベルトが弟のように愛してやまない日系人神父、平賀・ヨゼフ・庚の姿があった。

長い前髪から覗く、睫の長いアーモンド型の黒い瞳。色白で華奢な青年である。

だが、少女のようなその風貌とは裏腹に、彼が緻密な頭脳と強い信念の持ち主だということをロベルトは知っている。

サウロ大司教は赤いベルベットの椅子に腰掛け、険しい顔で書類を読んでいた。

伝説のエクソシストとして尊敬を集めるサウロは、ロベルトと平賀の直接の上司である。

このところのサウロは酷く忙しそうであった。何故なら、今、バチカンではエクソシストの養成が急務とされているからだ。

サウロはエクソシズムの講師として法王庁立レジーナ・アポストロールム大学で教鞭を執っている。

それもこれも最近の悪魔崇拝の広がりに原因があった。

近年のインターネットの普及により、サタニズム思想やカルト教団のサイトに人々は容易にアクセスできる。そのため、精神的に未熟な若者を中心にサタニズムが急速な広まりを見せているのだ。

敬虔なカソリックが多いイタリアにおいても、「悪魔教会」、「猫のエフレム」、「サタンの子供たち」、「パンの僧院」といった悪魔崇拝のグループが暗躍している。

それは若者にとって、教会よりもネットの方がずっと身近にあるということだ。今の時代には避けられない事実といえる。

こうした現状を嘆いて、「カソリックが世界中に伝道師を送り出した時代とは違い、カソリック教会は今や数人の老神父が暮らす修道院になりはて、これを維持するために、若者達が発展途上国からまねかれるといった状態だ。もはやカソリックはマイノリティーになりつつあり、幅を利かすのは悪魔崇拝者達だろう」などと言う神父もいるほどだ。

その為、法王は、各司教区にエクソシストを配置すると宣言して、悪魔崇拝に対しては、悪魔祓いによる対決姿勢を示した。

だが、急速に広まる悪魔崇拝のため、エクソシストの需要は増え続ける一方で、人員が足りないのだ。

現にバチカンのエクソシズムを受け付ける本部では、ひっきりなしにエクソシズムを乞う電話が鳴り響いている。

「お呼びですか?」

ロベルトが言うと、サウロは書類から目を外し、ロベルトと平賀の顔を交互に見た。

「うむ。二人とも揃ったか……。実は奇跡認定院にこのような陳情書がイエズス会のアトルフォ総長から上がってきたのだ」

そういうとサウロはコピーされた書類を、ロベルトと平賀に手渡した。

そこにはこう記されていた。

『我々イエズス会は、聖人として、ルノア共和国のアルベン自治区にあるラプロ・ホラ教会の司祭、アントニウス十四世司祭を推挙いたします。

アントニウス十四世司祭はこの数年にわたり、多くの病人をイエス・キリストの奇跡の力により、治癒してまいりました。その証拠は添付された医療書類からも明らかです。
また、彼は復活の偉業を遂げました。

アントニウス十四世司祭は、さる二月二日に、反カソリック勢力の狙撃(そげき)により死亡したことが確認されましたが、その三日後に蘇(よみがえ)ったのです。
復活後、アントニウス十四世司祭はますます多くの人々を癒(いや)し、熱心にキリストの教えを人々に伝えています。

この驚くべき真実は、彼を聖人と認めるに十分足るものだと思われます。
奇跡認定院におきましては、是非ともアントニウス十四世を聖人としてお認めになり、列福なされるようにお願いいたします。

イエズス会総長　アトルフォ・ビアンネ』

「イエズス会の総長直々のご推薦ですか……。しかも、死後の復活と病気平癒の奇跡をもって、生きている人物を列福とは、ずいぶん大胆な訴えですね」

ロベルトは唸った。

カソリック教会では、列福はローマ法王庁によって行われる。

生前、その生き方が聖性を示していた人物が、死んだ後、申請が行われることによって列福調査が始められるのである。

生きている人間を列聖しないのには、現実的な事情がある。

列聖された人物が、もしその後改宗するようなことがあったり、罪を犯すようなことがあったりしてはバチカンの面目が立たないからだ。

だから死者であることが列聖の大前提である。

列福されるには、まずその人物の生活した地域の司教による調査が行われ、そこで徳と聖性が認められると、ローマ法王庁の列聖省に資料が送られる。そして二度目の調査・審議が行われる。

また、列福においては、一八三三年の教会法改正以降、最低二つの奇跡（超自然的現象）が必要とされるが、殉教者である場合はその限りではない。

厳しい審査を終えて、教会において福者の位置に加えるのがふさわしいと判断されると、バチカンのサンピエトロ大聖堂において列福が宣言される。福者にはその記念日が制定され、通常は命日がそれにあたる。

かつて中世において、一部の列福は司教の権限で行われることもあった。その中には今日の基準からすれば問題のあるものも少なくない。その反省もふまえ、現在ではしかるべき手続きと列聖調査が慎重に行われ、聖人に列せられるかどうかを見極めることになっている。

サウロはロベルトの発言に、怒りの声で応じた。

「イエズス会が時に突拍子もないことを言い出すのは常だが、このようなことは、とてつもないことだ。私はこの件に関してイエズス会総長に強く抗議しにいったが、彼によると『アントニウス十四世司祭はすでに一度死んだ身でありながら奇跡を成し遂げているのだから、死後の奇跡と称するになにも問題ない』とまで言ってきた。罰当たりなことだ。聖書によって、人はただ一度だけ死に、その後に裁きを受けることが示されている。死して復活なさるのはキリスト以外にはありえない」

「証拠の内容は確かなのですか？」

平賀は身を乗り出している。

「ああ。全く困ったことに、そうなのだ。病気平癒の医療記録を医療班に調べさせたが、十分な信用がおけるものらしい。あとはアントニウス十四世司祭が狙撃された映像と、その後日、会衆の前で演説している映像が送られてきている。原本はビデオテープで、そこに編集された形跡はないそうだ。二人とも、それらに目を通したいかね？」

「勿論です」

平賀とロベルトは同時に答えた。

「では、これらを持っていきたまえ」

サウロは沢山の書類と資料が入った箱を机の上に置いた。

「自らをイエス・キリストの生まれ変わりであるとか、第二のメシアであるとか自称する者は年間で二百人以上現れるが、これほど証拠を集めてきた例は無い。しかも死後の復活までなしたとなると、それを認めれば、アントニウス十四世司祭という人物を新たなるキリストであると認めることになる。これは大変な問題だ。しかも、私の内密の調べでは、ラプロ・ホラ教会に対し、イエズス会から多額の資金が流れているのだ。彼らがこれほど推(お)しているとなると、ことのほか慎重に吟味しなければならない。それ故、イエズス会には、わがフランシスコ会が責任を持って調査すると通達した。この意味は分かるだろう？」

「ええ」

と、ロベルトは頷(うなず)いた。

平賀は、きょとんとしている。

無理もない。平賀は会派同士の複雑な派閥事情などには無頓着(むとんちゃく)なのだ。

「それで、調査はいつですか？」

「ふむ。イエズス会のほうから航空チケットを送ってきた。四日後の月曜日の出発だ」

「すでにチケットまで手配ずみですか。随分手回しがいい」

「うむ。そうだな。必ず我々が調査にのりだすと思っていたのだろう」

サウロは答えた。

ロベルトがチケットと資料を受け取り、二人はサウロの部屋を出た。

「これだけの量の資料を検証するのに、わずか四日で足りるでしょうか。出発までに準備が間に合うか不安ですね」

平賀が言うと、ロベルトはふっと笑った。

「いや、資料にはざっと目を通す程度でかまわないさ。それが終わったら、今夜は美味しいレストランに行かないか？　僕はここ数日家で寝てばかりで、復活祭の聖餐も祝いそびれてるんだ」

「そういえばロベルト、三日ほど顔を見ませんでしたが、お休みだったんですね」

「ちょっとした風邪でね。もう体調はいいよ」

「そうですか、それなら良かった。でもロベルト、ディナーのお誘いはうれしいのですが、仕事の方は……。資料を検証しなくてもいいって、どういう意味でしょうか」

「なぜならサウロ大司教が、『この箱の資料には不備がないので、僕たちに「奇跡」が嘘だという証拠を現場で見つけて来い』と仰ったからさ」

「私はサウロ大司教がそのように仰ったとは記憶していませんが……」

平賀は首を傾げた。

「サウロ大司教がこの『奇跡』を疑っていながら、なぜ僕たちを現場に行かせるのか。それはね、この資料に『奇跡』が嘘だと証明するものが何もないからだ。

いいかい、平賀。イエズス会はカソリックの中でも二番目に大きな会派だ。カソリックの運命を左右するだけの力を持っている。その彼らが法王様よりむしろ総長に忠誠を誓っているというのは有名な話だよ。白い法衣姿の法王様に対して、イエズス会の総長は『黒の法王』なんて呼ばれているぐらいだ。そして彼らは公式の教説に逆らって、中絶手術や司祭の独身性、同性愛、解放の神学といったテーマにおいて、過激で過剰な独自の解釈を説いたりもしている。『より大きな善の為には、多少の悪は構わない』という考えのもと、彼らは歴史的にも様々な陰謀を行って来たと言われているんだ。

まあ、こんなことは誰でも知っていることさ。イエズス会を示すjesuitという言葉が、『陰謀好きな人、ずるがしこい人』という意味で使われてたりするしね」

「そうだったんですか。私は少しも知りませんでした」

平賀は真顔で答えた。

「君はまあ知らなくてもいいんだけれど、有名どころの話では、バスティーユ牢獄（ろうごく）に閉じ込められていた『鉄仮面の男』――小説や舞台にもなったあの一件に、イエズス会が絡んでいたというのがある」

「えっ、私は『鉄仮面の男』というのは、フィクションだと思っていました」

「ところがだ。一七〇三年までベールで顔を覆った囚人がバスティーユ牢獄に収監されていたのは本当のことなんだ。鉄製の仮面という部分はフィクションで、実際には布製のマスクだったそうだが、人と面会する時にだけそれをつけていたということだ。ただ、監視人には、『仮面の男が、もし人前でマスクを取ろうとすれば、その場で殺せ』と指示が出ていたそうだ」

「それは不思議な話ですね」

「そうだろう？　しかもこの男に対する待遇が並はずれている。最初に男がバスティーユ牢獄の門に着いたとき、城壁近辺の商店の戸はすべて閉ざされ、門番たちさえも男の顔を見ないように、全員が後ろ向きになって迎えたというんだ。第一、この男には専用の豪華な部屋や食器が与えられていた。なんと、『仮面の男』の一年間の生活費は、四三八〇リーブル、今の価値にすると一日千ユーロ以上（約十二万円）使っていたらしい。しかも、食事はわざわざ看守長が運んでくるというサービスぶりで、男の食事中、看守長は座ることを許されず、起立したままでいることが決められていたんだ。『食事中には起立したままでいること』という規則は、王家の人々が会食する時に周囲の者に対して決められた作法なんだ」

「では、彼は王家の人間だったんですか？」

「そうだね。なんと彼はルイ十四世の双子の弟で、その身柄が密かにイエズス会によって保護されていたんだ。いざというとき、双子の弟を身代わりにして、イエズス会が国を動かすために……。というのが、まあ、デュマの小説の設定だよ」

そこまで話を懸命に聞いていた平賀は、大きくため息を吐いた。

「ああ、驚きました。今のは小説の話だったんですね」

「どうだろうね。案外、当たっているのかも知れないよ。なにしろ真偽を確かめるだけの証拠はすべて、徹底的に潰されてしまったから、調べようがないんだ……。実在した『仮面の男』はその死後、使っていた家具や衣類をすべて燃やされ、金属製品は高熱で溶かされ、独房の壁はすべて白く塗りつぶされ、床のタイルは剝がして新しいものに取り替えられた。そして教会墓地に葬られた『仮面の男』の棺に納められていた遺体は、無残に顔を潰されていたんだ。これでは彼の出自を検証しようがないだろう？　そこまで徹底的に痕跡を隠すこと自体が怪しいとしか言えない。火のない所に煙は立たないものさ」

「それは、イエズス会の関与という点にしても、彼らを疑うだけの根拠があった、という意味でしょうか？」

「少なくとも今はそう考えておくのが賢明だよ。なにしろ、今回のアントニウス十四世という人物への推挙は、黒の法王からの直々のものだ。極めて異例だし、半ば脅しのようなものさ。その奥にはどんな陰謀があるか分からない。僕たちはそれを調査しに行くんだから、慎重にいかなきゃ」

「はい、努力します」

二人は空いている会議室に入った。

会議室には大きなテーブルと、パソコンやスクリーンなどがある。

「じゃあ早速、証拠の映像とやらを見てみようか」

ロベルトは箱の中からDVDを取りだし、パソコンにセットしてスタートボタンを押した。

正面スクリーンに映し出されたのは、コンサートホールのような会場だ。舞台の上に三つの演説台があり、三人の男が立っていた。

一人目は恰幅のいい体に金のエピタラヒリを着けた、正教会の主教らしき中年男性。その隣は、頭にターバンを巻き、長い髭を生やしたムスリムの指導者らしき人物。もう一人はエキゾチックな顔立ちに簡素な司祭服を着た青年で、彼がアントニウス十四世司祭に違いなかった。

三人の間では、白熱した議論がしばらく行われていた。

すると突然、黄色いシャツとジーンズをはいた一人の男が客席から舞台に駆け上がった。そして司会者が制するのを押しのけ、アントニウス司祭の間近に駆け寄っていくと、ジーンズの後ろから銃を取り出し、司祭の額に向けた。

銃声が響いた。アントニウス司祭の体は背後にのけぞって倒れた。あっという間の出来事だった。

鋭い悲鳴が幾重にも上がる。側近の神父達が、慌てて舞台に駆け上がっていく。

銃を手にした犯人は腕をだらりと下げ、特に逃げる様子もなく舞台に立ったままである。

警備員がやって来て、男を取り押さえ、銃を取り上げた。

神父や信者達がアントニウス司祭を取り囲み、介抱しようとしているが、司祭は頭部の真ん中を撃ち抜かれていて全く動かない。

会場はパニックとなり、異なる宗教の信者達の間で乱闘が起こり始めた。

そこで画面は切り替わり、葬式の場面となった。

棺桶(かんおけ)の中に横たわるアントニウス司祭。額には大きな穴があいている。その遺体に、信者達によって花が添えられ、静かに棺桶の蓋(ふた)が閉められていく。

アントニウス十四世司祭の死は明らかなように見えた。

「これは間違いなく死んでいるんですよね……」

平賀が言った。

ロベルトはイエズス会の出してきたアントニウス司祭の死亡診断書をつぶさに見た。

「そうだね。間違いなく死んでいる」

「撃たれた瞬間をもう一度見せてください」

平賀が言うので、ロベルトはパソコンを操作した。

アントニウス司祭が額を撃ちぬかれた瞬間の静止画像が映し出される。

平賀は立ち上がり、ポケットから定規とコンパスを出して、スクリーンにあてがった。

「この角度だと、側頭葉のほぼ中心から中脳を貫通して後ろに弾丸が抜けています。視床下部もダメージを受けていますから、生存は不可能です」

「彼が撃たれて死んだという点に関して、怪しい箇所はないね。では、続きを見よう」

葬式の場面が終わると、再び画面が切り替わった。

そこに映っているのは、教会でミサを行うアントニウス十四世司祭であった。彼はもはや司祭の服は着ていない。キリストのように、裸に腰布だけを巻いた姿である。だが、特徴のある顔立ちから見て、アントニウス十四世司祭本人に間違いはなかった。

ミサは通常どおりに進行し、それが終わると、アントニウス司祭は檀上から降りて車椅子の老人の元に歩いていった。

アントニウス司祭がその老人の足に触れると、老人は立ちあがり、歩き出した。そして歓喜の表情で振り返り、アントニウス司祭に感謝の祈りを捧げたのだった。

それから腰の曲がった老女が、アントニウス司祭に触れられると背筋を伸ばしたり、肝臓疾患だろうか、顔色が悪く、黄疸が見られる男性の肌の色が正常に戻ったりという場面が続いた。

映像はそこで終わった。

「これらが本当だとすると、尋常ではありませんね……」

平賀が呟いた。

「まさに彼はキリストの再来……ということになるね。サウロ大司教の仰る通り、奇跡の中でも、とりわけ死からの復活は、キリストにのみなされる御業とされている。これを真実だと認めたならば、アントニウス十四世司祭を新たなキリストと認めたと同然だ」

「カソリックを動かしますか？」

「イエズス会の総長がキリストの再来というカードを持つわけだから、当然だね」

「そうですか……。残りの資料を確認してみましょう」

　用意された資料には、アントニウス司祭の日々の行動の記録や病気治しの実績をまとめた物があった。それによると、アントニウス司祭は一日のほとんどを教会の側にある地下祭室で瞑想をして過ごしているらしい。ミサや特別な行事の時にだけ、そこから出てくるということだ。生涯のほとんどを修行に費やした、聖アントニウスの生活をなぞっているようだ。

　残りの資料は、アントニウス司祭が病気治しを行った人々の医療記録やカルテの山であった。二時間近く二人でカルテを読み込んだ後で、ロベルトは溜息をついた。

「参ったな。このカルテ通りだとすると、まさに奇跡だ。二百人あまりの病気の人間をアントニウス十四世という人物は治していることになる。しかも病気の種類は様々だ」

「彼が本物なら、良太の病気も治してもらえるでしょうか？」

　平賀は興奮した様子で言った。良太とは平賀の弟で骨肉腫を患っているのだ。

「期待をするのは少し早いんじゃないかな」

「そうですね。だけれど本当だとすれば素晴らしい……」

　平賀が深刻に呟いた時、夕べの鐘が鳴り響いた。

　終業の合図である。

「さて、今日の仕事はここまでだ」

ロベルトは大きく伸びをして、散らかった資料をテキパキと片づけていった。そして資料をまとめた箱をパタンと閉じたとき、平賀が言った。

「その資料、今晩私が預かってもいいでしょうか？」

「怪しい点は何もないと分かってても、まだ調べる気なのかい？」

「はい。より詳しく調べたら、矛盾点が見つかるかも知れません。それに、誰かがこれだけの資料を捏造したなら、データに歪みや偏りが出ると思うんです。分析してみる価値はあります」

こういう時の平賀は頑固で、いかなる説得も無駄である。

「仕方ないな。それじゃあ、今夜の美味いディナーもお預けってことか……」

「すみません……」

「なら、この後、君が僕の家で少しばかり作業するってのはどうかな。そうすれば、僕は自分が作ったディナーを一人で食べなくて済むし、君は君の家で干からびたパンをかじらなくて済む」

「あっ、そういう事でしたら、喜んでお受けします」

「決まりだね」

ロベルトと平賀は証拠品を持って立ち上がり、祈りの為にサンピエトロ大聖堂に向かった。

3

バチカン宮殿を出るとすぐ側に、彫刻の聖人達が人々を出迎える大きな広間とサンピエトロ大聖堂の巨大なドームが積雲のようにそそりたっている。

この季節、大聖堂の周囲には濃い桃色のサクラモクレンや鬱蒼(うっそう)とした葉を生い茂らせる棕櫚(しゅろ)の木が勢いを増す。

大聖堂から望む丘陵の斜面には、夕日に浮かび上がる草花で縁取られた法王の鮮やかな紋章を見ることが出来た。

ロベルトと平賀は観光客や神父、そして同じ部署で働く職員達など、大勢の人々に紛れて大聖堂の中に入っていった。

サンピエトロ大聖堂では、数多くのミサが、さまざまな祭壇で執り行われている。

二人はいつもの場所に向かった。

目も眩(くら)むような荘厳な聖堂のアプシスにあるのは、聖者の銅像に取り巻かれたベルニーニ作の「ペテロの司教座(カテドラ・ペトリ)」だ。玉座の背後からは、黄金の浮き彫りが入道雲のようにわき上がり、天上で主を祝福する天使達が舞い飛ぶ姿が表現されていた。

浮き彫りの最上部中心にあるステンドグラスには、精霊を象徴する鳩が描かれ、幾筋もの金色の光を聖堂内に放射している。

その手前、聖堂の中心部には、教皇の祭壇があり、上部をベルニーニ作の「大天蓋（バルダッキオ）」とミケランジェロのドームが覆っている。

祭壇の側には、ルネッサンス期に造られた大理石の椅子に座るペテロ像があって、その前には、人の列が出来ていた。

人々が次々に、ペテロの像に一輪の花をたむけ、その足先に口づけをしていく。誰もが最初の法王となったペテロへの敬愛の念を表現しているのである。ペテロ像の足先は、大勢の人々の口づけによって、つるつるにすり減っていた。

そこに並んでいる人々の顔には、信仰に対する疑いなど一点として感じられることはない。皆の顔は、喜びと歓喜に輝いている。

そう、信仰者を幸せにするのは、考えることではなく、信じることだ。

バチカン内での勢力争いや、秘密結社の存在、そして陰の資本。そうした世俗のゴタゴタと、主への信仰とは別のこととして考えなければならない。

(今回の調査にしたってそうだ。心を強くしてかからねば……)

ロベルトはそう念じながら十字を切った。

一方の平賀は全く迷いも憂いもない様子だ。その瞳（ひとみ）には、新たな調査への期待と強い好奇心、そして情熱が溢（あふ）れている。迷いや邪念といったものは、彼には無縁なのだ。

祭壇上では司祭がミサを立てているところである。

低いラテン語の詩編の響き。人々がロザリオを繰る音。揺らめく蠟燭（ろうそく）の輝き。

目の前には祈る修道女の背中がある。それは信念とか祈りといった想念が凝固した堅い石のように感じられた。信仰に基づいて立てられた神の石である。

厳粛で強い信仰の一体感が、聖堂内には漂っていた。

やがて祈りの催眠的な力によって、ロベルトのざらついた気持ちも少しなめらかになっていった。

ロベルトの家に着くなり、平賀は「パソコンを使ってもいいですか?」と訊ねた。

ロベルトは快諾して、パソコンのロックを外した。

そうして平賀がパソコンに向かい合っている間に、ロベルトは食事の用意を始めた。

冷蔵庫の中身を見て、ディナーを素早く決める。

今宵は鴨肉のグリルとラグーソースのパスタがいいだろう。付け合わせは、サラダとミニキャベツのフリッタ。

手際よくそれらを作りあげ、最後の仕上げを残したところで、ロベルトは隣の部屋でパソコンを覗き込んでいる平賀に声をかけた。

「食事の用意が出来たよ」

「はい、わかりました」

あわてて作業に区切りをつけた平賀が立ち上がり、リビングに入ってくるのと、湯気を立てた料理がテーブルに配膳されたのは、ほとんど同時だった。

平賀はテーブルの上の料理を眺めると、驚きの溜息を吐いた。

「ロベルト、貴方は料理の天才ですね。こんな短時間で素晴らしい料理を作ってしまうなんて！」

「そうでもないさ。短時間といっても一時間以上かかっているよ」

「えっ、そうなんですか？　私は十五分ぐらいしか経っていないと思っていました」

平賀は驚いたように言った。彼は考え事を始めると時間の感覚が麻痺してしまうのだ。

ロベルトはくすりと笑った。

「僕は料理を作るとき、小さな世界を作っているような気がするんだ。ちょっとした天地創造さ。なかなか楽しいものだよ。やっぱり僕は神父になるよりシェフになったほうが良かったかもしれない」

「天地創造……ですか。シェフも素敵ですが、ロベルト、私は貴方が神父でいてくれて良かったと思います……」

「まあいいさ。さあ、席に着いて」

平賀は頷くと、素直な子供のように、ちょこんと椅子に座った。

神に祈り、食事を始める。

ロベルトはフリッタと赤ワインをたしなみながら、おもむろに平賀に話しかけた。

「それで、何か新事実は見つかったかい？」

「えっと、統計用のソフトは家に帰らないと……ですので、まずはネットで他の情報がないか、調べてみたんです。すると、アントニウス十四世司祭という名前だけでも、千件近くヒットしたんですよ。驚いたことに、アントニウス十四世司祭の狙撃事件を捉えた映像もいくつかありました。それだけ大きな出来事だったのに、私たちは彼の名前さえ知らなかったなんて……なんだかショックです」

「気にすることはないさ。なにしろ相手は小国の僻地にいて、ほとんどの時間を地下に引っ込んでいる男なんだからね。それで？」

「そうですね。投稿された情報のソースから見ても、少なくとも今のところ、彼はごく局地的な有名人……という程度と言えるでしょう。彼に関する情報が一番多かったのは、狙撃された日についてのもので、複数の人物が討論会の様子を写真や動画で撮影し、ネットに投稿していました。いずれも違うアングルから撮影されたものだったのですが、それらの間に矛盾点は確認できませんでした」

「つまり、複数の角度から見ても、アントニウス司祭が狙撃されたことに矛盾はないということか。手強い捜査になりそうだな」

「はい。あるいは、今度こそ本当の奇跡に出会えるかもしれません」

「……だといいがね」

「全ての映像から狙撃の状況を分析してみたところ、犯人はかなり近い場所からアントニウス司祭を撃っています。そして狙撃後の行動を見るに、犯人は逃げる気はなかったように思えます」

「なるほどね。しかし、その犯人って奴の資料は、まだほとんど揃ってなかったハズだ。確か、まだ地元警察で取り調べ中だったね。アントニウス司祭が宗教討論会の最中に狙撃されたという状況から考えると、犯人は正教徒かムスリムってところかな。少なくともそう偽装してる可能性が高そうだ」

「それが、ネットの情報を見る限り、この犯人はアメリカ人の観光客のようなんです」

「えっ、本当かい？」

「ただのネットの噂ですから、まだわかりません。早く現地に行って、この目で真実を確かめたいものですね」

平賀は屈託なくそう言った。

ロベルトはその時、得体の知れない危険を感じていた。

ただでさえ、ムスリムと東方正教会とカソリックの入り乱れる、ちょっとした宗教紛争地域に行くのである。神父としての身の安全を約束される場所ではない。

一方、平賀の気持ちはすでに奇跡調査へとはやっている様子だ。

何事もなければいいが……と、ロベルトは思った。

それから三日間、二人は資料を再確認したり分析したりした。

だが、全ての証拠は完璧(かんぺき)である。

果たしてこのような奇跡を生み出すアントニウス十四世司祭とは、どのような人物なのだろうか。

ロベルトと平賀は緊張しながら、ルノア共和国へと向かった。

4

ルノア共和国はバルカン半島の中南部に位置する小国である。

「最初で最後のヨーロッパ」と呼ばれるバルカンの地域は、古典古代のギリシャローマ時代に最初の農業文明によって栄えた後、東ローマ帝国すなわちビザンチン帝国時代を経て、オスマントルコに吸収された。十八世紀後半、イギリスを中心とした西欧諸国が産業革命と市民革命によって急成長を遂げた頃、ようやくオスマン帝国からの支配を脱して解放運動が始まるが、今度は民族が対立を繰り返しながら統合分裂を繰り返す舞台となってしまった。第二次大戦後の冷戦下では社会主義陣営に属したが、一九八九年に東西の壁が消えた今もなお内戦や地域紛争は治まってはおらず、「最も遅れたヨーロッパ」とも言える場所である。

中でもルノア共和国は、とりわけ近代化や経済発展が遅れた国と言われていた。

宗教は人口の六割近くがムスリムで、あとの二十パーセントがローマカソリック。そして十七パーセントが東方正教会。それから残りが、プロテスタント、ユダヤ教などであった。

ロベルトと平賀を乗せた機体がルノア共和国の首都、メルメナの空港へ着いたのは、朝の八時二十分。サウロ大司教の話によると、空港にはイエズス会が手配した人物が迎えに来るということであった。

二人は草の香りが混じった風を受けながらタラップを降りた。調査の為の機材は別便でラプロ・ホラ教会に発送したため、荷物はスーツケース一つだ。

小さな空港とはいえ、到着ゲートには人々がひしめいている。その大半がムスリムの服装をしていて、神父服を着たロベルトと平賀をちらちらと眺めてくる。

余計な面倒に巻き込まれなければ良いが、とロベルトは思った。

ゲートの出口近くまで進むと、ロベルトと平賀の名前を書いたプラカードを持った二人組の神父が目に入った。一人は頭痛持ちのように眉をしかめた筋張った顔の真面目そうな男で、もう一人は目が大きく明るい金髪をした背の高い男であった。

どちらも年頃は四十代後半から五十代といったところだ。

ロベルト達の姿を見ると、金髪の男は手を振って合図し、軽快な足取りで駆け寄ってきた。

「バチカンからいらした使者の方ですね。なんて美しい神父様がたなんでしょう。私はイヴァン・イワノフ・ミハイロビッチ神父。経理のイヴァンと呼ばれております。私の後ろにおられるのがバンゼルジャ神父。ちょっと頑固で人見知りなところがありますけど、本当はラテン語と車の運転が一番上手な方なんです」

イヴァンはとても気さくな口調で言った。訛りはあるが、聞きやすいラテン語だ。

バンゼルジャ神父は黙ったまま、ロベルトと平賀を見て会釈した。懐疑心の強そうな目をしている。

「お出迎え有り難うございます。僕はロベルト・ニコラス。こちらが、平賀・ヨゼフ神父です」

ロベルトと平賀は二人と握手を交わした。

「アルベン自治区はここから遠くて、車で四時間もかかるんです。余り乗り心地の良い車ではありませんけど、どうにか我慢なさってくださいね」

イヴァン神父はにこにこと笑いながらそう言うと、歩き出した。ロベルトと平賀はその後に続いた。

二人を待っていたのは、十二人乗りのマイクロバスだった。

バンゼルジャが運転席のドアを開けて乗り込む。

イヴァン神父はワゴンの後部座席ドアに手をかけて、二人を振り返った。

「こちらの車の中で、村のカソリック会の皆さんがお待ちなんです。バチカンからいらっしゃる神父様を是非とも歓迎したいと仰って」

すると、後部座席から六十歳は超えただろう男女五名の老人達が次々と降りてきて、ロベルトと平賀に歓迎のキッスをしたり、抱きついてきたりした。

そして何事かを口々に話しかけてくるのだが、それがルノア語だったので、平賀には何を言われているかわからなかった。

平賀が困った顔をしていると、大柄で鼈甲(べっこう)の眼鏡をかけた老女が、たどたどしいラテン語で挨拶(あいさつ)をしてきた。

「ようこそルノアへ。私たちは心から歓迎します」

女性は美しい赤い薔薇(ばら)の花束をロベルトと平賀に渡した。

「有り難うございます。こうして温かく迎えてくださった皆さんに感謝します」

平賀はラテン語で答えたが、老女には意味がわからないようだ。

ロベルトはルノア語で会話に入った。

「彼は皆さんの温かい歓迎に感謝すると言っています。彼は平賀神父、僕はロベルト神父です」

「まあ。ロベルト神父様、ルノア語がおできになるのね。私はペトロパ。村のカソリック会の世話役です。何か不自由なことがありましたら、何でも私に仰ってくださいね」

ペトロパ婦人がはしゃいだ声をあげた。

「ペトロパ婦人、あまり馴(な)れ馴れしくなさっては、神父様にご迷惑ですよ」

白髪の小柄な老女が苦笑しながらペトロパを咎(とが)めた。その老女はヨハンナと名乗った。

「ようこそ平賀神父様、ロベルト神父様」

「この地に長らく滞在されますように」

「よろしかったら是非、バチカンの有り難いお話をお聞かせください」

残る老人達はニコライ、それからダニエラとヨルダレカ夫妻だとそれぞれ名乗って挨拶をした。

「さあさ、自己紹介も済んだことですし、そろそろ出発しましょう」

イヴァン神父の号令で皆がマイクロバスに乗り込んでいく。

マイクロバスの後部には二人席が三列続いて、最後尾が三人席になっており、それぞれが向かい合うボックス席になっていた。ロベルトと平賀は最後の列に腰を下ろした。

「ロベルト、あなたはいつの間にルノア語を？」

着席した平賀が、そっとイタリア語で尋ねた。

「僕だって、日々進歩しているんだよ。年に二つは新しい言語を覚えるようにしているんだ。最近はスラブ系の言葉を勉強している。だからルノア語は大体分かるよ」

ロベルトもイタリア語で応じた時、車が動き始めた。

ビルやモスクが聳える市街地を少し走って抜けると、すぐに山道に入った。整備が悪い道はデコボコで、車はゴトゴトとよく揺れる。

その間中、老人達は、手に持ち寄ったワインであるとか、菓子であるとか、蜂蜜だとかを差し出してきては、平賀とロベルトに食べるように勧めた。

二人は彼等の厚意を断ることもできず、出された物を食べ、ワインを飲んだ。

「まるで祖父母を訪ねた時のようです」

平賀が呟いた。

「どうして？」

ロベルトは尋ねた。

「祖父母は私や弟のお腹が空いていないか一日中心配して、顔を見るたびに食べ物を差し出して、『食べろ、食べろ』と勧められました」

「確かに今とそっくりだ。僕には経験がないことだけど、こういうのもいいね」

「そうですね。懐かしいです」

平賀が答えた。

「神父様がたは、やはり聖アントニウス様に会いに来られたんでしょう？」

ロベルトの向かいに座っているペトロパ婦人が尋ねた。

「ええ。彼は非常に徳のある方のようですね」

ロベルトが答える。

「あのようにご立派なお方は他にいらっしゃいませんわ。私はあのお方が十五歳で村にやってきて、聖アントニウスの生まれ変わりだと認定された時から、ずっと見ていますの」

「聖アントニウスの生まれ変わり？」

「ええ。ラプロ・ホラ教会にはいつの日にか、聖アントニウスの生まれ変わりが現れるという言い伝えがあったのです。そして本当にあの方がいらっしゃったのです」

ペトロパ婦人は十字を切って手を合わせた。

「それに、あの方は動かなくなった私の足を治して下さいました」

ペトロパ婦人の隣でヨハンナ婦人が言った。

「わしは長年患っていた頭痛を治してもらいました。お陰でこの通りピンピンですじゃ」

前の座席からダニエラ老人が言った。

「わしらの村が良くなったのも、聖アントニウス様のご加護です」

ニコライ老人が言うと、老人達は皆頷(うなず)いた。そして皆がアントニウス司祭の自慢話を始めたのだった。

それがひとしきり終わると、次に老人達はロベルトにバチカンの話を聞かせてくれと言い、交互にロベルトを質問攻めにして困らせた。

言葉が分からない平賀は、ぼんやりと外の景色を眺めていた。牧歌的な景色が延々と広がっている。青い山脈の連なりと緑の草原が交互に現れ、時折、羊の群れが通り過ぎていく。天気は申し分のない晴れ空で、ぽかぽかとしたいい気温だ。

平賀があくびをかみ殺している。

その様子を見たヨハンナ婦人が、ロベルトに提案をした。ロベルトは頷き、平賀に通訳をした。

「平賀、今から皆で祈りをしようとヨハンナ婦人が言っている。彼女が若い頃に覚えた、ラテン語の祈りだそうだ。是非この申し出を受けよう。僕は質問攻めでクタクタだしね」

「はい、勿論(もちろん)」

平賀はニッコリと笑った。

ヨハンナ婦人も微笑み、グレーのエプロンのポケットからロザリオを取りだした。ロザリオは美しい紫の珠で出来ていた。巷では目にするのが珍しい百五十粒からなる三環用のロザリオである。

天にまします、われらの父よ、
願わくは御名の尊まれんことを、
御国の来たらんことを、
御旨の天に行わるる如く、
地にも行われんことを。
われらの日用の糧を、
今日われらに与え給え。
われらが人に赦す如く、
われらの罪を赦し給え。
われらを試みに引き給わざれ、
われらを悪より救い給え。
国と力と栄光は限りなくあなたのもの。アーメン

ヨハンナ婦人は主の祈りを唱えた。

そして天使祝詞を十回繰り返して唱え、「栄光は父と子と精霊に、初めのように今もいつも代々に、アーメン」と結んだ。

そうして数珠を一つ繰った。

聖母マリアに対するロザリオの祈りであった。

ロザリオの一つ一つの珠に対して、マリアを称える天使祝詞を捧げていき、これを百五十回繰り返すのだ。

祝詞の一区切りずつに対して瞑想をすることになっている。瞑想のテーマは決まっていて、マリアの受胎告知から始まってキリストの受難、そして復活と昇天が黙想される。非常に長い祈りなので、確かに時間を潰すにはいいだろう。

騒がしいペトロパ婦人も、祈りとあっては口と目を閉じて、うつむいた。

長いロザリオの祈りが続いた。

ようやくそれが終わり、ロベルトが顔をあげると、車は峠の林道にさしかかっていた。

右手には鋭角的な山の影が聳えており、左に険しい谷とそこを流れる豊かな川が見える。バチカンを出る際に地図で確認した記憶からすると、おそらく黒海に注ぐソルージュ川だろう。

「ようやくアルベン自治区に入りましたわ」

ヨハンナ婦人が言った。

「なんだかあっという間に時間がたったように感じますね」

平賀が、ぼうっとした声で呟いた。

「よほど夢中になって祈ってたんだろう」

ロベルトはくすりと笑った。

そのとき、車の左手に鉄のフェンスが現れた。そこだけ森が切り開かれて、コンクリートの廃墟(はいきょ)が建っている。その奥の方にはダムらしきコンクリート塀も見えた。

「ここは何です？」

ロベルトが尋ねた。

「冷戦時代の軍需工場跡じゃよ」

ニコライ老人が答える。

「こんな場所に物騒ですね」

「当時はここで働くより他に選択がなかったんじゃよ。お若い方にはお分かりにならんじゃろうがな」

「……そうですか」

「ですけど、今は牛と羊、それから農業なんかで暮らしていけますのよ。私たちの村は、とても静かで祈りに満ちた場所ですの。特にこの辺りでは私物を持たないというアントニウス十四世司祭の教えに従って、土地や収入の全てを教会に寄付していますの。そして教会はそれらの人々に同じ所得を配分し、余ったお金を福祉や共同農地の開墾費用などに回しています。

ここでは神の前に誰でもが平等。貧富の差なく、互いに思いやりをもって過ごしています。自治区では学校や病院は無料ですしね。私はこの地上で理想的な場所だと思いますのよ」

横からヨルダレカ夫人が言った。

「それは素晴らしいことですね」

ロベルトが答える。

「ええ。それもこれも聖アントニウス様のご人徳が厚いからこそなしえたことです。ほら、もうじきラプロ・ホラ教会が見えて参りますわ」

婦人が言ったとおり、車はすぐにソルージュ川の川沿いの道に出た。川は急なカーブを描いていて、川向こうには中州があった。

教会はその中州に建っていた。

ロベルトが最初に見たのは、一つの建物の壁面で回っている三連の巨大水車である。その次に現れたのが教会の建物で、三階建てのシンプルなバシリカ式建築であった。

中央部に十字架を頂いた大円蓋があって、東西南北にそれぞれ尖塔がある。

薔薇窓やステンドグラス、あるいは聖人の彫刻のようなものは存在しない。その代わり、建物一面が美しいトルコ石を砕いたようなブルーのタイルで覆われていて、所々に白い十字架の模様が幾何学的な配置であしらわれていた。イスラム文化の影響である。

教会の周辺は石畳が敷かれており、川岸には堤防のようなものが築かれていた。

それを見て、ロベルトはわくわくした。

かつて世界の富の三分の二を有していると賛嘆された一大帝国があった。それがビザンチン帝国（東ローマ帝国）だ。帝国の人々は自らの国のことを不滅の帝国であると信じていた。

キリスト教を国教とし、そしてギリシャ文化を受け継ぎ、ヘレニズムやササン朝からイスラム期にかけて東方文化をとり入れながら、千年にもわたって繁栄を謳歌したが、その時代の宝物や建物の多くは度重なる戦乱の中で失われ、往時の栄華の全貌を知ることは容易ではない。

しかし、残された遺産は、どれも一級品揃いである。ベネチアのサン・マルコ寺院に眠る黄金の財宝の数々、イタリア・ラベンナのモザイク画の最高傑作、そしてかつての帝都コンスタンティノープルの聖ソフィア大聖堂などだ。

「とても美しい教会ですね」

ロベルトはうっとりと呟いた。

「ええ、そうでしょう？　ラプロ・ホラは古い、古い教会兼修道院です。周囲から迫害を受けながら信仰を貫いた方々が、一世紀頃には土台をつくり、そうして中世には十字軍の戦士達とともに戦いながらあの中州に立てこもって築いたものだと言われていますわ。今ではあの修道院までの橋もありますし、電気も通っていますし、それで人々がミサに参加することができるようになりましたけれど、それまではとても厳粛な修道院で、修道士達は、舟で川を渡って修道院の中に入っていくと、二度と俗世に出てくることはなかったそうです」

「今もあの川の中州にあるのは教会と墓地だけで、世俗のものはありませんのじゃ」

老人達がいう通り、畑や民家があるのは、川の手前側だけだ。

その中の広場と校舎のような建物がある場所で、車が停まった。

「名残惜しいのですけれど、私たちはここで降りないと……。神父様がた、またお会いできる日を楽しみにしていますわ。そうそう、何か不自由がありましたら、何でも私に仰ってくださいね」

ペトロパが名残惜しそうに立ち上がった。

「どうぞいつでも村にお立ち寄り下さいな。村は今、春祭り週間ですのよ。村人一同、ご訪問を楽しみにお待ちしていますわ」

「またお会いしましょう、神父様」

老人達は口々に二人に別れを告げると、車を降りていった。そして走り出した車を見送りながら、手を振ったり、投げキッスを送ってきたりした。

「驚きました。とても元気な老人がたでしたね」

「全くだ。僕などは皆のパワーに圧倒されたよ」

平賀の言葉にロベルトが苦笑した。

「お疲れになったでしょうね。申し訳ありません。皆さん、この国からほとんど出たことがない方々なので、本当にバチカンの神父様のご訪問を楽しみになさっていたんです」

イヴァン神父が頭を下げて言った。

「いえ、構いませんよ。ご老人がお元気なのは善いことです」

ロベルトと平賀が微笑んで、川向こうの教会の方を見た時だった。

途方もない光景が二人の目に飛び込んできた。

眩しい初夏の太陽がカッと輝き、水面がキラキラと輝いている。

その水面の上を平然と、ひとつの人影が自分達に向かって、歩いて来るのである。

5

「あれは……！」

ロベルトと平賀は同時に叫んだ。

「おお！　あのお方は聖アントニウス司祭です。このような奇跡を目にするとは……。バンゼルジャ神父、車を停めてください！」

イヴァン神父はそう叫んで真っ先に車を降りると、川に向かって跪いた。

「ロベルト、何か記録するものを持っていますか？」

平賀が熱っぽい声で叫んだ。その目は人影に釘付けになっている。

川の上の人物は、痩せた体つきに白い腰布だけをつけている。浅黒い肌、カールした黒髪、彫りの深い顔立ち。写真や映像で見たアントニウス司祭に間違いない。

「コンデジならすぐに取り出せる」

「それでもいいです。とにかく記録を！」

　ロベルトは慌ててデジカメを取り出し、車から飛び降りた。川の上をこちらに向けて歩いてくるアントニウス司祭を撮影する。

　後から平賀もよろよろと降りてくる。

　その時だった。

　太陽から光の筋が伸び、天空一杯に広がっていき、大きな光の輪となった。

　そして太陽の左右に、一つずつ、太陽と同じように輝く光体が現れた。

　それと同時に、アントニウス司祭の足下で水鳥の群れが一斉に飛び立った。

　ギラギラと輝く三つの太陽を背に、アントニウス司祭が滑るように水上を歩いてくる。

　異様で神秘的な光景であった。

　ロベルトは思わず言葉を失った。

「ああっ、神様！　なんという奇跡でしょう……」

　イヴァン神父が涙ぐみながら叫んだ。

　三つの太陽を従えたアントニウス司祭の姿は、もうロベルトと平賀のすぐ前にあった。

　ロベルトは呆然（ぼうぜん）とデジカメを目から外し、川の上に浮いているアントニウス司祭の足下を見たが、どのようにして彼が浮いているのかは皆目分からなかった。

ロベルトの疑問に答えるかのように、アントニウス司祭の顔にアルカイックスマイルが浮かんだ。

「そのような不便な橋の上を歩く必要はないとあなた方に告げるよう、主イエス・キリストが私に仰ったからです。信仰浅き者が教会に入ろうとするときは石の橋にたよらなければならないが、信仰深き者が教会に入るのは神の手によってであると……。恐れることはありません。さあ、お二人とも私の後に続きなさい」

そう言うと、アントニウス司祭はロベルトと平賀に背を向けた。

彼が歩き出す。

「聖アントニウス司祭があのように仰っておられる。どうか私達に構わず、お二人とも、いらっしゃってください」

バンゼルジャの声が後ろから聞こえた。

ロベルトはおそるおそる川の水の上に足を踏み出した。

その瞬間、彼の足は水の上に浮いた。

形容しがたい力が、足の下からロベルトの体を支えている。

この驚くべき現象に、ロベルトは身震いした。

（一体、なぜ……）

——イエスは弟子達を強いて舟に乗せ、向こう岸へ先に行かせ、その間に群衆を解散させられた。

群衆を解散させてから、祈るためにひとり山にお登りになった。

夕方になってもただひとりそこにおられた。

ところが、舟はすでに陸から何スタディオンか離れており、逆風の為に波に悩まされていた。

夜が明ける頃、イエスは湖の上を歩いて弟子達のところに行かれた。

弟子達はイエスが湖上を歩いておられるのを見て、「幽霊だ」と言っておびえ、恐怖の余り叫び声を上げげた。

イエスはすぐ彼らに話しかけられた。

「安心しなさい。わたしだ。恐れることはない」

するとペトロが答えた。

「主よ、あなたでしたら、わたしに命令して、水の上を歩いてそちらに行かせて下さい」

イエスが「来なさい」と言われたので、ペトロは舟から降りて水の上を歩き、イエスの方へ進んだ。

しかし、強い風に気がついて怖くなり、沈みかけたので、「主よ助けて下さい」と叫んだ。

イエスはすぐに手を伸ばして捕まえ、「信仰の薄い者よ、なぜ疑ったのか」と言われた。

そして二人が舟に乗り込むと、風は静まった。

舟にいた人達は「本当に貴方は神の子です」と言って、イエスを拝んだ。

マタイによる福音書十四章の二十二節で語られた奇跡を、今、彼は実際に体験しているのだ。

平賀の姿もすぐにロベルトの隣に現れた。

彼もまた、川の上を歩いているのだ。

「平賀……この状況を君ならどう説明する？」

ロベルトは川の上を歩きながら、震えてくる声で平賀に訊ねた。

「分かりません。何故、浮いているのか、私にも説明できません……」

平賀の声も上擦っていた。

二人はアントニウス司祭の後ろに続いて川を渡りきり、教会の正面玄関にたどり着いた。

天空には、まだ三つの太陽が輝いている。

アントニウス司祭がロベルトと平賀を振り返った。

「あなた方は信仰によってこの教会にたどり着きました。主はあなた方を祝福されたのです。私は瞑想に戻ります。あとのことは教会の者に聞いて下さい」

アントニウス司祭はくるりと踵を返し、石畳の上を歩き出した。

「ま、待って下さい……！」

平賀が思わず叫んだが、アントニウス司祭の足は止まらない。

　呆然とその後ろ姿を見送っていた二人の背後から、声がかかった。

「バチカンからのお使者の方々ですね。お二人を迎えるに当たって、アントニウス司祭が奇跡を行われたのを私も見ていました」

　ロベルトと平賀が振り返ると、山羊(やぎ)のような白い髭(ひげ)を蓄え、神父服を着た老人が立っていた。皺(しわ)深いその顔と、かけた歯の様子から見ると、年の頃は八十はいっているだろう。彼は白人だったが、よく日に焼け、その肌は小麦色であった。

「ようこそ、ラプロ・ホラ教会へ。私はゲオルギ神父と申します。遠路お疲れでしょうから、早速、お部屋にご案内します」

　ゲオルギ神父はそう言ってロベルトと平賀に手を合わせたが、二人ともまだ夢の中にいるような気分で、なんと言っていいのか分からなかった。

　ゲオルギはその様子に気づいたように微笑んだ。

「驚かれるのは分かりますが、お気持ちを素直に持って奇跡をお受け入れになれば良いだけのことです。ここにいれば、もっと不思議なことを体験なされるでしょう」

　ゲオルギ神父は普通のことのように言った。

　ロベルトと平賀は互いに顔を見合わせた。

「あの、アントニウス司祭はどちらへ？」

「修行のため、地下墓所にある瞑想の間へ戻られたのですよ。その部屋の中は、人が一人立っているだけの空間しかありません。寝ることはおろか、座ることも出来ません。ただ立ち続け、主キリストを黙想いたします。この修道院では長らくそのような修行がなされてきました。アントニウス司祭も日曜日のミサ以外は殆どの時間を瞑想の間の祭壇でついやされ、主イエス・キリストのお告げをお聞きになっているのです。ですから、私がアントニウス司祭に代わってここを取り仕切っています」

「ずっと立ったまま過ごされているのですか？」

平賀が訊ねた。

「ええ」とゲオルギ神父が答える。

「眠る時も……ですか？」

ロベルトも不審に思って訊ねた。

「そうです。アントニウス司祭は瞑想の間に入られたら、五日間以上は出ていらっしゃいません。私達はその部屋に食事を運ぶだけです。これは本当のことです。今は信じられないかもしれませんが、お二人ともここで過ごすうちにアントニウス司祭がどのような奇跡の人かお分かりになるでしょう……。では、修道院の中にどうぞ」

ゲオルギ神父はいとも自然に答えて歩き出した。二人も後を追った。

石畳をしばらく歩くと、アーチ型の正門の前に出る。門の両脇には聖母マリアとキリストの像が色鮮やかなモザイクで描かれていた。

ゲオルギ神父が黒い扉の前に立ち、魚の形をしたノッカーを鳴らすと、扉が内側に向けて観音開きに開いた。

中から扉を開けたのは、二人の年若い修道士であった。十五、六歳というところだろう。まだあどけない顔をしている。

彼らはゲオルギ神父とロベルト達に向かって深々と頭を下げた。

教会の内部は、ステンドグラスから光を採るヨーロッパ式の教会の中よりも遥かに暗かった。そこはナルテクスと呼ばれる玄関廊で、洗礼を受ける信者達の待合い空間だったが、壁にそってずらりと並んでいる祭壇の蠟燭の光によって、かろうじて人の顔が見える程度の暗さである。

それゆえに、蠟燭に照らされた祭壇が浮き上がってよく見えた。

祭壇には花、香油、蠟燭が手向けられており、それらが十二個並んでいる。どうやら、キリストの十二使徒を祀っているようだ。祭壇の奥に色鮮やかなフレスコ画が飾られ、それぞれにヨハネ、ペテロ、パウロと使徒たちの名前が書かれている。

聖人達の絵は九頭身か十頭身の頭の小さな姿に描かれ、その体は妙に平面的でのっぺりとしていた。顔は一様に表情がなく、長い鼻、大きなぎょろっとした瞳、小さな口といったものが共通している。これはシリア出身の東ローマ皇帝レオーン三世が、イコン崇敬を禁じる勅令、イコノクラスムによって美術表現に制限をつけたためといわれている。例えば、丸彫り彫刻はつくらないとか、キリストや聖人の絵を描くときは、三次元的に写実的に描くことをしないのである。

バチカンにある数々の写実的な宗教美術とはまったく趣を異にしていた。

ナルテクスを通り抜け、教会内部へ足を進める。

すると、その壁から柱からアーチの内側に至る、聖堂中の全ての視界がモザイク画とフレスコ画で覆われていた。

ほとんど空間恐怖症並みの精緻な意匠である。ロベルトは軽く目眩を覚えた。

窓の数が極端に少なく小さいのは、外界との隔絶が意識されているせいであろう。

しかし天井から吊された幾つものシャンデリアの蠟燭の明かりのせいで、緻密な芸術群が、しっかりと確認出来た。

身廊部の足下の床の白いタイル張りの中には、教会とは似つかわしくないライオン狩りの様子を描いた巨大なモザイクがある。これはギリシャ文化からの流れであろう。

壁の低い位置には、立像の聖人像のモザイク画がずらりと並んでいた。

柱と柱、あるいは柱と天井のドーム部分との繋がりは非常に立体的で、複雑である。

柱そのものは大理石そのままであったが、緩やかなカーブを持った梁の部分には、フレスコ画で、幾何学的な模様や円形の中に天使像、あるいは鳥と花々が咲き乱れる様子などが描かれていた。

天井のドームにはフレスコ画でイエス・キリストの説法場面が描かれている。

受胎告知。キリストの誕生。山上の教訓。十字架にかけられるキリスト。そして復活の場面などだ。

「これは素晴らしい。このフレスコ画はいつ描かれたものですか？」

ロベルトは教会を見回しながらゲオルギ神父に訊ねた。

「この教会の設立当時から描かれていたフレスコ画ですが、色落ちなどが激しかったのをアンドレフ神父が長年かけて復元したのです」

「アンドレフ神父？」

「ええ、もともと絵心のある方で、今でも昔の祭壇に飾られていたイコンなどの修復をされています」

ゲオルギ神父はそう言うと、一つの絵の前で立ち止まった。

「この絵は聖人アントニウスがこの地で人々に説法された時の言い伝えから描かれたものです。彼が説法された時、この丘の上から川の上を歩いて行かれたと言われています」

ロベルトと平賀はゲオルギ神父の示すフレスコ画に見入った。

他の聖人像と同様、人間味をそぎ落とした形式美で描かれた聖アントニウスが、十字架を持って川の真ん中に立っていて、岸には何人かの信者とおぼしき人物像が手を合わせて跪いている。

「アントニウス十四世司祭は、聖人アントニウスの生まれ変わりのお方なのです。ですから、同じような力をお持ちでいらしても当然なのです。

この教会では、奇跡は希なことではありません。教会の始まりは、聖人アントニウスが、エジプトの地から巡礼に出られ、この地において主を崇める石を置かれたところから出発しました。それ以来、奇跡は起こり続けています」

「聖人アントニウスが、この地に来たということですか？」

ロベルトが訊ねた。

「ええ、勿論。バチカンの正史においてはこのような話は残ってはいないでしょうが、私達はそれを真実だと思っています。かつて聖人アントニウスが神の石を置かれたところにキリスト信者が聖地として住み着いたのです。その頃には、プロテスタントとカソリックの区別はおろか会派すら存在していませんでした。ただ、主イエス・キリストを信じる者達がここに集い、小さな修道院を築いた、それがこのラプロ・ホラなのです。

そしてラプロ・ホラ教会には、古くから特別な言い伝えがあります。それは聖人アントニウスの生まれ変わりがこの地に現れ、奇跡を起こすというものです。アントニウス十四世司祭はまさしくそのようにして現れたお方です。

私達は昔ながらの流儀に従い、聖人アントニウスの遺品を他の様々なものに交えて、司祭に示しました。すると司祭は、聖アントニウスの遺品がどれであるかを知らされていないにも拘わらず、間違いなくそれらを『自分のものだ』と言って示したのです。それによって私達は、彼こそ聖人アントニウスの生まれ変わりであると、確信することができたのです」

ゲオルギ神父は一方的にそれだけを話すと、再び歩き出した。

聖人アントニウスとは、大アントニウスとも呼ばれる、修道生活の基礎を築いた人物である。

彼は三世紀半ばにエジプトの裕福な家庭に生まれたが、両親が死んだ後は財産を放棄して、キリストとともに生きることを誓った。全ての私欲を捨てる為に、まずは修行の場として地下墓所で一人きりで祈り、三十五歳まで過ごした。その間、様々な姿をした悪魔が彼を信仰から遠ざけようと誘惑したり、脅したりしたというが、アントニウスはそれに屈しなかった。しかし、アントニウスはそれでも飽きたらず、神にたいする奉仕をもっと強烈なものにしたいという思いによって、ピスピルの山に向かい、無人の荒れた砦を発見して、そこを次の修行の地にした。

そして、なんと砦の扉を閉めきったままで、二十年間にわたって厳しい修行を続けるのである。

そうしたアントニウスのことは世間の人々の間で話題になり、ピスピルの砦の近くには彼に導いてもらいたいという人々が詰めかけた。アントニウスがそうした人々に教えを説いたことによって、山には修道院が建ち並び、砂漠は修道僧でいっぱいになったという。

こうして暫くの間、アントニウスは修道士達の指導的な教育にあたったが、さらなる極みを求めるべくして、六十を超えた頃、あらたなる修行の地コルジム山に向かう。

アントニウスはコルジム山に上ってから頻繁に奇跡を起こしたため後世になると、ペストなどの疫病を治す聖者として崇められた。それは彼の起こした奇跡の大半が病気平癒だったからだ。

そしてアントニウスはコルジム山で百五歳の死を迎える。

彼の死体は誰にもわからないところに埋葬されたが、死後およそ二百年たった五六一年にその墓が発見されて、聖骨はアレキサンドリア、そしてコンスタンティノープルに運ばれた。

アントニウス十四世司祭は、その生まれ変わり……。

だから、様々な奇跡を起こすことが出来るのは当たり前？

ロベルトは目眩（めくら）ましをされたような気分になったが、いずれ様々な摩訶（まか）不思議な現象の謎は平賀が解き明かしてくれるに違いないと思い直した。

平賀の顔色を覗（のぞ）くと、すっかり心ここにあらずといった調子でぶつぶつと何かを呟（つぶや）いている。

ゲオルギ神父は北側の廊下に二人を案内した。そこには上階への階段があった。

「お二人の居所は三階になっています。先に大きな荷物が届いておりましたので、お部屋の前に置いています」

ロベルトと平賀がゲオルギ神父とともに三階に上がると、ずらりと木で出来た扉が並んでいた。そして最も左端の部屋の前に大きな荷物が置かれていた。

「あちらです。奥から二つの部屋が開いています」

「有り難うございます。ところで、私たちのスーツケースを迎えのワゴン車の中に残してきたのですが」

「そうですか。では、そちらはバンゼルジャ神父か誰かに届けさせましょう」

「お願いします」

「ではごゆっくりと。夕べの祈りの時にはお呼びに参ります。その後に夕食ですので、この皆を紹介させていただきます」

ゲオルギ神父は背を向けて、もと来た道を歩き出した。

彼が廊下を下りていく足音を聞きながら、ロベルトは居所の扉を開いた。

そこはことのほか狭い空間だった。天井から豆電球が一つ、ぶらりと下がっている。

鉄格子の嵌（はま）った出窓があり、そこに小さな花瓶が置かれている。窓の脇に石で出来たベッドらしきものがあった。ベッドの頭となる方の壁には小さな木造のクローゼットがある。

ベッドの右側の向かいの壁にはブロンズの十字架とキリストのフレスコ画が見受けられた。

そして十字架と向かい合うようにして机と椅子が置かれていた。

ロベルトは眉（まゆ）を顰（ひそ）め、石で出来たベッドのところに歩いていって、その感触を確かめた。

冷たく堅い石の上に、形ばかりの薄い毛布が敷かれている。

「大した修道院だ。こんなところで眠れるかな？」

「それより、この狭さだと、機材を置けるかどうかが心配です」

平賀が言った。

「確かに。普段、頻繁に使いそうにないものは僕の居所に置くと良いよ」

「お願いします」

「それにしても……。なんというか、驚いたね。すべてのことに……」

ロベルトがため息混じりに呟いて、窓から外を見た。

眼下にはソルージュ川と牧歌的な村の様子が広がっていて、景色はすこぶる良かった。

空を見上げると、太陽は一つ中天に輝いていた。

「太陽が一つだけになっている……」

ロベルトは呟いた。

平賀がロベルトの脇に来て、空を見上げた。

「本当ですね……」

「あの現象は一体、どういう事だったんだろう」

「私にはまだハッキリとしたことは言えません。というより、まるで訳が分からないと言った方が正解です」

平賀は難しい顔で言った。実際、平賀は酷く戸惑っている様子であった。

こんな戸惑った様子の平賀は初めて見る。

「そうか……。だけどまだ着いたばかりだ。後でゆっくりと考えよう。何か説明がつくはずだ。そうでなければ、端からお手上げだ。アントニウス十四世司祭は、聖人アントニウスの生まれ変わりってことを認めるしかなくなるな」

「そうですね……。とにかく荷物を解いて、調査に取りかかりましょう」

平賀はそう言うと、廊下に膝をついて荷物を解き始めた。

第二章　祈りの地における奇跡の証明

1

平賀はロベルトに余り使わなさそうな道具を持っていって貰うと、部屋の支度に取りかかった。

机の上にノートパソコンと各種の化学反応を見る試験薬、ビーカー、フラスコ、採取用の容器、電子顕微鏡、用途別の写真機、成分分析器などを並べていく。

写真現像液などはクローゼットの中に置いた。クローゼットは写真フィルムの現像に使う暗所として利用するつもりだからだ。

平賀の部屋はたちまち小型の実験室の様相を呈した。

そうしておいて平賀がまず行ったことは、底が濡れた靴の付着物をシャーレに移し、それからビデオカメラを持って教会の外に出ることであった。

少し離れた川の側で修道士達が数名で騒いでいたが、平賀がセンサ式の流量計で川の流れを計っているのを見ると、一人の修道士が平賀に近づいてきた。

それは二十代前半の若い修道士で、黒髪に茶色い瞳をしていた。眉は太く、目は鋭く大きく、鼻はかぎ鼻で、聡明そうな顔つきをしている。

「こんにちは。バチカンの使者の方でいらっしゃいますね。私はペテロです。修道生活五年目以降の修道士の束ね役をしています」

ペテロがラテン語で話しながら握手の手を伸ばしてきたのを、平賀は握り返した。

「初めまして、平賀・ヨゼフ神父です」

「こんな所で何をなさってるのです？」

「川を調べようと思いまして」

平賀は短く答えた。

「なぜです。アントニウス司祭と川の上を歩かれた信仰深き神父様が、何を調べる必要があるのでしょう。一体、何を疑われているのでしょうか」

ペテロが不思議そうに言った。

「貴方もあの事を見ていたのですか？」

平賀が訊ねると、ペテロは大きく頷いた。

「私だけではありません。教会の修道士、神父様方すべてが見ていました。不思議なことではありません。川の上を渡ることは、主イエス・キリストそして主を信じる者には可能です。そのように聖書にも記されています。実際、この教会ではそうした奇跡が聖人アントニウスの生まれ変わりに導かれ、時々、起こったとされています。過去の奇跡はフレスコ画でも残されていますよ」

「フレスコ画で？ それはどこにあるのでしょうか」

「今はアンドレフ神父が修復中のはずです。アトリエに行けば見られるでしょう」

「後で行ってみます。ところで、あなた方は何をしているのですか？」

「夕食用の魚を釣っていたのですよ。このソルージュ川は山の水が流れ込んでくるために水質が良く、マスやイワナがよく取れるので、釣りにはもってこいなのです。ラプロ・ホラ教会では、昔からこの川で魚を取って、肉や野菜がない時期の食料にしてきたといいます。今でも野菜などは村から届けていただきますが、魚はこうして自分たちで取ることにしているのです」

そう言いながらペテロは釣り竿（ざお）を平賀に見せるようにしてから、川に糸を垂らした。しばらくすると手ごたえがあったようだ。竿を引き上げると、その先に二十センチ程のイワナがかかっていた。ペテロはイワナを釣り針から外し、腰につけた籐（とう）の筒の中へと放り込んだ。

一方、平賀はビデオで教会からソルージュ川の様子までをくまなく撮影していた。

フレーム越しに川の映像をじっと観察する。そこから画面をゆっくりパンした先に、教会の東にある建物と三つの大水車が写り込んだ。

「あそこに随分と立派な建物と水車がありますね」

平賀の言葉に、ペテロが頷いた。

「ここには昔、百人を超す修道士たちがいたといいます。ですからあの水車で休む間もなく麦をひいていたのです。今は加工された小麦が外部から届けられるので、水車も穀物倉も用なしなのですが」

「なるほど」

「よろしかったら、私が穀物倉をご案内しましょうか?」

「ええ……」

平賀は余り興味はなかったが、ペテロに導かれるままに、水車を備えた煉瓦造りの建物の扉を開けた。

赤土の漆喰が塗られた内部では、十数個の臼が回っている。

「折角、歴史のあるものですから、さび付かないように毎日少し動かして、劣化を防いでいるのです。ここの保存には私達も非常に気を遣っていますし、村全体が協力してくれています」

平賀は納得して穀物倉を一回りすると、再び元の川辺に戻った。

ペテロも共に戻り、平賀の側で釣り糸を川に垂らした。

平賀は上の空で川面を見つめ、水上の奇跡について考えていた。

ガリラヤ湖でキリストが水の上を歩いたという奇跡は、合理主義の学者達の間で様々に説明がなされてきた。

例えば、弟子達が幻覚を見たという乱暴な説があったり、キリストは水の上ではなく岸辺を歩いていたが霧の為に湖上を歩いているように見えたのだ、という者もいたりする。

　また他には、湖には飛び石のような暗礁があり、イエスはその上を歩いたのだという説や、流氷の上を歩いたという説もある。

　平賀はそれらの説によって、アントニウス司祭とともに水の上を歩いた体験を説明出来るかどうか、可能性を当たってみた。

　まず幻覚だという説。

　これはまったく論外だ。

　アントニウス司祭が水の上を歩いている姿が、映像としてメディアに記録されているのである。よって、これは幻覚ではない。

　次に、水の上ではなく岸辺を歩いていたのを錯覚したのだという説明。

　これも適用しなかった。

　アントニウス司教は川の中央を歩いてきたし、そんなところに地面は存在していない。

　勿論、霧も出ていなかった。

　流氷はこの季節にあるはずもなく、一番可能性として考えられるのは、飛び石のような暗礁説であったが、川を見渡す限り、そうした暗礁や足場になりそうな大きな岩、あるいは浅瀬らしき場所は存在していなかった。

　平賀は確かな確証を得るため、川の中へと足を踏み出した。

　足場らしきものが存在しないことを確かめ、再び、川の上を歩けるかどうか実験したのである。

当然、平賀の足は川の上に浮かびはしなかった。冷たい水の中に沈んだし、川底にあるごろごろとした石の感触を足の裏に感じた。

平賀はさらに足を踏み出した。

川は岸から一メートルもいかないうちにいきなり深くなり、平賀は危うく溺（おぼ）れかけた。

そこで彼は中州へと引き返し、持ってきた容器でもって、川の水を採取した。

川の水の成分を分析する為だ。

例えば、死海のような湖の例がある。死海の塩分濃度は約三十パーセントだ。リットルあたりの塩分量は四百グラム近くもあり、この濃い塩分濃度のために湖水の浮力も大きくなって、泳がずともぷっかりと体が浮く。おぼれる事の方が困難なぐらいだ。

勿論、イワナが捕れるようなこの川にそんな高濃度の塩分が含まれるはずもないが、水に溶けて驚くべき浮力を生み出すような物質が世の中に存在している可能性は否定できない。

例えば小麦澱粉（でんぷん）である。高濃度で水に溶かすと、水が固体状に近くなって、その上を歩けるとも言う。

それ以外にも、色んな方法があるだろう。

水の成分を詳しく調べれば、何かが分かるかもしれない。

平賀がそう思って、びしょ濡れの服のまま水をくむ間、ペテロは何事も無かったように釣り糸を垂らしながらこう言った。

「主イエス・キリストがお許しにならなければ、水の上は歩けませんよ」

「ペテロ修道士、貴方はアントニウス司祭のことを、主イエス・キリストだとお思いですか？」

「いいえ、そうではありません。アントニウス司祭は主イエス・キリストの御言葉をお告げになるだけです。主の御言葉によって、奇跡が起こります」

ペテロは鋭い目つきで平賀を睨んで続けた。

「バチカンからのご使者であるお二人が、このラプロ・ホラへ来たのは、アントニウス司祭の奇跡を疑い、調査するためだと噂されています。本当にそうなのですか？　あなた方も空に輝く三つの太陽をごらんになったではありませんか……。あれは確かに父と子と精霊の象徴でした。アントニウス司祭を、この日において、あなた方の目の前で、主が祝福された証です。それなのに、あなた方は神父様でありながら、主イエス・キリストの奇跡を疑うと仰る……。一体、何故なんでしょうか？」

ペテロは嘆き悲しむように言った。

「私は奇跡を疑っているのではありません。否定もしていません。事実を確認しているだけです。いわば奇跡という真実の探求なのです」

「……そうですか？　それならよいのですが……」

ペテロはその後もしばらく釣りを続けていたが、やがて満足した様子であった。

「平賀神父様、お先に失礼します。私は料理係に魚を渡して来ますので」

ペテロの足音が遠ざかっていく。

少し離れた所で釣りをしていた他の修道士達も、ペテロが教会に戻っていくのを見ると、次次と教会の中へと入っていった。

平賀は気が済むまであたりを調べた後、自分の居所へ戻ることにした。

濡れた服をビニール袋の中へ入れて、新しい服に着替える。

机に座り、流量計の数字を見ると、結構、川の流れが急なことが分かった。

次に、シャーレに取った靴の付着物を顕微鏡で見る。

礫と砂と泥、主に凝灰岩と石灰が見受けられた。

凝灰岩は、細かい火山灰が堆積してできた岩石である。

成分からして、教会周辺の石畳が老朽化して剝がれた破片であろう。

凝灰岩と石灰の混合物といえば、ローマンコンクリート（古代コンクリート）である。

火山から分泌される凝灰岩と石灰を混ぜて水で練ると、現在使われているコンクリートのような物質となる。

この技術を使って、ローマはパンテオンやカラカラ浴場を造り、さらには道路の舗装や港の建設などにもこのセメントを用いて、すぐれた文明を築き上げたのである。

質感や色合いから判断するに、大水車が取り付けられた穀物倉もこの教会の土台も、同様のローマンセメントらしかった。

続いて、容器に入れて運んできた川の水を成分分析器にかける。

それで得た結果は次のようなものであった。

水一リットルにつき、カルシウム9.8mg。ナトリウム5.0mg。カリウム1.7mg。マグネシウム1.2mg。硬度29.7。pH7.3。

有害な成分は見あたらない。また、水に浮力を与えるような未知の成分も見あたらなかった。

ソルージュ川の水は、優秀なミネラルウオーターと言ったところである。

アントニウス司祭や自分たちが水の上を歩けたのは、水自体に原因があったわけではなさそうだ。

平賀はノートパソコンを開き、ロベルトに借りたデジタルカメラのデータをパソコンにコピーした。

そして、川の上を歩いてくるアントニウス司祭の連続写真を何度も繰り返して見る。

ロベルトのカメラはアントニウス司祭を写しながら、時々、空を写している。

そこには光の大きな輪と、三つの輝く太陽が写っている。

なんとも不思議な映像である。

いきなり人がこれを見たならば、SFXだとしか思わないだろう。

平賀はコンピューターに組み込んである特殊なソフトを使って、画像処理を開始した。

まず足下を拡大し、鮮明化してみる。司祭の足は二、三センチほど水に浸かってはいるものの、その下に足場らしきものは写っていない。

見れば見るほど、アントニウス司祭が川の上に浮いている理由が分からない。

それどころではない。自分が水の上をどうやって歩けたのかも、平賀には分からないのだ。

水の上を歩いている時は、何かの足場を踏んでいるという感覚はなかった。まるで無重力の中をフワフワと空を歩いているかのような、不思議な感触であった。

残念ながら、平賀もロベルトも、自分たちが川の上を歩いていた時には撮影を忘れていた。普段は冷静なロベルトも、よほど動転していたのだろう。

実に残念なことであった。

だが、肉眼では自分の足が川の上に浮いていた様子を見ているし、しっかりとその様子は覚えている。

そして空に現れた三つの太陽……。

そんな大がかりなトリックは、人間の手では不可能と思える。

平賀の思考はすっかりストップしてしまった。

水上の奇跡について、彼は科学的解明に失敗したと言わざるを得なかった。

(今のところは、奇跡と呼ぶしかない……)

平賀は溜息を吐き、調査の突破口を見つけるために何をすべきか考えた。

そこで考えたのは、奇跡を起こすというアントニウス司祭の徹底的な観察であった。

平賀は教会の中を歩き回り、ここの責任者であるゲオルギ神父の姿を探した。

足が痛くなるほど歩いた後、ようやく神父が一つの小さな祭壇で振り香炉を用いて、祈っているのを見つけた。周囲に数人の修道士達が同行している。

香炉の中に取り付けられた鈴が、ちりんちりんと音を立て、乳香のかぐわしい匂いが立ち込めていた。

炉儀を行っているのだ。

イコンなどに対する崇敬と祈りの行為であると同時に、神により創造された人間の中にある神性への敬意を象徴するという、精神的意味合いが込められた行為である。

平賀はゲオルギ神父が祈り終わるのを待って声をかけた。

「すいませんが、お願いがあるのです」

「はい、なんでしょうか？」

「アントニウス司祭はずっと瞑想の間におこもりだと言われましたね」

「ええ。そうです」

「その様子をビデオカメラで監視させていただくことは出来ますか？」

「アントニウス司祭をビデオカメラで監視ですって？　そのような恐れ多い……」

ゲオルギ神父は驚愕の表情で言った。

「バチカンの調査に必要なことです。貴方で判断がつきかねる場合は、アントニウス司祭ご本人に訊ねて頂きたいのです。どうかお願いします」

平賀は真剣にゲオルギ神父を見詰めた。

ゲオルギは深く溜息を吐いた。

「分かりました。この件は私から司祭にお訊ねします。お答えが出たならば、私がお伝えしますので、平賀神父は居所で待っていて下さい。私はまだこれから、あと二十六ある祭壇で祈りを捧げなければなりません。それが務めなのです」

ゲオルギ神父はそう言うと、次の祭壇へと向かっていった。

平賀は仕方なく自分の居所へと戻った。あの様子では、アントニウス司祭の観察を始められるのは当分無理そうである。

(さて、それまでに何をしておくべきだろうか……)

平賀は机に頬杖をついた。

2

イエスは弟子達を強いて舟に乗せ、向こう岸へ先に行かせ、その間に群衆を解散させられた。

群衆を解散させてから、祈るためにひとり山にお登りになった。

夕方になってもただひとりそこにおられた。

ところが、舟はすでに陸から何スタディオンか離れており、逆風の為に波に悩まされていた。

夜が明ける頃、イエスは湖の上を歩いて弟子達のところに行かれた。

弟子達はイエスが湖上を歩いておられるのを見て、「幽霊だ」と言っておびえ、恐怖の余り叫び声を上げげた。

イエスはすぐに彼らに話しかけられた。

「安心しなさい。わたしだ。恐れることはない」

するとペトロが答えた。

「主よ、あなたでしたら、わたしに命令して、水の上を歩いてそちらに行かせて下さい」

イエスが「来なさい」と言われたので、ペトロは舟から降りて水の上を歩き、イエスの方へ進んだ。

しかし、強い風に気がついて怖くなり、沈みかけたので、「主よ助けて下さい」と叫んだ。

イエスはすぐに手を伸ばして捕まえ、「信仰の薄い者よ、なぜ疑ったのか」と言われた。

そして二人が舟に乗り込むと、風は静まった。

舟にいた人達は「本当に貴方は神の子です」と言って、イエスを拝んだ。

ロベルトは読んでいた聖書を閉じて頭(かぶり)を振り、溜息を吐いた。

(全く……あれはどういう仕掛けだったんだ……？)

机の上には閉じたままのノートパソコンと、束になったトレース用紙、そして十二色の色鉛筆が置いてある。彼の奇跡調査の仕事道具は、たったこれだけだ。

その他に彼のスーツケースに入っていたのは、退屈を紛らわすための趣味の本やお気に入りのコロン、タオルと着替えといった代物であった。それらは洗面台の棚や窓辺やクローゼットといった、しかるべき正しい位置に整然と並べてある。

家でも旅先でも、彼が住む部屋には美と秩序があった。ただし、今回に限っては狭い部屋の壁一面に、平賀から預かった無骨な機械類が並んでいた。

ロベルトは時計に目をやって呟いた。

「おっと、もうこんな時間か。そろそろ平賀の部屋を片付けに行ってやろうかな」

立ち上がり、隣の扉をノックする。

「どなたです?」

平賀の声が応じた。

「僕だよ」とロベルトが答えると、中から扉が開いた。

部屋に入ったロベルトは、無造作に投げ捨てられたビニール袋と、その中の濡れた神父服をすぐに見つけた。

「どうしたんだい、これは?」

「もう一度川の上を渡れるかどうか試してみたのですが、この通り、溺れかけて服がびしょ濡れです」

平賀が答えると、ロベルトは呆れて両手を広げた。

「それで、今は何をしていたんだい？」

「困ってしまって、これから何をすべきか考えてました」

「なるほどね……」

ロベルトは、神父服を入れたビニール袋を手に取り、部屋の外へと出て行こうとした。

「何処に行くのですか？」

「このまま放っては置けないだろう。少なくとも服を絞って、どこかに干さなければ」

ロベルトはビニール袋を抱えて、居所の外へと出た。丁度そこに祈りを終えたらしい修道士が一人通りかかった。

「すまない、君、洗濯物を干すところを知りたいのだが」

ロベルトが訊ねると、修道士は頷(うなず)いて、歩き出した。

何も言葉を発しないところを見ると、無言の行をしているのかもしれない。

彼がロベルトを導いたのは、教会の外にある物干し場であった。

ロベルトは礼を言い、平賀の服を洗って干した。そして再び居所へと戻った。

「服はどうしたのですか？」

「教会の外に物干し場があってね。そこで服を洗って絞って干してきたよ。明日には乾くだろう」

ロベルトはそう言うと、暮れかけた窓の外を見た。

「なんとも中途半端な時間だな。アトリエに美術品の修復でも見に行ってみるかい？」

「ああ、私もそのことが気になっていたのです。聖アントニウスの生まれ変わりが川を渡ったときの絵が修復中だとか……。アトリエの場所は分かるのですか？」

「さっきイヴァン神父にすれ違って聞いたよ。この三階の一番北側だそうだ」

平賀とロベルトはアトリエに向かった。


六十平方メートルほどの広さの部屋に、所狭しとフレスコ画が置かれている。それらのフレスコ画はまだ未修正と思われる色褪せた物から、修正された色鮮やかな物まで様々であった。

部屋の隅には長い白髪を束ねた老神父がいて、一枚のフレスコ画を前に筆を走らせているのが見えた。

「失礼、アンドレフ神父でいらっしゃいますか？」

ロベルトが声をかけた。

「いかにもそうです、お客人」

アンドレフ神父は振り返らずに答えた。

平賀とロベルトは顔を見合わせ、アンドレフの近くに寄った。

アンドレフ神父が修復しているフレスコ画はキリストの姿であった。

それは非常に生き生きとした筆遣いで描かれていて、しかもキリストの顔の表情が左右で全く違っている。

「これは独創的で表現力が豊かだ。ひょっとして、イコノクラスム以前のものでしょうか？」

ロベルトが尋ねると、アンドレフは嬉しそうにほほ笑んだ。

「ほほう、分かりますか。素晴らしいでしょう？　ご想像どおり、これらはイコノクラスム以前のものです。昔の修道士はイコノクラスムの時代にイコンを壁から切り抜き、秘密の場所に置いて拝んでいたのですよ。このキリスト像もそうです。肉体表現がとても生々しい。それだけに迫力を感じますでしょう？　右の静かな顔はキリストの慈愛を、左の厳しい顔はキリストの試練を表しているのです」

「アンドレフ神父は、ずっとフレスコ画の修復をされているんですか？」

平賀が尋ねた。

「そう、かれこれ二十年はしていますね。昔の技法をなんとかそのままに修復しているのです。例えば染料を牛の肝臓から取る油とカーネーションの油の混合した物で溶かしたり、人間の肌を描くときには卵の黄身を混ぜたりもします」

「今はこちらで聖アントニウスの奇跡を描いたフレスコ画を修復中と聞いたのですが」

「ええ。『川の上を渡る聖アントニウス』と『五つの太陽を召還した聖人』が左手の奥にありますよ。ご案内したいのですが、私は早く作業を終わらせないといけないので、今は手が止められません。フレスコ画は早さが命ですからね」

「分かりました。こちらで捜します」

平賀はアンドレフの後ろ姿にペコリと礼をした。

フレスコ画が並ぶ中を進んで行くと、目的の絵はすぐに見つかった。一際大きな石灰の壁に描かれたものだったからだ。

絵の右上に川の中州と教会と水車が描かれ、聖人アントニウスが川の上に立っている。

「聖アントニウスといえば三世紀半ばの方です。その時代にラブロ・ホラ教会が今のような形で存在していたとは、とても思えませんね」

平賀の言葉に、ロベルトは「まあ、写真ではなく、絵だからね。好きに描けるというものさ」と答えた。

するとそれを漏れ聞いていたのか、アンドレフが大きな声で言った。

「それは真実の絵です。その絵は六人目の聖アントニウス、すなわちアントニウス六世司祭を描いたものなのです」

「何故、それが分かったんです？」

ロベルトが訊ねた。

「教会の書庫に絵画の記録や経緯が残っていましてね。私はそれを読みながら絵を修復しているのです」

「僕の分野だ」

ロベルトは胸躍らせて呟いた。

「その記録には、実際に司祭が川の上を歩いたと書かれているのですか？」

平賀が訊ねると、アンドレフは頷いた。

「ええ、そう書かれています。そうした奇跡によって、この教会は十字軍時代の宗教戦争の頃、敵対化したムスリムの信者達からも恐れられ、侵略行為を免れたのです」

二人はさらに絵を見ていった。

今度は五つの太陽を背景にした聖人像が現れた。やはりその聖人も川の上に立っている。両手を胸で合わせた聖人像の背景には、天空に大きく銀色の線で円が描かれ、その軌道上に五つの太陽がある。

「この五つの太陽の絵も、アントニウス六世ですか？」

平賀が大声で問うと、アンドレフは答えた。

「いいえ。彼はアントニウス三世司祭。六世紀に存在した、聖人アントニウスの生まれ変わりです。皆、我々の聖人ですよ」

アンドレフは平然と言い放った。

「やれやれ……。空に複数の太陽が現れて、英雄がそれを沈めるという話は、古代から世界中に点在するのだけれどもね……」

ロベルトの頭の中には世界中の古い神話が浮かんでいた。

「ラプロ・ホラ教会においては、奇跡は現代だけに限らないという訳ですか……」

平賀も絵をじっと見つめて言った。

「その五つの太陽の表情で表現されているのは、喜怒哀楽、そしてそれを超え神との交流によってもたらされる至悦なのですよ」

アンドレフの誇らしげな大声がアトリエにこだました。

3

祈りの時間に迎えの者が来ると言われていた二人は、一旦居所に戻ることにした。

ロベルトの部屋で今日の不思議な出来事を話し合っていると、夕べの鐘が鳴り、年若い修道士が二人を呼びに来た。赤い巻毛にそばかす顔をした青年修道士だ。

「初めまして、バチカンの神父様。僕はアンテです。お二方を夕べの祈りの主祭壇へご案内するよう、仰せつかって参りました」

二人がそれぞれ挨拶をすると、アンテはシャイな笑顔でほほ笑んだ。

「バチカンからいらっしゃったのでは、ここが田舎で驚かれたでしょう。何か困ったことはおありじゃないですか？」

アンテにそう言われ、ロベルトは気になっていたことを尋ねた。

「携帯とネットが使えないんだが、どこか近くに使える場所はあるだろうか」

「お電話でしたら、経理室にあります。ネットはここにはないので、村の会議所のものをお使いください。橋を渡った先にある、校舎のような建物がそれです」

「前に広場がある、白い建物のことかな？」

ロベルトは、老人達がマイクロバスを降りた場所を思い出した。

「はい。そこが会議所です」

一階に下りて小祭壇がずらりと並ぶ側廊を奥へと歩いて行くと、壁一面に広がる壮麗なアプシスが現れた。

正面の天井近い部分に半円ドーム型の窪(くぼ)みが作られており、その最上部に黄金の十字架とそれを囲むエメラルドグリーンの模様が描かれている。十字架の下部には幼いキリストを抱く聖母マリアの図像があった。

その聖母子像は、青い衣と紫の外衣を着た聖母が怯(おび)えた悲しげな表情をして、腕の中で無邪気に頬を合わせるキリストを抱いているというものだ。

我が子を抱く喜びに満ちているはずのマリアが怯えているのは、その子を早くに亡くすことを知っているからだ。

本来は懐胎を告げる大天使ガブリエルが、「あなたの子イエスは磔(はりつけ)になって、あなたより先に死ぬ」と二度目の告知を行い、それを聞いたマリアが怯える——という主題は、ルネサンスの画家に好まれたが、より早くこのテーマを表現したのはビザンチンの画家達なのである。

聖母子像の両側には天使が飛び、地上を彩る花と木々、羊の姿が並んでいる。

そして、それら全てが金色を基調とした細密なモザイク画なのであった。

画の下には鉄の格子が入ったアーチ型の窓が五つ並んでおり、窓の周囲もモザイクの飾り模様で彩られていた。

壁の前に立てられた祭壇は白い大理石で、赤い薔薇の模様が刻まれている。

祭壇の脇には、黒く巨大なパイプオルガンが置かれていた。

「変わったデザインのパイプオルガンだね」

ロベルトが軽い調子で言うと、アンテは首を横に振った。

「いいえ、神父様、あれは水圧オルガンなんです」

ロベルトが聞き慣れぬ言葉に首を傾げたとき、平賀が「なんですって？」と叫んだ。

「こんなところで水圧オルガンに出会うとは思いもよりませんでした。なんて凄い。水圧オルガンは、ヒュドラウリスとも呼ばれて、古代ローマの剣闘士の試合や劇の演奏に大人気だったにも拘わらず、六世紀以降は生き残らなかったと言われている技術なんです。ローマに侵入してきた蛮族によって、オルガンを造る技術が失われたとき、唯一、東ローマ帝国によって保存されたのが鞴型のオルガンだったために、鞴型のオルガンがそれ以降の主流となって、水圧オルガンは地上から姿を消したと言われてるんです」

平賀は興奮した様子で言った。

「なんだかよく分からないが、凄い物のようだね」

「ええ。なにしろ古代ローマで用いられた最初のオルガン技術ですよ。その仕組みとしては、ミニチュアの風車で作った空気を、水中に沈めたボウル型のチェンバーに送るんです。増加する空気圧がボウルから水を追い出すことで、それを取り囲む水槽内の水位を下げる一方、余分な空気は水槽の上にあるパイプ・チェストに押し入れられるんです。そこからパイプに空気が入って、音が鳴るという具合です。パイプ・チェストから個々のパイプへの流れは、スライド板によって閉じる四角いバルブで制御されていて、それぞれのスライドに相応するボタンを押して演奏するんです。私が読んだ資料のものは十九音までしか出ない設計でしたが、これはもっと進歩している。三十音まで出そうです。内部構造を見てみたいものですね」

平賀の瞳はきらきらとしていた。

アンテは平賀の勢いに驚いて目を瞬かせた。

「あのオルガンは教会と同時期に造られていたと伝えられています。私達にはそれ以上詳しいことは分かりませんし、オルガンの構造がどうなっているのかも知りません。ただ、奏法だけは受け継がれていて、たいていはヤコブ神父が演奏を行います」

「音が出るのですか？　それは素晴らしい。演奏が楽しみです」

平賀がうっとりと呟いた。

そうするうちに、祭壇の前には四十名程の神父や修道士達がぞろぞろと集まってきていた。

イヴァン神父は二人を見つけると、ニコニコと笑って手を振ってきた。

バンゼルジャ神父は相変わらず険しい顔つきをしている。バンゼルジャの側には、ずんぐりとした背格好の坊主頭の青年修道士が寄り添っていた。

ロベルト達がまだ知らない者達の中には、二人に向かって愛想よく微笑んでくる者もいれば、不審者を見るようにジロリと睨んでくる者もいて、反応は様々である。

しばらくすると、ゲオルギ神父が檀上に現れた。

神父達が一斉に、祭壇に向かって祈りを捧げる。

「天にまします、われらの父よ、
願わくは御名の尊まれんことを、
御国の来たらんことを、
御旨の天に行わるる如く
地にも行われんことを」

ゲオルギ神父の声に続いて、神父達が「われらの日用の糧を」と唱えた。

再びゲオルギ神父が祈った。

「今日われらに与え給え。
われらが人に赦す如く、
われらの罪を赦し給え。
われらを試みに引き給わざれ、
われらを悪より救い給え。
国と力と栄光は限りなくあなたのもの。アーメン」

それからゲオルギ神父は使徒の手紙の一部を朗読した。

言葉の礼拝が終わると、一人の神父が水圧オルガンで調べを奏で始めた。

普通のパイプオルガンよりも音が分厚く、芯がしっかりしており、威厳がある音であった。

音量もまた申し分なく、まるでゼウスの雷のようだ。

それに合わせて修道士達が歌う調べは、聞いたことのないものだった。

まず最初の歌は何語か全く分からなかった。

次にラテン語ではなく、ルノア語で、この教会特有の賛美歌が続き、それからラテン語で「いつくしみ深き」が歌われた。

それらが終わると、全員が二階の食堂に移動していく。

着いた食堂には長テーブルが三列並んでいた。

「食事の席は厳しく決められているんです。お二方はゲオルギ神父様のお近くへどうぞ」

アンテの案内で、ロベルト達は一番奥の席に案内された。そこには五人の長老達が居並んでいた。

「初めまして、バチカンの使者の御方。私はヤコブ。教会施設と資材の管理主任です」

先ほど水圧オルガンを弾いていた、貫禄のある老神父が名乗った。

「ディミタルです。よろしく。ここの衛生管理主任です」

優しそうな禿頭の老神父が言った。

「私はゴランです。経理部主任です」

眼鏡をかけた、神経質そうな老神父が言った。

「アトリエではお構いできなくて失礼しましたな。私はアンドレフ。美術と図書の主任です」

アンドレフ神父は握手を求めてきた。

「そして私が司祭代理兼修道士達の教育主任のゲオルギです。我ら五人が、修道生活の一番の古参となります」

最後にゲオルギ神父が挨拶（あいさつ）を締めくくった。

「あの、早速ですが、ゲオルギ神父。アントニウス司祭に、ビデオ撮影のお願いはして頂けたでしょうか」

平賀が身を乗り出して尋ねると、ゲオルギ神父は静かに首を振った。

「残念ですが、今日は私もアントニウス司祭とお話しすることはできませんでした。瞑想（めいそう）中にはよくあることです。また折を見て、お伝えしておきますよ」

「えっ、そうなんですか……。代理人であるゲオルギ神父様でも、アントニウス司祭とお話しできるとは限らないんですか……。とてもとても残念です。本当は私自身も、司祭様に尋ねてみたいことが山のようにあるんですが……」

露骨にがっかりした様子の平賀を見て、老神父達は顔を見合わせて苦笑した。

「これはまた随分性急な、お若い方が来られたものですな」

「平賀神父、私どもの国では時も人もゆっくりと流れているのです。何事も便利で都合のいいようには進みません。その代わり、私達には祈りのための時間がたっぷりと与えられるのです」

「そうですとも。左様に焦らずとも、アントニウス司祭はお逃げにはなりません。次の日曜日のミサには聖堂に出て来られるでしょう。それまでは、どうぞここ、ラプロ・ホラでゆっくりとお過ごしになると良い」

　老神父達に口ぐちに言われ、平賀は肩を落とした。

「わかりました……。ビデオ撮影の件は日曜日まで待つ覚悟が必要なようですね……。では、もう一つお願いしたいことがあるのですが」

「なんでしょう？」

「二月二日、アントニウス司祭が狙撃され、亡くなった時に着ていらした服はどこにあるのですか？　バチカンの資料には、その点について何も触れられていなかったのですが」

　平賀の問いに、ヤコブ神父が答えた。

「宝物室にあります。将来の聖遺物となるでしょうから、教会で保管しています」

「私に見せてもらえませんか？」

「何のために？」

「列聖の調査の為です。仔細は言えません」

「お見せするのは構いませんが、傷をつけられるのは困りますよ」

「勿論、無闇に傷つけたりはしません」

「それならばよい。食後にでも私が宝物室へご案内しましょう」

「ありがとうございます」

平賀はようやくほっとした顔をした。

「僕からも一つ、お願いがあります。書庫への立ち入りの自由許可を頂きたいのです」

ロベルトが言った。

「それは一向に構わんよ。第一、ここの書庫には鍵もかかっておらん」

アンドレフ神父が鷹揚に答えた。

皆のテーブルの上に、エプロンをつけた若い三人の修道士の手によって、パンとスープと魚の煮込み料理が運ばれてきた。ツンとしたスパイスの香りが漂ってくる。

「ラプロ・ホラ教会では、食事は祈りの間に済ます決まりなのです。それについては、バンゼルジャに一任しています。バンゼルジャは若い修道士達の直接の教育役なのでね」

ゲオルギ神父は平賀達にそう告げると、バンゼルジャ神父に目くばせをした。

すると椅子を引く大きな音がして、バンゼルジャ神父が立ちあがった。

「皆様。今宵も祈りと夕食の時間が参りました。今日はコプトに祈りの役目を任せます」

そう宣言したバンゼルジャが指名したのは、先ほどバンゼルジャに寄り添っていたずんぐりとした青年修道士であった。

恐らく十八歳くらいだと思えるその修道士は、「はい、お父様」と言って立ち上がった。

「お父様?」

ロベルトが首を傾げると、ゲオルギ神父が答えた。

「コプトはバンゼルジャ神父の養子なのです」

「なる程」

妻帯が認められないカソリックの世界では養子を取るのは珍しいことではない。

コプトは恐ろしくたどたどしいラテン語でヨブ記を読み始めた。

誰かが聖書の一片を暗唱している間に食事をすませるのは、厳しい修道生活の中ではよくあることだ。

他に語る者のない、沈黙の夕食の時が過ぎていった。

だが、コプトの祈りの朗読はお世辞にも上手とは言えず、つっかえたり読み間違えたりした。

殆どの者がその間違いに気づかぬ振りをして平常心でやり過ごしている風だったが、まだ修道生活が浅いと思われる少年修道士達の中には、必死で笑いをかみ殺す者がいる。

コプトが奇妙な言い間違いをすると、くすりっと声が聞こえた。

その度にバンゼルジャ神父が苛立った様子でテーブルをピシャリと叩いて、コプトを威嚇する。すると、コプトはますます萎縮して、間違いを繰り返してしまう。

そんなやり取りに気を取られて、ロベルトは食事の間中、胸苦しい気分になった。

平賀も落ち着かない風であった。

4

夕食後、平賀はヤコブ神父に連れられて宝物室に入った。

ヤコブ神父が白い手袋をはめた手で、直径一メートル半、幅六十センチほどの箱の蓋をうやうやしく開くと、その中には大小様々な物が納められていた。

ヤコブはそこから、ビニール袋に納められた司祭衣装を取り出した。

「こちらが将来の聖遺物となる、アントニウス十四世司祭のご衣装です」

それはビデオで見た司祭狙撃の際の服と同じものに思われた。

「この衣装は、いつからこの状態で保管されていたのですか？」

「アントニウス十四世司祭が蘇られてすぐ、私が聖遺物として保管しました」

「つまり司祭が狙撃され、葬られ、蘇られた間ずっとこれを着ていて、その後すぐにここに保管されたということですか？」

「大体はそうなりますかな……。アントニウス司祭は二月二日に銃撃された後、警察病院において死亡確認ならびに死因が銃殺であることが明らかとされました。そこで司法解剖などは行われず、ご遺体は当日のうちに戻ってきたのです。

私どもは二日の夜にミサを行い、ご遺体を地下墓所に埋葬いたしました。それから三日後にアントニウス司祭は復活なされたのです」

「その間、ずっとこの衣装を着ていらしたということですね？」

「ええ。ですから、撃たれた際の血痕も残っています。ここで広げてご覧になりますか？」

「いいえ。部屋に持ち帰って、詳しく調べたいと思います」

「そうですか。列聖の手続きのためですから、仕方ありませんね……。ですが、くれぐれも扱いは丁重にお願いします」

「はい。決して無闇に傷つけたりは致しません」

平賀は手袋をつけて衣装を受け取った。

「それから、聖アントニウスの聖遺物というのもここにあるのでしょうか？」

「ええ、そうですよ」

「念のため、それも持っていっていいでしょうか？」

ヤコブ神父は顔を顰めながら、モザイクで彩られた箱と絹の布袋を平賀に渡した。その大きさはセカンドバッグ程度であった。

「大変古いものですから、扱いにはくれぐれも注意なされてください」

「はい。調査が終わり次第、すぐにお返ししますので」

平賀は服と聖遺物を持って自分の居所に戻った。

まずは服の鑑定だ。

居所の床にビニールを敷く。その上に司祭服を背面が表になるようにして置いた。

銃弾はアントニウス司祭の額から後頭部に抜けたため、司祭の後頭部には血が放射状に飛び散ったことになる。衣装の襟首にも血がついているはずだ。

平賀が独自に映像分析し、演算した血痕の広がりと、この衣装に残された血痕が一致すれば、アントニウス司祭がこの衣装を着て撃たれたことの物証の一つになる。

平賀の予想どおり、司祭服の襟首部には半円状の血痕があった。ヘモグロビンに反応するライトで照らすと、それが青白く浮かび上がった。

血液に間違いない。

そこで、血痕の位置や飛散した場所を定規で測ってみる。

するとそれは直径約四・八ミリの放射円で、血痕の場所もその大きさも、映像から演算で割り出していた値と一致した。

次の問題は、この血が本当にアントニウス十四世司祭のものかどうかである。

平賀はスポイトで血痕に水を加え、稀釈されて生地の表面に浮いてきたうす茶色の液体を採取した。これでDNAが確認出来るはずである。

これを明日にでもバチカン本部に送り、後日、アントニウス司祭本人の血液を採取して、両者を照合すればいい。

それから電気をつけ、虫眼鏡を手にすると、司祭服をつぶさに見ていった。

一本の髪の毛が服に付着していた。黒くカールした髪である。アントニウス十四世司祭の頭髪の特徴と一致している。

これもビニール袋に入れて保存し、鑑定依頼に出すことにした。

そうしてなおも観察を続けていくと、小型のシデムシの死骸が数匹見つかった。

楕円形で平たいヒラタシデムシの類だ。

幼虫の時からおもに動物の死体に群がって、これを食べる昆虫である。

シデムシがいたということは、そこに死体があったということの明確な証であった。

この司祭服は死体に着せられていた。

そういうことである。

さらに、このシデムシをすりつぶして調べれば、DNAが採取できる可能性がある。

司祭服についた血と頭髪、そしてシデムシ。それらから採取したDNAと、今生きているアントニウス司祭の血液を照合し、それが一致すれば、「この衣装を着けて死んだアントニウス司祭」と、「今生きているアントニウス司祭」が一致するのかどうか、科学的に照合できる。

この衣装について調べられることは、今のところそれ位だ。

衣装についた血痕は、意外なほどに少なかった。撃たれた側よりも、撃った犯人側の方により多くの返り血が飛び散ったのかも知れない。

（これは狙撃犯の服も調べた方がよさそうだ。狙撃現場もこの目で検証し、犯人にも面会しておきたい。警察病院に死亡時の資料があれば、そちらも確認したい。それができるよう、ローレンに手配を依頼しなければ……）

ローレンとは平賀がとても信頼しているバチカン情報局にいる男であった。

次に、平賀は聖アントニウスの聖遺物なるものを見てみることにした。

布袋の中には、内衣と外着が入っている。モザイクの箱には、赤い瑪瑙と金で出来た指輪と宝玉の入った銀のロザリオが入っていた。

平賀はビニールシートの上に置いた司祭服をそっと畳んで、元のビニール袋に入れた後、聖アントニウスの遺物なるものをシートの上に広げた。

その時、居所のドアが叩かれた。

「平賀、入っていいかい？」

ロベルトだった。

「どうぞ。丁度、貴方を呼ぼうと思っていたんです」

平賀は答えた。宝飾品や衣服のことなら、ロベルトと相談したほうがより早く結論が出るだろうと思ったからだ。

「やれやれ、書庫に行ってきたけれど、なんだか今一つぱっとしないな」

ぼやきながらロベルトは入ってくると、ビニール袋の上に置かれた品々を見た。

「これは？」

「この教会が保管している、聖人アントニウスの聖遺物です。アントニウス十四世司祭はこれらを一目見た瞬間に、聖人アントニウスのものだと——つまり、生まれ変わる前の自分の持ち物だと分かったそうです」

「聖人の遺物を根拠として生まれ変わりを判別するだなんて、まるでチベットのダライラマ信仰のようで、カソリックらしくないね」

「ですが、生まれ変わりという概念は聖書の中でも示されていますよ。主イエス・キリストは、イサクやヨセフの生まれ変わりだと暗示されています。私は転生というものには、とても興味があります。実際、世の中には、生まれ変わる前に住んでいたとされる、まるで行ったことのない国の言葉を話し出すような子供もいるのだとか。無論、聖書では否定されることですが……」

「まあ、本当に生まれ変わりってものがあるなら、それも一つの奇跡ではあるよ」

「そうですね。貴方はこれらの品物、本物だと思いますか？」

　ロベルトは品々をじっくりと眺めて言った。

「うーん。様式としては見たことがないタイプだから、聖人アントニウスが使っていた三世紀半ばのものかどうかは、ちょっとわからないな。ただ、相当に古いものであることは確かだよ。このロザリオに彫られている魚の図案は、三世紀ごろエジプトでイエス・キリストの象徴としてよく描かれていたものと一致する。指輪の裏にはエジプト文字で『アントニウス』と刻まれているね。それ以外のことは、これらに付着している埃(ほこり)なんかを炭素測定するとか、熱ルミネッセンス法で鉱物結晶分析するとかして、年代測定するしかないだろうね。バチカンに持ち帰らないと調べようがない」

「そうですか……。大した手がかりにはなりそうにないですね」

平賀がつぶやいたとき、再び扉がノックされた。

「こんばんは、バンゼルジャです。ヤコブ神父の使いで来ました。もう聖遺物を返してもらってもよろしいですか？」

「あっ、はい、分かりました」

平賀は慌ててドアを開いた。

バンゼルジャは機械だらけの平賀の部屋を異様な物を見るような表情で眺めた後、聖遺物と衣装を大事そうに抱きかかえた。

「ご協力、有り難うございました。ヤコブ神父にも感謝の意をお伝えください」

平賀は丁寧にお辞儀をした。

「私どもはバチカンの調査については尊重いたしますが、こういった怪しげな機械で信仰を冒瀆なさるのは、どうも好ましくありませんな」

バンゼルジャはピシャリとそう言うと、背を向けて去っていった。

「やれやれ……。彼はかなりの堅物だね」

ロベルトが肩をすくめた。

「それよりロベルト、明日朝一番でバチカンに送りたいものができましたよ」

平賀は嬉しそうに笑って、採取した証拠品を指差した。

5

コプトは出窓から山の方角を見詰めた。

夜の暗闇の中、山の頂で赤いかがり火が点々と燃えているのが見えている。

耳を澄ませば、風にのって、微(かす)かに音楽や人の歌声が聞こえてくるような気がした。

コプトは思い出した。

幼い頃に母親や姉と行った春祭り(メイフェスティバル)のことを。

野外テーブルが置かれ、頭上にロープが渡され、様々な飾り付けがぶら下げられる。

テーブルの上にはごちそうが載っていて、それらを何でも好きに食べて良かった。

大きな薪が焚(た)かれ、その火の周りに大勢の人々が寄り集う。

男も女も、老いも若きも、笑いさざめき、互いに抱き合って言葉を交わす。

「春です。おめでとう」

バイオリンやアコーデオンで賑(にぎ)やかな演奏が始まると、人々は手を繋(つな)ぎ、輪になって踊った。

コプトも姉と両手を繋ぎ、ぐるぐると回った。

「春です。おめでとう！　春です。おめでとう！」

コプトはその時の興奮と喜びを思い出し、思わず大声を上げて、山の頂に見える炎に向かって叫んでいた。

「春です！　おめでとう！　春です！　おめでとう！」

コプトは叫びながら、居所の中をぐるぐると走り回った。

すると、激しい勢いでドアが叩かれた。

「コプト！　開けなさい！」

コプトは、びくりとして走るのを止め、そっとドアを開いた。

そこには鬼のような形相をしたバンゼルジャ神父が、手に鞭を持って立っていた。

「はい、なんでしょう、お父様」

バンゼルジャ神父はつかつかと入ってくると、コプトに向かって叫んだ。

「何度、言い聞かせれば、お前は良い神の僕になるのだ！　あれは魔女達のする祭りだ。恐ろしい異教の祭りだ！　そんなものに心を奪われていると、奴らにつけ込まれてしまうぞ！　後ろを向け！」

コプトは震えながらバンゼルジャ神父に背を向けた。

バンゼルジャ神父の容赦ない鞭がコプトの背中に飛ぶ。コプトは悲鳴を上げて泣いた。

＊　＊　＊

深夜、ロベルトが眠っていると、激しい悲鳴と泣き声と、鞭の音が下階から聞こえてきた。

「あの祭りがどんなものか、魔女がどんなに恐ろしいものか言いなさい！」

厳しい声が聞こえた。バンゼルジャ神父の声だった。

「春祭りは、魔女達の集会の祭りです。それはヴァルプルギスの夜。魔女達がサバトを開く夜です」

たどたどしく答えている声の主は、コプトのようだ。

「そうだ。そして魔女達は何をするのか！」

パシッという鞭の音が聞こえた。

「魔法使いと魔女達は牡山羊(おすやぎ)の姿をした悪魔を称え、その尻(しり)に接吻(せっぷん)します。そして幼い子供をむさぼり食います」

「よろしい。では魔女や魔法使い達の恐ろしさを言いなさい！」

「かれらは、呪いの能力を授けられています。滝のような雨を降らせて、耕地を水没させます」

「それから？」

「そっ、それから……」

コプトが言いよどむと、再び鞭の音が鳴り、悲鳴が聞こえた。

「家に雷を落とし、雹(ひょう)を降らせるのだ。そして井戸に毒を投じ、壁や扉の取っ手に油を塗ってペストを広めるのだ。よく覚えておきなさい！」

鞭の音が立て続けに聞こえ、それからバタンとドアを閉める音がした。

あとには、コプトがしくしくと泣く声だけが残った。

「あの……入ってもいいですか？」

ドアの外で聞こえたのは平賀の声だった。

「いいよ」

ロベルトが答えると、平賀がパジャマ姿で入ってきた。入ってくるなり、ふうっ、と溜息を吐く。

「なんだか、物音で眠れなくて……」

「ああ、バンゼルジャ神父とコプト修道士だろう？　僕も起きてしまった」

「魔女がどうだとか騒いでいますが、なんなんでしょう？」

平賀がロベルトのベッドの端にちょこんと腰を下ろした。

「春祭りの季節には魔女がサバトを開くといわれているからだろう。確かにコプト修道士は少しはしゃいでいたけれど、バンゼルジャ神父も過剰に反応しすぎだね」

「ええ。何も鞭でぶたなくても……」

平賀はやりきれなさそうに言った。

「昨今はサタニストが激増しているそうですが、貴方は魔女の存在を信じますか？」

平賀が神経質になっているようなので、ロベルトは気の紛れる話でもしてやることにした。

「ふむ。魔女ね。魔女や魔法使いというのは、信仰から離れた人々に最初、女夢魔や男夢魔が取り入るところから始まるらしい。そうなると彼等は呪いや占いにうつつをぬかすようになり、次第に悪魔の僕となっていく。一つ、僕が知っている面白い魔女事件の話を教えて上げようか？」

ロベルトが言うと、平賀は瞳を大きく見開いた。

「ええ、是非」

「一五九八年六月五日のことだ。ルイーズ・マイヤという八歳の少女に不可解な現象が起こった。手足の力が抜けて、四つんばいになり、歩かなくなったばかりか、頭を異様なふうに曲げるようになったんだ。その様子を見て、娘にどうやら悪魔が取り憑いたようだと思った両親は、カソリック主教会で悪魔払いをしてもらった。その結果、少女には、狼、猫、犬、ジョリ、グリフォンという名の五つの悪霊が取り憑いていることが判明した。司祭が、少女に誰のせいでそうなったのかと訊ねたところ、少女はフランソワーズという太った女性を示したという。

祈りを続けていくと、少女の口からは、悪霊が飛び出してきた。それは糸玉のような形をしていて、猫は黒く、それ以外は燃えるように赤く、すべて拳大の大きさだったという。悪霊たちは火の周りを三、四回まわって消えた。

すっかり回復した少女が言うには、両親の留守中にフランソワーズによって、堆肥そっくりのパンの皮を食べさせられ、『このことは言うんじゃないよ。さもなければお前を食べてしまうからね』と脅されたらしい。少女はその翌日から悪霊に取り憑かれたそうだ」

「悪魔の霊が口から吐き出されたなんて、本当でしょうか」

「記録によると、そうなっている。最初、フランソワーズは罪を認めなかった。だけど、村人は日頃から彼女を怪しんでいた。なぜなら、彼女は常に神と聖母マリアと天国の聖人について語り、数珠（じゅず）を手に祈っていたけれども、その数珠には十字架がついていなかったからだ。そこで逮捕ということになり、尋問を受けた。だが、フランソワーズは自白しなかった。そこで彼女は裸にされて体に悪魔の刻印があるかどうか調べられたけれど、刻印は見つからなかった。次に髪を切ることになった。そして髪を切り出すと、フランソワーズは不安な様子を見せ始め、全身をわななかせて自分が魔女であることを自白したというよ」

「堆肥のようなパンの皮とは、何かの薬物だったんでしょうか？」

「だったらしい。魔法薬さ。悪魔から魔女や魔法使いは、魔法の粉を貰（もら）えるということだ。この粉には色んな色のものがあって、色によって効能が違うらしい。大体は食べ物にそれらの粉をふって呪う相手に与えるといいとされている。そうして悪霊を憑かせたり、即死させたりする場合もあるらしいよ」

「その粉というのは、きっと毒薬の類（たぐい）ですよね」

平賀が身を乗り出した。

「特殊な軟膏（なんこう）もあるよ。悪魔からもらったり、自分で調合したりして作るのだけれど、その軟膏を体に塗ると、サバトに行く時に透明人間になれたり、狼に変身できたりする」

「そんなものがあったら面白いです」

「ふむ。他にも魔女や魔法使いは色んなことが出来るらしい。ある教会の記録によると、魔女に息を吹きかけられた男は手足の自由が利かなくなって、一年間苦しんだあげくに貧乏のどん底で死んだとされているし、一言で人を即死させる呪文もあるという」

「恐ろしいですね」

平賀がそう言った時、コプトの泣き声が止んだ。

ロベルトはそろそろ平賀を現実に戻して良いと判断した。

「それらが本当のことならばね。だけどこういう類の話はほとんど『魔女への鉄槌』という本からネタを取った作り話さ。そうそう、ここの書庫にも『魔女への鉄槌』があったよ。相当、読み込まれているような手垢（てあか）がついていたけれど、あれの愛読者は案外、バンゼルジャ神父じゃないかな」

『魔女への鉄槌』

ドミニコ会士でドイツの異端審問官であったインスティトリスおよびシュプレンガーの著作で、一四八七年に公刊されたその本は、中世の魔女狩り、魔女裁判の旋風を巻き起こした、悪名高き書だ。邪悪な魔女のイメージは、殆（ほとん）どこの本によって決定したといえる。

全編を貫くのは狂信的な危機感と、嗜虐（しぎゃく）的な使命感で、特に病的なまでの女性嫌悪である。

著者達はその想像力で、女性が悪魔と共に犯す数々の不潔な性行為を描き出し、あげくの果てにはこう断じる。

『敬虔な尼僧は疑わしい。というのは悪魔はそのような聖女を誘惑するのを名誉と心得るからである。もちろん、生きのいい娘も悪魔は逃しはしないし、恋人に捨てられ悲嘆に暮れる少女はもっとも誘惑しやすい。女性というものはなべて注意をゆるがせにしてはならず、教会にめったに顔を出さない女性は疑わしいし、また繁く通う女性は偽装の恐れがあるのでいよいよ疑わしい。

女性と悪魔の間に子供が出来るが、このような魔女の子は悪魔と同類である。そのようにして出来た娘は、そのもっとも幼い者であっても相手の男悪魔をもっており、それとの淫行にふける。またこのことは、しわだらけの老婆でも同じである』

何故、こうも女性を魔女として恐れるのか。それは当時、女性の地位が社会的に父や夫の存在によるものであり、権威社会と分離したものであったが故に、女性を糾弾しやすかったこともあるが、妻帯を許されない聖職者の持っている女性への恐れ、すなわち自分達を誘惑する者としての女性を、悪魔の使いと見なしたことにもよるだろう。

だが、魔女狩りの時代は、『魔女への鉄槌』に対する批判すらも、自らが魔女であることの自白に等しかったのである。

「中世の魔女狩りで魔女とされた者達に関しては、今では残酷な拷問の果ての自供が導いた根拠の無いでっち上げだったと結論づけられているよ。フランソワーズの場合も、当時の女性としては耐えられないような、全裸にされるとか、髪を切られるとかいう辱めを受けるのが苦痛で、自白したんだろう。拷問して自白しないときは時で、自白しないという事実が悪魔の保護下にある証拠だとされて断罪されたしね。僕も古い文献に記されている魔女の自供に基づいて、魔女たちが使うとされた透明になる軟膏などを試しに制作してみたりもしたけれど、効果はなかった。だから、魔女裁判に記録されている魔女の集会だとか、邪悪な魔法の力を持っている魔女という存在は、結局、フィクションだったってことさ」

ロベルトは言った。

平賀は、ほっとしたような溜息をついた。

「ですよね。だけど確かに『魔女狩り』は教会の不名誉な歴史ですね」

平賀が憂いを含んだ顔で言った。

「そうだね。特に激しく行われたのは一五九〇年から一六一〇年までと、一六二五年から一六三五年。そして一六六〇年から一六八〇年の三度の時期だけど、それだけで魔女狩りの犠牲者の数は十万を超えるというよ。僕も教会が隠している魔女裁判の記録を厭と言うほど見てきている。その限りにおいて言えば、魔女そのものより、魔女に対する拷問のあり方のほうが、余程悪魔的で恐ろしいものさ」

「その話は聞きたくありません。なんだか魘されそうですし……」

平賀は、しゅんとした声で言った。

しね」

「そうだね。知らぬが花だ。さて、そろそろ眠ろうじゃないか。明日の朝から忙しそうだ
「ああ、そうでした。遅くまですいませんでした」

「いや、いいんだ。じゃあ、明日」

「はい、また明日」

平賀はベッドから立ち上がり、居所を出て行った。

ロベルトはちらりと窓の外を見た。

山の上ではまだかがり火が燃えている。

春祭りは、キリスト教以前にヨーロッパ中で広く行われた習慣である。

キリスト教到来以前、ノース人の異教の春の風習では、季節の変わり目の春祭りを『死者を追い込む祭り』とも言い、この夜は生者と死者との境が弱くなる時間だと信じられていた。かがり火は、生者の間を歩き回る死霊と悪霊とを追い払うために焚かれるものだ。

そして祭りは翌日の光と太陽が戻るメーデーを祝う事へと繋がっていく。

今頃、村人たちは、浮かれ騒いでいることだろう。

確かに厳しい修道生活をしている側から見れば、それらを不謹慎に思う者がいてもおかしくはない。

だが、それは所詮妬みでしかないのだ。

ロベルトは気難しげなバンゼルジャの顔と、気の毒なコプトの顔を思い出しながら眠り

につ いた。

第三章　永遠の平和村

1

朝の鐘が鳴り響き、主祭壇での礼拝が始まる。

水圧オルガンの音が鳴り響き、昨日と同じく不可解な賛美歌が教会中に鳴り響いた。

その後、朝食を取るために食堂に向かう。

昨夜(ゆうべ)と同じ老神父たちと一緒のテーブルにと案内される。

朝食のメニューは豆と人参のスープ、山盛りのマッシュポテト、厚切りチーズ、パン、水で割ったワインだ。

ロベルトはこのすこぶるシンプルだが新鮮な味わいの朝食に満足していた。

すると隣で食事をしていた平賀が手を止めた。

「あの、ゲオルギ神父、アントニウス司祭のおられるという瞑想(めいそう)の間というのは、どの辺りなのですか？」

平賀の心ははやっている様子だ。

ゲオルギ神父は、ぎろりと平賀を見た。

「昨日の今日で、またそのお話ですか？　瞑想の間は教会の裏手にありますが、代々のアントニウス司祭の遺体が安置されている神聖な場所ですから、しっかり鍵がかかっております。アントニウス司祭のお許しが出ない限り、私には鍵を開けることはできませんので」

「ええ、それは分かっています。ただ、どんなところかと気になったのです」

平賀は口を閉じた。

食べ終わると、二人は裏口から外に出た。

「ゲオルギ神父はああいったけれど、ちょっと地下墓所を見学してみるかい？」

ロベルトは落ち着きのない様子の平賀に言った。

「そうですね。もしかすると中を見られるかも知れないですし」

平賀は頷いた。

教会の裏手には石畳の広場が広がっていて、そこに確かに地下への下り口があった。広場の真下が地下墓所になっているのだ。

地下への階段は半ばまで下りることができたが、鍵のかかった鉄柵の扉に阻まれてそれ以上は進めなかった。鍵は内側からかけるタイプで、外からは鍵がないと開かない様子である。

鉄柵の向こうには、階段を下りきった場所から広がる地下墓所の景色があった。薄暗くて分かりにくいが、石の棺が何個か見える。

奥にいくと、ぐっと右に曲がる通路のようなものがあって、そこから僅かに光が漏れていた。

「この奥にアントニウス司祭がおられるのですね」

平賀が呟いた。

「そうだね。ここには代々のアントニウス司祭の十三の亡骸が眠っているし、凶弾に倒れたアントニウス十四世も一度は葬られた場所だということだ」

「誰にそんなことを聞いたのですか？」

「昨日、書庫で教会史を捜していたら、地下墓所の埋葬記録が出てきてね、そこに書かれていたよ」

ロベルトは軽く答えた。

「亡骸……。ああ、そうなんです、ロベルト。今の私の不満は、アントニウス司祭の亡骸に関する科学的資料が不足している点です。私達がイエズス会から提供されたのは、銃撃の際の動画と司祭の葬儀の動画だけ……。他には、ラプロ・ホラ教会の神父の証言記録、イエズス会からの申告といったところです。銃撃時の動画をネットで拾ったりもしましたが、そちらはやはり資料としては信憑性が低いものですし」

「まあ、編集や加工された形跡がないとしても、非常によくできた動画を偽造した可能性も否定できないよね」

「そうなんです。確かに銃撃と葬儀の動画はとてもインパクトがありました。いえ、ありすぎる位でした。あのような視覚的情報を得てしまったら、それだけで本当のことだと信じたくなるものです。でも、それは危険なことです。私はあの映像と証言だけでは不服です。何でもいいから、確信的な科学的記録を手にしたいのです」

「例えばどんな？」

「例えば検視や解剖の記録、死亡時の脳波や心電図の記録……などです」

「そんなものが存在するのかな……。あるとすれば、彼の死を宣言した警察医の記録ぐらいだろうか」

「あるなら、それを見たいです」

「ふむ。そうだね。それと、警察の鑑識の手によるしっかりとした事件現場の写真なんかも見てみたいね。警察に協力してもらえたら、新たな証拠も出てくるだろうし」

「ええ、そうですね。本部のローレンに手配をお願いしてみます」

二人は地上に引き返した。

広場を少し下った川岸には物干し台があって、平賀の服が風に揺れていた。

その近くの川辺では、洗濯や沐浴をする若い修道士らの姿が見える。

十代の少年達が半裸で歓声を上げて戯れている。

無理もない。彼等はまだ遊び盛りの子供なのだ。

すると、どこからかバンゼルジャ神父が飛んできて、「静かになさい！」と叱り倒した。

修道士達は皆、無口になり、手早く体を拭くと、服を着始める。

それを確認したバンゼルジャ神父は、納得した顔で去っていった。

平賀とロベルトは顔を見合わせた。

「厳しいですね」

平賀が言う。

「僕が子供の時にもああいう神父がいて、よく怒られたものだよ」

ロベルトは答えた。

そのとき、野菜や果物を荷台一杯に積んだトラックが石畳を走って来て、二人の近くに停車した。

車から作業着姿の男女が降りてくる。そしてトラックから荷を下ろし、それらを教会の裏手にどんどん積み上げていった。

「やあ、おはようございます。それは村で採れた野菜ですか？」

ロベルトはルノア語で声をかけた。

「おはようございます。ええ、そうですよ。採れたてのトマトにキャベツ。卵やミルクもあります。すべて村の共同農場でこしらえたものです」

頭に黒いスカーフを巻いた女性が振り返り、ラテン語ですらすらと答えた。

「驚きました。ラテン語がお上手ですね」

ロベルトは舌を巻いた。

「ありがとうございます。そう言っていただけると、頑張って勉強した甲斐（かい）があります。

貴方がたはバチカンから来られた、ロベルト神父様と平賀神父様ですね？」

「ええ」

「お会いできて光栄です。私はエレナ・ラデリッチ。『村の共同農場』の責任者です。この村を代表して、毎年欠かさずバチカンへ巡礼もしているんですよ」

エレナはニッコリと笑った。子リスのようにくりっとした青い目が印象的な女性である。年齢は四十歳前後だろうか。

「そうなのですか。この村の方は皆、信仰深いのですね」

平賀が微笑んだ。

「はい。それが私達の誇りです」

エレナが答える。

「『村の共同農場』とはどういうものですか？」

ロベルトは訊ねた。

「神父様、それは村人全員が働いている農場のことです。私達は皆で畑や乳牛や鶏の世話をして、採れたものも皆で分配しているんです。村人の間に不平等が起きないよう、土地や私財はすべて教会に寄進します。教会は私達に恵みと安らぎをもたらして下さいます」

「素晴らしいですね。まるで理想郷です……」

平賀が感心したようすで呟いた。

「きっと、このような教会と地域との関わりは、他に類を見ないでしょう。世界中の全ての地域が私達のようにすれば、平和な世界が訪れると思うんですけど」

エレナはそう言いながら、ハンカチを取りだし、額の汗を拭いた。

「エレナさん、貴方がたはほとんど自給自足の生活をしているということですか？　村で作れないものもあるでしょうに」

ロベルトは訊ねてみた。

「勿論ですわ。例えば、車のガソリンや工業用品などは外から買っています。村の農産物や土産品などを売ったお金を当てているそうですけれど、詳しいお金の計算は私にはわかりませんわ。ただ、私が子どもの頃には必要な物が買えずに不便だった記憶がありますわね……。それも今は、聖アントニウス司祭様のご加護のお陰で、すっかり不自由もありませんの」

「……そうですか、それはよかったですね」

（なるほど。アントニウス司祭を手中に留めるために、イエズス会が莫大な寄付金を送り、その金で村が潤っているという仕組みかもしれないな……）

ロベルトは一人、胸中で呟いた。

「エレナさん、私はアントニウス司祭が狙撃された事件について調べているのです。貴方は司祭が撃たれた討論会をご覧になりましたか？」

平賀が尋ねると、エレナの顔色がさっと青ざめた。

「おお……あの二月二日のことは、まるで悪夢のような出来事でしたわ。あの日、私は討論会には行かず、村の共同農場で仕事をしておりました。すると、会場に行っておられたはずのバンゼルジャ神父様とペトロパ婦人が真っ青になって戻ってらして、『聖アントニウス様が撃たれた』と仰って……。その日のミサで、棺に納められたあのお方のお顔を見たときは、ショックで息が止まりそうでしたわ……」

「ペトロパ婦人があの日、討論会に行っておられたんですね？」

「ええ。ペトロパ婦人とダニエラとヨルダレカご夫妻、それから青年会のミハイルとロモラがあの日、お手伝いのために会場に行っていました」

「その皆さんのお話を聞いてみたいのですが」

「それなら村の会議所に行かれると良いでしょう。ペトロパ婦人とダニエラご夫妻ならそこに居られると思います。よろしければ、私たちの車でお送りしますわ」

「いえ、結構です。歩いていきますから」

2

ソルージュ川にかかる石橋を渡り、村に入ると、すぐに緑の牧草地が山のふもとまで広がっていた。そこで山羊と羊がのんびりと草をはんでいる。

細い道沿いには、綿飴みたいな雲が漂う抜けるような青い空を背景に、倉庫らしき煉瓦造りの建物がしばらく並んでいた。

「やあ、神父様方、どこにお出かけで？」

見知らぬ男性が声をかけてくる。

「おはよう、神父様」

買い物帰りと見える婦人も会釈してきた。

そうして行き交う人全てが、ロベルトと平賀に対して、親しげに、なにがしかの声をかけてくるのだった。家に遊びに来ないかと誘う者までいる。

すでに二人のことは村では知らない者がいない様子だ。

「僕たちは有名人のようだよ」

ロベルトが言うと、「なんだか本当の田舎に帰ったようで癒されます」と平賀が答えた。

その先に白い簡素な建物が見えてきた。看板を読むと村の会議所とあった。

「あそこのようだ」

ロベルトは指さし、二人は建物の玄関前に歩いていった。

玄関のノッカーを叩いたが、誰も出てこない。扉は十センチほど開いたままになっている。

「玄関を開けっ放しとは不用心だな。勝手に入っていいものだろうか」

「きっとこの村には泥棒もいないんでしょう。でも、一応、声はかけておきましょう」

「そうだな。すみません、どなたか、いらっしゃいませんか？」

ロベルトが大声を出したときだ。「ミャア」と声がして、黒猫が二人の足下をすり抜け、扉のすき間から中に入っていった。

猫の体に当たって扉が大きく開いていく。

猫はそのまま廊下をまっすぐ走っていき、窓辺に立っていた老女の腕の中にピョンと飛び込んだ。

「あらあら、ミーシャったら、またご飯をおねだりに来たの？　食いしん坊ちゃんね」

そういってほほ笑んだ老女は、昨日出会ったヨハンナ婦人であった。

「どうもこんにちは、ヨハンナ婦人。その猫、飼っていらっしゃるんですか？」

ロベルトは声をかけた。

「あら……あら、恥ずかしいところを見られちゃいましたわね。いえね、何度かご飯をあげたら、この通りなの」

「そうですか。ところで、こちらにペトロパ婦人とダニエラとヨルダレカご夫妻がいらっしゃると聞いてきたのですが」

「ええ。その三人ならいつだって奥の部屋にいましてよ。ここには仕事がない老人たちが集まって、毎日おしゃべりをしたり、働いている家の子どもの面倒を見たりしているんです。私もそう。ここと家を往復する毎日なんですよ。そこの、ほら、花壇にコスモスが植わっている青いポストの家があるでしょう？　あれが私の家なのよ」

ヨハンナ婦人が指差した窓の外には、青い郵便ポストとコスモスが花壇で揺れている一軒家が見えた。お伽噺（とぎばなし）に出てきそうな、小さな煉瓦造りの家だ。

「さあ、じゃあ奥の部屋へどうぞ」

ヨハンナは廊下の突き当たりまで歩いていき、扉を開いた。

広い部屋にテーブルや椅子がいくつも並んでいて、二十人ほどの老人達が読書をしたり、編み物をしたりと思い思いの時間を過ごしている。

各テーブルの上に花瓶があって、春の花が揺れている。壁にも花飾りがかかっていた。日当たりのいい窓際では子どもたちが円になって座り、ペトロパ婦人が子らに歌を教えている姿があった。

ダニエラとヨルダレヵ夫妻はお茶を飲みながら談笑している。

平賀とロベルトは早速、三人から銃撃事件の目撃証言を聞いてみることにした。

「とにかくあっという間の出来事だったのよ。何がどうなったかなんて、もう頭が真っ白になって、よくわからなかったわ。とにかく黒い影みたいなのが、アントニウス司祭様の目の前にさっと飛び出してきたかと思ったら、銃声がして、アントニウス司祭様の後ろのパネルがバタンと倒れて、バンゼルジャ神父の悲鳴が聞こえたのよ。すぐにバンゼルジャ神父が司祭様のもとに駆け寄っていくのが見えたわ」

ペトロパ婦人が言った。

「私は犯人が壇上(だんじょう)にあがってきた瞬間を見ましたよ。確か、白っぽい服を着た奴でした。そいつがしばらく舞台の下をうろついていて、それから突然、舞台に駆け上がってきたんです。てっきり会場のスタッフか何かだと思っていたら、そいつがいきなりアントニウス司祭様に近づいていって、次の瞬間、奴がズボンのポケットから銃を取り出すのが見えたんです。そして銃声が聞こえて、舞台が血の海になって……」

ダニエラ老人の言葉を、ヨルダレカ夫人が遮った。

「いいえ、あなた、舞台が血の海ってことはなかったわ。血なんてほとんど見えなかったわ。私達の席から見えたのは、男の後ろ姿だけだった……。それで、すぐに警備員が舞台に駆けあがってきて、犯人を取り押さえたのよ。私達はそれを見て、ハッとして、あわてて舞台に駆け寄ったのよね……。そこでようやく、アントニウス司祭様が舞台に倒れているのを見たのよ」

ヨルダレカ夫人が言った。

「あの襲撃事件の目撃者はどのくらいいたんですか？」

ロベルトは訊ねた。

「そうねえ、あの日の聴衆は五千人はいたはずです。私達も、東方正教会の人達も、ムスリムの人達も、全員があの事件の目撃者ですわ。次の討論会は十日後にあるんですけど、選挙前に行われる特別な討論会だから、今度は村人全員で見に行きますの」

それらをロベルトが訳して話すと、平賀は真剣な顔をした。

「あの日、ビデオや写真を撮っていた人はいないか、訊いてもらえませんか？　特に司祭が舞台で倒れた姿とか、葬儀で司祭の亡骸を撮られた方はいないでしょうか？」

ロベルトがそれを訳して訊ねると、老人達は困り顔を見合わせた。

「討論会の様子は青年会のミハイルとロモラが撮影していましたよ。でも、凶弾に倒れたアントニウス司祭様にカメラを向けるなんてことは、村の誰も……。だって、そうじゃありませんこと？　もし貴方が敬愛するお父様やご家族が亡くなって、その姿がむごかったならカメラで撮りたいなんて、お思いになるものかしら……？　ただ棺の中のご遺体は村の誰もが見ましたわ。お労しいことに、額に大きな穴が開いておいででした」

ペトロパ婦人が言った。

「遺体は確かにアントニウス司祭だったのですか？」

「ええ、私どもがアントニウス司祭様を見間違えるはずがありません。ご遺体に花を手向けるとき、間近で見ていますし」

ロベルトがそれを平賀に伝える。

「では、ミハイルとロモラという方からお話を聞きたいので、明日ここでお会いしたいと伝えてもらってください。そのとき、彼らが撮影したものを全て見せてほしいと言っておいてください」

平賀の願いを、ロベルトはペトロパ婦人に伝えた。

「教会に嘘の証言を迫られているということはないかな……」

ロベルトがイタリア語で呟くと、平賀は首を振った。

「ここの人達が嘘をついているような気はしませんね。嘘ならもっと話が統一されていると思います。こんなに証言がまばらなのは、却って真実を語っているからだと思えます。みんな、ショックで記憶がまちまちなのでしょう」

「なる程ね」

ロベルトは妙に納得した。

「本当に五千人が目撃し、ムスリム信者や東方正教会の信者達も目撃しているとすれば、その人達は教会ともイエズス会とも関係の持ちようがない人々です。それらの人にも確かめたほうがいいですね」

平賀が言った。

「確かにそうだね。それが確認できれば、偽証という線は崩れそうだ。だけど『死からの復活』などそう簡単には認められないよ」

「勿論です。簡単には認めません」

それから二人は、インターネットが繋がっている部屋に案内してもらえないかと訊ねた。するとヨハンナ婦人が、「私がご案内しますわよ」と、猫を抱いたまま立ち上がった。

案内されたのは村のカソリック援護会の帳簿をつけるための部屋らしかった。

スチールの棚があって、書類がビッシリと並んでいる。

壁際の席にパソコンが置かれていて、それがネットに繋がっていた。

平賀は本部のローレンにメッセージを送った。

『本日、アントニウス司祭の衣装から採取した証拠品を送りますので、ＤＮＡ鑑定をお願いします。

それから、超小型で十二時間以上連続撮影ができる録画機材をお送り下さい。暗く狭い場所で使用しますので、暗所にも対応し、三脚を使わずに石壁に取り付けられる接着タイプが望ましい。それから、簡易な脳波測定の機材も送って下さい。

それから、アントニウス司祭の銃撃事件に関して警察の協力が得られるよう、要請して下さい。警察の鑑識員が撮影した銃撃現場の事件写真、警察病院での死亡が確認された際の医療記録、狙撃犯の犯行時の着衣を鑑定した記録等を閲覧したいのです……』

すべての用件を書き終え、平賀はロベルトを振り返った。

「ロベルト、貴方もなにか使いますか？」

ロベルトは一寸、腕組みをして考えていたが、「そうだね。では一寸、考えが閃いたからやってみよう」と答えた。

平賀はロベルトに席を譲った。

ロベルトはインターネットで目当ての掲示板を開いた。

そして猛スピードでキーボードを叩く。

作業は五分ほどで終わった。

ロベルトが欠伸交じりに伸びをした時、近くの壁に貼られている古い写真が目に留まった。

それは男女三十人ばかりの集合写真で、遠くに教会らしき建物が写っていた。

随分と古いもののようで、セピア色に色褪せている。

「この教会、どこかで見覚えがあるな……」

近くで腰掛けながら猫をあやしていたヨハンナ婦人が、ロベルトの近くによった。

「何を見ていらっしゃるの？」

「これです。どこの写真かなと思って」

ロベルトが壁に貼られている写真を指さすと、ヨハンナ婦人は首を傾げた。

「さあ……。皆が適当に、思い出の旅行の写真なんかをここに貼っていくのよね。これも誰かの団体旅行じゃないかしら」

「ええ、そんな感じですね。どこかのローカルな観光地かな」

ロベルトは納得し、平賀に言った。

「旅行の記念写真なんだって」

「そんなことよりロベルト、私たちは郵便局に行かないと」

平賀はそう言って立ち上がった。

二人は会議所を出て、教わった郵便局への道のりをのんびりと歩いていった。

春の穏やかな日差しの下、時折、牛の鳴き声がしたり、頭上で雲雀がさえずったりしている。家々はだいたいが同じぐらいの大きさで、そのどれもがお伽噺に出てくるような可愛い煉瓦造りの家だ。小さな庭があり、思い思いのガーデニングが施されている。庭先では小さな子供や飼い犬が走り回っていたりもした。

しばらく進むと、道端で鳩に餌をやっている老人が二人に声をかけてきた。

「ボンジョルノ！　神父さんたち、どこへお出かけですかな」

「こんにちは。お爺さん、イタリア語がわかるんですか？」

ロベルトが尋ねると、「まあ、そこそこにな」と老人は胸を張った。

「私たちは郵便局に行くところなんです」

平賀がイタリア語で言うと、「それならここじゃぞ」と老人は自分の背後を指差した。

「わしは村の郵便局長、アレン・バビッチじゃ」

アレン局長はニッコリ笑った。

「バチカンに出したい荷物があるのです。大事なものなのでエクスプレス便で」

「エクスプレス便のう……。うーむ、ちょっとばかり待ちなされ。確か……この辺に伝票があったような気がするわい……。おっ、あったぞ、これじゃな」

アレン局長はしばらく机の引き出しをかき回して、書類を差し出した。

ロベルトがそれを受け取り、宛名を書いて荷物に封をする。

平賀はその作業を不安そうな顔で見つめていた。

「なくすと困る、大切な荷物なんです。本当に大丈夫でしょうか？」

イタリア語で平賀が言った。

「わしに任せるといい。きっと大丈夫じゃ。郵便局長を信じなくて何を信じるというんじや！」

アレン局長はぐっと親指を立ててみせた。

3

郵便局を出た二人は、徒歩で教会に戻った。

午後の聖堂では神父や修道士たちが、自分たちが思い入れている聖人の祭壇の前に立ち、順番にイコンにキスをして、その前で床に頭をこすりつけて十字を切っている。

平賀とロベルトはバンゼルジャ神父の姿を捜して教会を歩き、小さな祭壇の前で彼を見つけた。バンゼルジャ神父の側にはやはりコプトがくっついている。平賀は、そっと声をかけた。

「失礼します。バンゼルジャ神父。少しお話を伺いたいのですが……」

バンゼルジャ神父は険しい顔で答えた。

「なんですか？　祈りの途中ですよ」

「大事なことなのです」

平賀が言った。

「祈りより大事なこととは？」

「アントニウス司祭のことです」

バンゼルジャ神父はようやく振り返った。

コプトも一緒に振り返る。

「なんでしょう？」

「村の人達から、狙撃事件の時の様子を聞いて回っています。すると、アントニウス司祭が撃たれた時、貴方がいち早く、司祭の元に駆け寄ったと言われたのですが」

「確かに、私はアントニウス司祭様の送り迎えをする為に、会場におりました。一番、前列の席で、しかもアントニウス司祭様のお立ちになっている場所の近くに席を取っていたので、あの恐ろしい事件が起こった時に、誰よりも早くアントニウス司祭様の倒れていらっしゃるところに走っていきました」

「ということは、アントニウス司祭が撃たれた瞬間もよく見ていますね」

「ええ、犯人は私の後ろから横を通り過ぎていきました。黄色いシャツを着た若い男で、あっという間にステージに飛び上がると、アントニウス司祭に駆け寄ったのです。犯人が銃を出して、アントニウス司祭様の額に向け、銃を発射するのをこの目で見ました。私は余りの恐ろしさに悲鳴を上げて、司祭様の倒れていらっしゃる場所へと駆け寄ったのです」

「その時、貴方は血を見ましたか？」

「ええ、見ましたとも。駆け寄って、お側に座った私の服の裾にも血が付きました」

「アントニウス司祭はどんな様子でしたか？」

「どんな様子もなにも、額に穴が開いて、そこから血が流れていました。目は見開かれていて、息はありませんでした。私はアントニウス司祭様の名前を何度も呼んで、体を揺りましたが、司祭様は事切れておいででした」

「死んでいたと言い切れますか？」

「当然です。額を打ち抜かれて死なない人間がいるでしょうか？」

バンゼルジャ神父がいらいらした様子で答えると、コプトは落ち着き無く足踏みを始めた。

平賀は、こほんと咳をして、非常に聞きづらいことを訊ねた。

「その時の証拠写真とか、何か撮影したフィルムのようなものは持っておられないでしょうか？　遺体の写真ならなんでも良いのです。それと、もし貴方の服にもその時の血が付いたというのなら、その服を少しお預かりしたいのです」

「はっ？」

バンゼルジャ神父は信じられないという顔をした。

「そのような状態で、証拠写真などいちいち取るはずもございません。アントニウス司祭様の様子は見れば分かるものでした。それに血の付いた服をどうしようと言うのですか？」

「お父様、怒らないで！　お父様、怒らないで！」

コプトが頭を抱え、目に涙を滲ませながら言った。

「コプト、落ち着きなさい！　お前はいらぬことを言うではない！」

バンゼルジャ神父はコプトを叱りつけながら、平賀を睨んだ。

「わっ、分かりました。写真は無いということですね。えと、では服を預からせて下さい。服についた血を調べたいのです」

するとバンゼルジャ神父の顔がみるみると青くなった。

体はぶるぶると震え、髪の毛は逆立っていく。

「血を調べるですって！　恐ろしい！　悪魔の所業だ！　罰当たり者！　なにを疑っているのか！　神の奇跡を信じないなんて、恐ろしい人だ！」

バンゼルジャ神父が狂ったように叫んだ。

その声は教会中に谺した。近くで修道士達を従えて祈っていた老神父の一人、ヤコブ神父が足早にやって来た。

「何を言い争っているのです？　不謹慎ですよ」

「いえ、別に言い争ってはいないのですが、バンゼルジャ神父が私の申し出に怒られてしまったんです」

平賀はそう言って、ヤコブ神父にことの次第を説明した。

「バンゼルジャ神父の、アントニウス司祭様の血がついた服がそんなに必要なのですか？」

話を聞き終わったヤコブ神父は、平賀に確認するように言った。

「はい。列聖の調査は非常に厳密にしなければなりません。バンゼルジャ神父の服は必要です」

平賀は答えた。ヤコブ神父は暫く目を閉じていたが、バンゼルジャ神父に命じた。

「バンゼルジャ神父、平賀神父に服を預けなさい」

「しっ……しかし……」

バンゼルジャ神父は不服そうである。

「いいから、私達に嘘はないということをバチカンに知っていただくのだ」

ヤコブ神父が言うと、バンゼルジャ神父は、しぶしぶと頭を垂れて去っていった。

「とても残念です。今日はアントニウス司祭の銃撃現場に居合わせた目撃者に何人も会えたというのに、新しい有益な証言はさして得られませんでした……」

平賀はがっくりと肩を落とした。

「無理はないさ。君の言うとおり、自分達の最も敬愛するアントニウス司祭が目の前で撃たれたんだ。皆、パニックになって頭も真っ白だったとしたら、死体を写真に撮るなんて発想がなかったのも無理ないよ。確かにバンゼルジャ神父の反応など見ていると、彼がイエズス会の陰謀に荷担しているなんてことはなさそうだ。まあ、こう言っちゃ悪いが、相手が老人と田舎の神父とくれば、とびきりの世間知らずというわけだしね」

「そうかも知れません。だけど残念です……。あとは村の青年会の方の証言と映像が頼りです。それとバンゼルジャ神父の服についた血といったところでしょうか……」

「まあ、それもあまり期待しない方がよさそうだよね」

ロベルトが言うと、平賀はハーッと溜息を吐いた。

「せめて私がこの目で現場を見て検証したい。犯人に面会して、警察からも話を聞きたいものです」

「その点に関しては、僕らの力ではどうにもならないよ。ローレンがどうにか手配してくれるのを待つしかない。そうだろう？　彼から返事があるまでゆっくり待とうじゃないか。昨夜、老神父達にも言われたとおり、このラプロ・ホラでの生活を味わいながら……ね」

「どうやら、そうするしかなさそうですね……」

「さて、じゃあ僕はこれから書庫にでも籠って来るとしよう。君はどうする？」

「私は、今、手元にある証拠を再検証することにします」

「そう。じゃあ、夕食のときに会おう」

ロベルトは手を振って行ってしまった。

平賀は居所に戻り、パソコンに記録していたアントニウス司祭の狙撃映像を何十回も何百回も繰り返し見た。そうして何かの手がかりを探そうと試みたが、作業は空振りに終わった。

夕食の後。

平賀は狙撃事件当日のアントニウス司祭、その前の彼、その後の彼、水の上を歩いてきた彼……手元にある限りの司祭の顔を、顔認識ソフトに取り込んで比較した。それぞれの顔から複数の顔領域をマークし、目や鼻や口などの座標位置をチェックする。

だがどこからも異常は見当たらない。手元のデータを検証する限りにおいて、狙撃前の司祭と当日の彼、後日の彼のすべては同一人物だという答えが出るのである。

『現状、アントニウス司祭が撃たれて復活した件について、これを疑うだけの証拠は得られていません』

たった一行分のレポートをメモすると、平賀は捜査に行き詰まり、頭を抱えた。

仕方なくベッドに横になる。

頭を整理しようと目を閉じていると、居所のドアが叩かれた。

教会は誰もが寝静まっているらしく静かである。

「はい。どなたでしょう?」

「バンゼルジャです。服を持ってきました」

平賀は立ち上がり、ドアを開いた。

神父服の上から羽織る外套を腕にかけたバンゼルジャ神父が立っている。バンゼルジャ神父は憂鬱そうなぎょろりとした目で平賀を射貫くように見た。

「これがアントニウス司祭様の血がついた服です。洗ったので、血が残っているかどうか分かりませんが、右側の裾の辺りについていたと記憶しています」

バンゼルジャ神父は平賀に外套を手渡した。

そして訝しげに鼻をひくひくとさせると、「怪しい匂いがする。魔女が来たのかもしれませんぞ」と平賀に言った。そしてくるりと背を向けると去っていった。

平賀はドアを閉めながら、居所の匂いを嗅いだ。

甘酸っぱい良い香りが漂っている。

それは出窓に置いてある花瓶に一輪入った紫色の花、ベラドンナの香りだった。

(いい匂いなのに、怪しい匂いだなんて……。バンゼルジャ神父はどうかしている)

平賀はそう思いながら、バンゼルジャ神父の外套を小包の箱に入れ、バチカンに郵送する用意をしたのだった。

*　　*　　*

翌日も平賀とロベルトは村の会議所に出かけた。

会議室に着くと、そこではやはり、老人たちと子供たちがのんびりとした時を過ごしていた。

ペトロパ婦人とダニエラ氏はチェスをしている。

ニコライ老人は子供たちに絵本を読み聞かせている。

ヨハンナ婦人とヨルダレカ夫人は編み物をしていて、二人の足下で猫が毛玉にじゃれついている。

摘んだ花で冠を作っている老女がいたり、窓際でうとうとと船を漕いでいる老人がいたりする。

見ているだけで眠気を覚えてしまいそうな風景だ。

平賀はネットのある部屋に行き、メールをチェックしたが、ローレンからの返答はまだ来ていなかった。

しばらくすると、青年会のミハイルとロモラがやってきた。

二人は農作業をしていた様子である。日よけ帽を被って軍手をはめ、ベージュの作業着を着ていた。そして泥の付いた長靴を履き、ミハイルの手には鍬が持たれている。

「『共同農場』にいらっしゃったのですか？」

ロベルトが訊ねると、二人は頷いた。

「ええ、今は収穫期ですからね。作物の出来は上々です」

「薔薇園でも、新種の薔薇の開発がうまくいったんですよ」

「それはよろしかったですね」

ロベルトは愛想良く言った後、さっそくインタビューを開始することを伝えた。

平賀とロベルトは人気の少ない席の方へとミハイルとロモラを誘った。

丸いテーブルを囲むようにして座る。

「あの日の討論会のことは、一生忘れられません。思い出すだけで手が震えてきます」

ロモラが言った。

「君達が記録したものは全部持ってきてくれたかな？」

「あの日僕らが撮影したビデオの原本は、ゲオルギ神父様にお渡ししました。バチカンに提出するからといわれたものですから。でも、コピーしたものは二階に保管してあります。青年会ではアントニウス司祭の参加するイベントは全て撮影しておくことにしているんです」

ミハイルが言った。

ロベルトがそれらを訳して伝えると、平賀は「それらの資料を全部お借りしたい、と伝えてください」と言った。

ミハイル達の案内で二人は資料室に行き、段ボール箱一杯のビデオテープと再生用のデッキを貸してもらった。

そうして二人はバンゼルジャ神父の外套をバチカンへ送るため郵便局に寄った後、教会に戻った。ロベルトは書庫やアトリエを行き来し、平賀はビデオのチェックに明け暮れた。

だが二人とも、事態を打開するようなものは何も見つけることができなかった。

その代わり、ここの教会での生活のことはよう〈知ることができた。

ラプロ・ホラ教会では約五十名が共同生活を送っている。

そのうち十六名は、神学校で学び叙階を受けた正式な神父。

その残りが「清貧・貞潔・服従」の誓いを立てた修道士であった。

修道生活の朝は早い。

まな板のようなものを木槌で叩く合図によって、彼等は目覚める。

早朝四時から六時半までに一階の側廊にずらりと並ぶ大小すべての祭壇を清めて炉儀を行う、朝のお勤めがある。

神父達がそれぞれ先頭になって、修道士が所定の祭壇へと移動する。

一番若い少年修道士達が、専用の布で丁寧に祭壇をから拭きし、それから修道生活五年目以上の修道士達が祭壇に火を灯す。

最後に神父が、香炉を焚いて祈りの言葉を捧げる。

大抵は、ラテン語とギリシャ語の両方で祈りが、捧げられ、各祭壇にまつられている聖人によって、祈りの言葉は異なっている。

祭壇の数が多い分、覚えなければならない祈りの言葉も多い。

神父達の祈りに修道士達は必死に耳を傾けて暗記しようと努める。

それらが終わると、僅かな休憩をはさんで朝の鐘が鳴り響く。

八時半から二時間は、一日のうちで最も重要な朝の礼拝だ。

十時半に軽い朝食をとる。そこから夕方までは各自に与えられた仕事をする。

学のある者は神学の研究や著作を行い、絵が得意な者はイコンを描く。

つくろい物の針仕事をする者もいれば、建物の補修や大工仕事をする者もいる。

釣りをする者、村の畑仕事を手伝う者、それを調理する者……。

それぞれが皆、自分の得意なやり方で神に奉仕するのである。

それは修道生活では非常に大切なこととされ、昔、自分に何も得意なことが思い当たらなかった修道士が、苦し紛れに皆の前でバク転してみせたという笑い話まで残されている。

夕方六時に全ての者が集合して夕べの礼拝。

六時半に祈りと夕食の時間。

食事中には、誰かが聖書を朗読する。

その後はそれぞれの部屋で過ごす自由時間となるのだが、朝が早いため、早く寝る者が大半のようだ。

十時を過ぎると教会は寝静まり、寂しいほどに静かなものだった。

夜の静寂(しじま)が深いために、ソルージュ川のせせらぎの音すら大きく感じられる。

毎日、同じ事をして、同じ人と会い、同じ時間が流れていく。

そしてその日も朝食を終えると、平賀とロベルトはメールや郵便の為に村に出た。

道々、ロベルトが溜息(ためいき)を吐(つ)きながら話し始めた。

「実は、火曜日に『ルノアの人々』という公共のホームページの掲示板で、アントニウス司祭が狙撃(そげき)された事件を生で見た者がいるかどうかと呼びかけてみたんだ」

「どうでした？」

「何百件も見たという答えが返ってきた。その中にはムスリム信者や東方正教会信者、ユダヤ教徒も混じっていたよ」

ロベルトは煮詰まっている様子であった。それは平賀にしても同じである。

「ではやはりアントニウス司祭狙撃事件は客観的な真実ですね」

「そういうことだね」

「私のところにはDNAの鑑定結果がバチカンから届きました。アントニウス司祭が狙撃された時に着ていたとされる司祭服と、それについていたシデムシの中から発見されたものと司祭の頭髪、バンゼルジャ神父の服に付着していた血液を調べたところ全てが一致したということです。バイタル表も送られてきました。けど、肝心のアントニウス司祭に未だ会えていないので、これらの鑑定結果が一致したとしても明らかなことは言えませんが……」

「なかなかハッキリしないね」

ロベルトが嫌気がさした声で言った。

そして、平賀のイライラが最高潮に達しようとした木曜日。

村を訪れた平賀がネットをチェックすると、遂にローレンからのメールが届いていた。

『明日金曜日午後一時、首都メルメナの警察本部前に来られたし。そこに行けば済むよう、こちらで特別な手配をしておいた。小型カメラは現在制作中で、日曜までに届ける予定、待たれたし。ローレン』

メールを読んだ平賀は躍りあがって喜んだ。

4

金曜日、午後一時。

平賀とロベルトがメルメナの警察本部前に着いたとき、聞き覚えのある声が響いてきた。

「ロベルト神父、平賀神父！」

二人は同時に声の方を振りかえった。

角刈りの茶色い髪。精悍(せいかん)で男らしい顔だち。背広を着ていてもわかる鍛えられた筋肉質な体。

立っていたのは、ＦＢＩ捜査官のビル・サスキンスだった。彼とは二度ほど一緒に事件を捜査したことがある。

「サスキンス捜査官、どうしてここに？」

「まさか、ローレンが言っていた『特別な手配』とは、貴方(あなた)の事だったんですか！」

平賀とロベルトは驚いて言った。

「折り入ってお話があります。実は私が今追っている『サタンの爪事件』。そこにアントニウス十四世の銃撃事件が絡んでいるのが分かったのです」

ビルはラテン語で答えた。

『サタンの爪』とは、どこかで聞いた気がする名前だ。ロベルトは首を捻(ひね)った。

（そうだ……。今年の復活祭にテロ予告をしてきた連中が確かそんな名前だった）

「『サタンの爪』とやらが、どうかしたのですか？」

平賀が尋ねた。

「とにかく、私が知っていることはすべてお話しします。どこか静かな場所に行きませんか」

ビルが言い、三人は近くのカフェテリアに入った。

「お二人はアントニウス十四世司祭の銃撃事件の真相を追っておられるのですよね？」

ビルが低い声で尋ねた。

「はい。アントニウス司祭は二月二日に撃たれ、死亡し、その三日後に復活するという奇跡を起こしたといわれています。それが真実なのかどうか、私たちは調査しています。すなわち、撃たれたアントニウス司祭が本当に死亡したのか、それとも仮死状態か何かだったのか。その点をまず確かめなければなりません。また、その死亡が事実なら、死亡した司祭と復活した司祭が同一人物であるかどうか、確かめねばならないのです。なのに、司祭の死亡時にまつわるデータが不足し、警察からの協力も思ったように得られず、大変苦戦しています」

平賀が説明すると、ビルはゆっくりと頷（うなず）いた。

「なるほど、そういう事でしたか……。神父様は、アントニウス司祭を撃った狙撃犯がアメリカ人のサタニストグループだったことをご存じですか？」

「いいえ、知りません。その点は初耳です。それどころか、司祭を撃った犯人についてはほとんど何も知らされていないのです」

「そうでしょうね……。実はこの犯人の情報については、FBIがスクランブルと規制をかけているのです。なぜなら、この犯人はジョーンズ上院議員、そして大物ロビイストのメディク・ラズロ氏の二名を射殺し、アメリカ合衆国に対するテロを表明した組織『サタンの爪』の一員と思われるからです」

「えっ、そのようなテロ組織の一員が、なぜアントニウス司祭を？」

「それはまだ分かりません。というより、それを調べる為に、貴方がたのお力をお借りできたら……と思っているのです」

「是非、詳しくお聞かせください」

平賀とロベルトはテーブルに身を乗り出した。

「まず分かっていることは、アントニウス司祭を銃撃した実行犯のこと。名はマイク・ホワイト。十八歳。彼は『サタンの爪』の構成員です」

ビルはアタッシェケースから数枚の薄いファイルを取り出し、一つずつ指差して見せた。

「ジョーンズ上院議員の射殺犯はこの男、ケニー・ビルダー、二十歳。メディク・ラズロ氏の射殺犯はこの男、トム・マイアー、二十三歳。そして、アントニウス司祭を銃撃したマイク・ホワイト、十八歳。この三名はいずれも発砲後に現場から逃亡することもなく、抵抗もなく捕まり、身柄を拘束されています。その後、彼らは『自分はサタンの爪のメンバーである』、『千年王国が来るのを阻止する為に行動した』とだけ言い、あとは何ひとつ口を割らないのです」

「彼らの目的は、キリストによる千年王国の阻止……ですか。そのためにアントニウス司祭は撃たれた……。なるほど。アントニウス司祭が属する教会の名は『ラプロ・ホラ』。ギリシャ語で輝かしい国、すなわち千年王国の意味となる……」

ロベルトが唸った。

千年王国とは、キリストがこの世に再降臨して地上を支配し、最後の審判が訪れるまでの千年間を至福のうちに支配するという考えである。

サタニストのテログループ『サタンの爪』は、地上に神の国が現れるのを阻止するために銃撃テロを行ったと言っているのだ。

「FBIの捜査によって、ケニー・ビルダー、トム・マイアー、マイク・ホワイトの三名の自宅から、『サタンの爪』特有のシンボルが発見されました。ですから、この三名がサタンの爪の構成員であることに間違いはありません。ですが、この事件を調べていて、私はどうにも不思議に思うことがあるんです」

「何でしょうか？」

「この青年たちは皆、事件を起こす直前まで、敬虔なカソリックだったんです。例えば、マイク・ホワイトの家族に会った時も驚きました。とても厳格なカソリックの家庭で、マイクも普段から教会通いを欠かさない青年だったというし、子供の頃は、聖歌隊員だったのですよ。家族によると、マイクがアメリカを出て今回のような事件を起こすまで、彼がサタニストだということには気づかなかったと言います。他の青年達も、皆そうでした。一体、何が彼等に起こって、サタニストなどになったのでしょう……」

ビルは苦々しげに言った。

「家族との関係が悪ければ、厳格なカソリックの家に育ったことが却って災いして、カソリックに対する敵対心などが生まれる場合もありますよ」

ロベルトが平然と答えた。

「それは家族への反抗心とかちょっとした復讐というやつですね。確かにそれもあるでしょう。けれども、私の知っているサタニストの連中というのは、ハードロックを聴いてバーに入り浸り、酒を飲んだり、薬をやったりする連中ばかりでした。自分は悪魔の息子だなどと吹聴して、自己陶酔するような……」

ビル・サスキンスは自身も敬虔なカソリック教徒である。それだけに割り切れない思いがあるのだろう。ビルはぐっと拳を握り締めた。

「そういう連中というのは、世間に反抗しているつもりでいて、結局は拗ねて甘えているんですよ。まあ、若気の至りというやつでしょう」

ロベルトは鼻で笑った。

「ええ……きっとそうなのでしょうね。ただ、そういうバカをしでかすような奴らと、今回の犯人像が異なるように私には思えるのです。薬どころか酒を飲んでいる者も少ない、髑髏の入れ墨もない、生活態度は品行方正で、教会にすら毎週通っている……。マイクなどはアメリカを発つ前日、地元の教会に告解をしに行っているのです」

「サスキンス捜査官、今私がお聞きしたことがすべて本当なら、それは見事な演技ですよね。サタニストだという信念を徹底的に隠して行動し、信念に従って目的を果たしたのですから」

平賀が呟いた。

「確かに、そうなるね。FBI捜査官の目を欺くほどなのだから、まるで一流のスパイ並みだ。それだけのことをやらせるとなると、相当、しっかりした教義理論を持ったパワフルな組織なんだろうね。『サタンの爪』っていうのは」

ロベルトの言葉に、ビルは眉を顰めた。

「若くて健康で未来のある青年達をそれほど魅了する、反社会的な教義と組織……となれば、合衆国にとってそれほど危険なものはありません。どうにかして奴らの尻尾を掴みたい……。私はその手がかりを求めて、マイク・ホワイトが告解をした内容について神父様にお訊ねしたのですが、教えては頂けませんでした」

「それは当然です。信者と告解室で話をした内容は、たとえ誰であっても教えることは出来ませんから」

平賀は答えた。

「一応、その教会の名と告解を受けた神父の名を教えてはもらえませんか？」

ロベルトがぽつりと言った。

どうするつもりなのだろうと平賀は思った。告解の内容は秘密。それは神父の掟(おきて)である。

ビルは資料を繰って答えた。

「モンタナのマイルズシティにあるセント・マリア教会で、告解を受けた神父様の名は、スコット・ヨゼフ・オースチン神父です」

ロベルトはペンを取り出し、メモをしている。

「ロベルト、何をするつもりですか？」

平賀が咎(とが)めるように言った。

ロベルトは答えず、ニッコリと笑った。

「そうだ。どうせなら、『サタンの爪』関係の資料を見せて貰(もら)えますか？」

ビルがファイルを差し出すと、ロベルトはそれらをぺらぺらと繰っている。

「これが『サタンの爪』のシンボルですか？」

平賀はロベルトが手を止めたページを覗(のぞ)き込んだ。

丸い円の中に逆五芒星(ごぼうせい)が描かれ、さらにその中心に、鉤(かぎ)のようにとがったものが描かれている。

そうして円の周囲には、平賀でも知るところの有名な悪魔召喚の呪文。

我は求め訴えたり・Eloim, Essaim, frugativi et appellavi.（エロイムエッサイム）が取り

巻いていた。

「ええ、そうです」

ビルが答えると、ロベルトは、ふうんと言っただけだった。

そして最後まで見終わると、黙ってビルに返した。

ビルは戸惑った顔でそれを受け取った。

「サスキンス捜査官、私達が望むのは、アントニウス司祭の死亡時に関して警察病院が所持している医療記録の閲覧、狙撃現場の検証、マイク・ホワイトの着衣の血痕鑑定、マイク・ホワイトへの面会です。ご協力をお願いします」

5

翌日、ビルがルノア共和国の刑事を伴って教会を訪ねてきた。

見るからにトルコ系であろう濃い口髭と顎髭を蓄えた恰幅の良い刑事は、アッバス・パラミールと名乗った。トルコ系でもスラブ系の名を名乗る者が多いルノア共和国で、あえてトルコ名を名乗るとなると、ムスリムに違いない。

「私がアントニウス司祭狙撃事件を担当した本部の部長です。それでどんなことにご協力させてもらえばいいですかな？」

パラミールは、むっつりとした顔で言った。

「まず、アントニウス司祭が狙撃された場所の現場検証がしたいのです。その床にある血痕や撃たれた時に後ろにあったボードなどを調査したいんです」

ロベルトが答えた。

「現場は市民ホールですが、ボードや床に敷いてあったアントニウス司祭の血痕がついた絨毯(じゅうたん)などはうちの本部で保管していて、鑑定結果も出ています」

パラミールは答えた。

「狙撃事件の本部はどこにあるのですか?」

「首都メルメナにあります」

「行きます」

「では、私の車に乗って下さい」

パラミールはそう言うと、周囲にいる神父や修道士達を一瞥(いちべつ)して、教会の外へと歩いていった。パラミールがカソリックに対して敬意を払っていないことは、その態度からも歴然であった。

ビルが「行きましょう。神父様方」と言い、平賀とロベルトは教会の外に出た。

橋を渡っていったところに、白黒のパトカーが停まっていて、警官が運転席にいた。

パラミールはその助手席に座った。

ビルがパトカーの後部座席のドアを開いた。

「さあ、神父様方、乗って下さい」

そこで平賀とロベルトは後部座席に乗り込んだ。

バックミラーの中では、ビルがパトカーの後ろに停まっていた黒い車に乗り込むのが見えている。

パトカーは突然、全速力で走り出し、少々乱暴な運転をして四時間ばかり走った。

その間中、パラミールも運転している警官も一言も言葉を発しなかった。

そうして首都にある警察本部につくと、二人は鑑識の部屋へと案内された。

「鑑識部長のストラピッチです。彼に詳しく訊ねて下さい」

パラミールは一人の男を紹介すると部屋を出て行った。

ストラピッチは明らかにスラブ系の白人であった。

細身で頭が禿げていて、分厚い眼鏡をかけ、白衣を着ている。

ストラピッチは平賀とロベルトに向かって気さくに微笑んだ。

「バチカンの神父様だと聞きました。私はローマカソリックの信者です」

ロベルトはそれを聞いて、少しほっとした。

「パラミール刑事は機嫌が悪いでしょう？　あの事件以来、ムスリムからもローマカソリックに改宗するものが増えているので、彼は頭に来ているみたいなんです」

「そうですか」

「ええ、カソリックに起こった奇跡など、ムスリムの彼にしてみれば忌々しい限りでしょうね。それに、アントニウス司祭が生き返ったものだから、犯人を殺人罪にしていいのか、傷害罪にするのかも問題で、頭が痛いようですよ」

ストラピッチは小さな声で言った。

「その奇跡を私達は調査しに来たんですが、アントニウス司祭の狙撃事件に関する資料を見せて欲しいのです」

平賀が言うと、ストラピッチは頷き、「ええ、今出しますから、いくらでも見て下さい。驚きますよ」と言った。

そして背後にずらりと並んでいる棚の方へ向かうと、奥から一塊の書類が入ったダンボールを持ってきて、机の上に置いた。そしてもう一度、棚へと向かい、もう一つの大きなダンボールを抱えてきた。

「その書類が鑑識の鑑定結果で、このダンボールの中には写真や、現場の絨毯の血痕のついた部分を切り取ったもの。それから発見された弾丸などが入っています」

ストラピッチは、どんとダンボールを机に並べた。

最初に平賀は、ダンボールの中から、射殺後のアントニウス司祭の写真を見つけて、取りだした。

写真は十数枚あって、裸になって台の上で横たわるアントニウス司祭の体を、色んな角度から撮影している。

額に穴の開いた顔の写真だけでも、正面からのもの、左右から横顔を撮ったものなど数枚あった。平賀はそれらに見入ったあと、左右から撮った横顔の写真を右に置いて重ねた。

次に、体を撮った写真を観察し始める。

後ろ姿を撮った写真を見た時、平賀が、「あっ」と声を上げた。

「どうしたんだい？」

ロベルトが訊ねると、平賀は写真にうつっている背中の腰の辺りにある小さな傷痕を指し示した。

「この特徴的な傷痕は、確かにアントニウス司祭の背にありましたよ」

平賀が興奮した声で言った。ロベルトも確かそれを見たような気がした。

「本当だ。僕もうっすら覚えている」

平賀はその一枚を右に置いた写真に重ねた。

それからまた写真を繰っていったが、最後まで見終わると、ふっと息を吐いた。

「取りあえずこの三枚の写真を頂きたいと伝えて下さい」

ロベルトが平賀の旨をストラピッチに伝えると、「いいですよ」という答えが返ってきた。

他の資料はルノア語で書かれていたために、ロベルトが一枚、一枚、平賀に通訳した。

資料的には射殺事件の後、アントニウス司祭が死亡したことに間違いはないようだ。

平賀は難しい顔をして聞いていたが、医師の死亡診断書が出てくると、自分で読み始めた。

医療診断書には多くのドイツ語が使われるのが常である為、平賀の方が内容をよく理解できるに違いない。

「しっかりした死亡診断書です」

平賀はそう結論を下した。

それから平賀は、血痕のついた銃弾と絨毯と容疑者が着ていたと思われる黄色いシャツの入ったビニール袋を取り出した。

「取り出してみていいですか？」

ロベルトはストラピッチに訊ねた。

「いいですが、手袋をはめて、丁寧に扱って下さい」

ストラピッチはそう言い、平賀とロベルトに白い手袋を持ってきた。

二人はそれをはめて、シャツを開いてみたり、銃弾を眺めてみたりする。

ロベルトは容疑者のシャツにプリントされているLOVE&PEACEの文字に首を傾げた。

平賀が、それらについた血痕を指さしながら言った。

「これらについた血のDNA記録はどこか聞いて下さい」

ロベルトがストラピッチにそれを訊ねると、ストラピッチは沢山の書類の中から一枚の紙を取り出した。

「どちらの血痕も一致しています。血液型はB型で、これがそのDNAを分析して出たバイタル表です」

ロベルトが通訳して平賀にそれを伝えると、平賀はその表をコピーして下さいと言った。

ストラピッチは快く、バイタル表のコピーをして平賀に手渡した。

平賀は最終的に、三枚の写真とバイタル表とを受け取った。

「これで、あとはアントニウス司祭に会えさえすれば、この死体が、アントニウス司祭本人かどうか確定できるはずです」

平賀は納得した様子だ。

「これが吉と出るか凶と出るかだね」

ロベルトは頷いた。

部屋のドアが開き、ビルが入ってきた。

「望んでいた物は手に入りましたか？」

ビルは言った。

「ええ、あと容疑者と話をしてみたいですね……」

ロベルトは言った。

ビルは少し困った顔をした。

「容疑者のマイク・ホワイトは英語しか喋(しゃべ)れませんがよろしいのですか？」

「僕が英語を喋れなかったのはいつのことだと思っているんです。もうとっくに喋れますよ」

ロベルトは速攻、英語で答えた。

＊　＊　＊

マイク・ホワイトとの面談は、遮蔽（しゃへい）した部屋の中で行われることになった。

部屋には大きな鏡が取り付けられている。それはマジックミラーになっていて、部屋の外から緊張しているマイクの様子がよく分かった。

マイクはカールした茶色い髪と茶色い瞳（ひとみ）の優しげな少年で、とても狙撃（そげき）犯などには見えない。

ビルとパラミール刑事は、マジックミラー越しに面談の様子を観察することになった。

神父姿の平賀とロベルトが二人で部屋の中に入っていくと、マイクは驚いた様子で顔を上げた。

「大丈夫、落ち着いて。僕達はカソリックの神父だ。君を傷つけることはない。少し話をしたいだけなんだ」

ロベルトが言うと、マイクはおどおどと瞳を伏せた。

二人は、マイク・ホワイトと向かい合って座った。

「どうして君のような真面目な学生が、こんな国までやってきて、アントニウス司祭を狙撃したのか、理由を知りたいんだ。話をしてくれないか？」

ロベルトが優しくマイクに語りかけると、マイクはうつむきながら一文字に口を結んだ。

「お願いです。話をして下さい」

平賀が言う。

マイクはちらりと二人を見て、「『サタンの爪』はキリストの再臨を拒むから……」と、小さく呟いた。

「アントニウス司祭を撃つことがキリストの再臨を邪魔することだと誰が言ったんだい？君達のリーダーかな？」

ロベルトが言うと、マイクは微かに頷いた。

「リーダーの名前は言えるかな？」

マイクは首を振った。

「そもそも本当にアントニウス司祭を撃ったのですか？　どうやって撃ちました？　その時のことを話してくれませんか？」

平賀が身を乗り出した。

「覚えてない……。夢中だったから……」

マイクが瞳を泳がせながら言った。

「何か一つぐらい覚えているでしょう？」

平賀の言葉に、マイクは「言いたくない」と、答えた。

「君たち『サタンの爪』は入会式にどんな儀式をするのかな？」

ロベルトは少し論点をずらした。

マイクは右上を見上げて空中に目を泳がせた。

そして、ごくりと唾を呑み込んだ。

「サタンの像を拝む」

一言だけ答える。

「どんな風に？」

ロベルトが訊ねると、マイクは激しく瞬きをして、また「言えない」と答えた。

「それじゃあ、これだけは答えてくれるかな。何故、君は犯行の時、黄色いシャツを着ていたんだい。自分で買ったものかな？」

「理由はない。自分でマーケットで買った」

マイクは額の汗を拭うような仕草をしながら答えると、あとは何を聞いても喋らなくなった。

仕方なく二人は面談室を出た。

「どう思います？」

ビルが訊ねてきた。

「ひっかかります。特に犯行時に着ていたシャツのことが……」

ロベルトは答えた。

「シャツですか？」

「ええ、少し時間を下さい。何か『サタンの爪』の手がかりを摑んで見せますから」

＊　＊　＊

平賀とロベルトが教会に戻ったのは、真夜中であった。

平賀は居所に入ると、警察から貰ってきたDNAの鑑定結果と、バチカンから送られてきた鑑定結果とを突き合わせた。

一致している。

それから三枚の写真を取りだし、パソコンにスキャンした。

そして最初の日にロベルトが撮影したアントニウス司祭の写真と比較する作業に入った。

最初に注目すべきは耳である。

耳は、指紋と同じぐらい個体差を識別出来る人体部分だ。

同じ耳の形をしているものは二人といないと言ってよい。

自分達が映像で記録した今のところ唯一といえるアントニウス司祭の連続写真から、丁度、後ろを向く途中、耳がよく見える横顔のものを選んで、耳を拡大する。

そうしておいて、スキャンした写真の耳と照らし合わせた。

照合できたのは右耳だけであったが、それらの形は見る限り一致していた。

平賀は唸りながら、次にアントニウス司祭が後ろを向いた画像を拡大した。

記憶していた通り、腰の辺りに小さな傷痕がある。

それらも照合する限り、警察から得た写真の傷と同一であるという結果が出た。

つまり、平賀とロベルトを出迎えたアントニウス司祭と、撃たれて死んだアントニウス司祭は同一人物であると考えられた。

あともう出来ることは、アントニウス司祭に会って、彼のＤＮＡを直接採取し、警察からのものと一致するかどうかを見るばかりだ。

それが一致すれば、アントニウス司祭が一度死んで、蘇ったことに間違いはなかった。

平賀は初めての奇跡の予感に全身が総毛立つのを覚えた。

第四章　奇跡と狂気の日曜日

1

すでに昼の十二時ごろであった。

全地は暗くなり、それが三時まで続いた。

太陽は光を失っていた。

神殿の垂れ幕が真ん中から裂けた。

イエスは大声で叫ばれた。

「父よ、わたしの霊を御手（みて）にゆだねます」

こう言って息をひきとられた。

百人隊長はこの出来事を見て、「本当にこの人は正しい人だった」と言って、神を賛美した。

見物に集まった群衆も皆これらの出来事を見て、胸を打ちながら帰って行った。

イエスを知っていたすべての人たちと、ガリラヤから従って来た婦人たちとは遠くに立って、これらのことを見ていた。

さて、ヨセフという議員がいたが、善良で正しい人で、同僚の決議や行動には同意しなかった。ユダヤ人の町アリマタヤの出身で、神の国を待ち望んでいたのである。この人がピラトのところに行き、イエスの遺体を渡してくれるようにと願い出て、遺体を十字架から下ろして亜麻布で包み、まだだれも葬られたことのない、岩に掘った墓の中に納めた。その日は準備の日であり、安息日が始まろうとしていた。イエスと一緒にガリラヤから来ていた婦人たちは、ヨセフの後に付いていき、墓とイエスの遺体が納められている有様を見届け、家に帰って香料と香油を準備した。婦人たちは安息日には掟(おきて)にしたがって休んだ。そして週の初めの日の明け方早く、準備しておいた香料を持って墓に行った。見ると、石が墓の脇に転がしてあり、中に入っても、主イエスの遺体が見あたらなかった。そのために途方にくれていると、輝く衣を着た二人の人がそばに現れた。婦人たちが恐れて地に顔を伏せると、二人は言った。「なぜ、生きておられる方を死者の中に捜すのか。あの方はここにはおられない。復活なさったのだ。まだガリラヤにおられたころ、お話しになったことを思い出しなさい。人の子は必ず、罪人の手に渡され、十字架につけられて、三日目に復活することになっていると言われたではないか」

　そこで婦人たちはイエスの言葉を思い出した。

　そして、墓から帰って、十一人とほかの人皆に一部始終を知らせた。それは、マグダラのマリア、ヨハナ、ヤコブの母マリア、そして一緒にいた他の婦人たちであった。

　婦人たちはこれらのことを使徒たちに話したが、使徒たちはこの話がたわごとのように思われたので、婦人たちを信じなかった。

　しかしペトロは立ち上がって墓に走り、身をかがめて中をのぞくと、亜麻布しかなかったので、この出来事に驚きながら家に帰った。

　その日、すなわち週の初めの日の夕方。

　弟子たちはユダヤ人を恐れ、自分たちのいる家の戸に鍵をかけて、イエスについて語っていた。

　するとイエス御自身が彼らの真ん中に立ち、「あなたがたに平和があるように」と言われた。

　彼らは恐れおののき、亡霊を見ているのだと思った。

　そこでイエスは言われた。

「なぜ、うろたえているのか。どうして心に疑いを起こすのか。わたしの手足を見なさい。まさしくわたしだ。触ってよく見なさい。亡霊には肉も骨もないが、あなたがたに見えるとおり、わたしにはそれがある」

こう言ってイエスは手と足をお見せになった。

彼らが喜びのあまりまだ信じられず、不思議がっているので、イエスは「ここになにか食べ物はあるか」と言われた。

そこで焼いた魚を一切れ差し出すと、イエスはそれを取って、彼らの前で食べられた。

イエスは言われた。

「わたしについてモーセの律法と預言者の書と詩編に書いてある事柄は、必ずすべて実現する。これこそ、まだあなたがたと一緒にいたころ、言っておいたことである」

そしてイエスは、聖書を悟らせるために彼らの心の目を開いて言われた。

「次のように書いてある。『メシアは苦しみを受け、三日目に死者の中から復活する。また、罪の赦し(ゆる)を得させる悔い改めが、その名によってあらゆる国の人々に述べ伝えられる』と。エルサレムから始めて、あなたがたはこれらのことの証人となる。わたしは、父が約束されたものをあなたがたに送る。高いところからの力に覆われるまでは、都にとどまっていなさい」

イエスは、そこから彼らをベタニアの辺りまで連れて行き、手を上げて祝福された。

そして祝福しながら彼らを離れ、天に上げられた。

彼らはイエスを伏し拝んだ後、大喜びでエルサレムに帰り、絶えず神殿の境内にいて、神をほめたたえていた。

ロベルトは読んでいた聖書を閉じて頭を振り、溜息を吐いた。

昨夜、警察で見たアントニウス司祭の亡骸の写真……生々しい映像が脳裏に浮かんでは消え、目眩がしてくる。

(復活の奇跡か……。まさか本当にそんな事があったというのか？　まあいい、今日こそ僕がアントニウス司祭の正体を見極めてやる)

ロベルトは立ち上がった。

＊　＊　＊

今日は日曜日。アントニウス司祭のミサが行われる日だ。

教会は人々で溢れかえっていた。

平賀は既に聖堂にいて、三カ所にセットしたカメラでの撮影を開始していた。

アントニウス十四世司祭が入堂し、祭壇の上に現れると、人々の間から溜息があがった。

若い神父達が「入祭の歌」として賛美歌を歌った。

水圧オルガンの音が、不思議な旋律を奏でた。不可解な歌詞だ。

賛美歌が終わると、「ことばの典礼」が始まった。

最初は、『使徒言行録』が朗読され、次にパウロの手紙が朗読される。最後に会衆が立ち上がり、福音書が朗読された。

そして説法が始まる。

この日のアントニウス司祭の説法は、地を耕し、魚を獲り、主の糧によって清らかに生きることの喜びを説いたものだった。


主の前に我らに貧富、貴賤(きせん)の区別はないがごとく。

私たちが平和に、主によってあたえられる糧を平等に分け合って生きることを願わん。

主よ我らを祝福したまえアーメン。


アントニウス司祭が祈ると、会衆も共にアーメンと唱和した。

それから、ぶどう酒と水、種なしパン(ホスチア)が祭壇へ運ばれてきた。

アントニウス司祭が奉献文を唱える。

次に会衆と共に『黙示録』に由来する賛美の祈り「聖なるかな(サンクトゥス)」が唱えられる。

アントニウス司祭が、ぶどう酒とホスチアを取って、イエスが最後の晩餐(ばんさん)で唱えた言葉を繰り返す。

それに続いて、「平和の挨拶(あいさつ)」という参加者同士の挨拶が行われた。

さらに「神の小羊(アニュス・ディ)」の祈りが続き、アントニウス司祭は聖体となったパンを裂いて一部をぶどう酒に浸した。

アントニウス司祭がパンを食べ、ぶどう酒を飲む。

そうしてパンが会衆に配られた。会衆がパンを食べる。

ここまでは普通のミサである。

それらが終わると、会衆の間に変化が起こった。誰も彼も話こそしないが、ざわざわと落ち着かない素振りで周囲を見回したり、しきりに口中で祈りをくり返したりしている。何かを待っている様子であった。

アントニウス司祭は天を仰ぎながら一人の名を呼んだ。

「ゴーシュ・ラダノア」

すると、会衆の中から一つの手が上がった。

手を上げたのは後列にいる髭面(ひげづら)の若い男だ。

平賀はその男の方へカメラを向けた。

男には目立った病気の症状は見られなかったが、平賀はその手に白い杖(つえ)があることに気が付いた。

波が動くように会衆が少しずつ移動し、ゴーシュとアントニウス司祭の間に細い道が出来た。

ゴーシュは白い杖をつきながらアントニウス司祭の方へと歩いていった。どうやら彼は目を病んでいるらしい。

アントニウス司祭がゴーシュの手を取り、祭壇へと上げる。

「貴方(あなた)は病む者。主が貴方の病を取り除くことを望まれました」

ラテン語でそういうと、アントニウス司祭はゴーシュの両まぶたを親指で閉じさせ、跪かせた。

そしてゴーシュの頭の上に七回十字を描き、やはりラテン語でこう言った。

「目に宿れる卑しき霊よ、主イエス・キリストの名においてこの者から出て行け！」

そしてゴーシュを立ち上がらせた。

ゴーシュは立ち上がって目を見開いた途端、驚いた顔をして目をごしごしと擦った。

そして喜びの叫び声を上げると、アントニウス司祭に抱きついた。

「おお、私の目が、目が見えます！」

アントニウス司祭は宥めるようにゴーシュの背を叩き、その体を自分から離した。

そして祭壇を下りるように腕で指示した。

ゴーシュは頷きながら、白い杖を脇に抱え、祭壇を下りていった。

会衆がゴーシュに祝福の拍手をする。

賛美歌が奏でられ、アントニウス司祭は祭壇から下りていった。そして廊下の奥の一室に入って行った。

すると、それまで息を詰めていた人々がざわざわと騒ぎ出した。ゴーシュを取り囲んで人の輪ができ、歓喜の声があちこちであがった。

平賀はただちにゴーシュの話を聞いてみたいと思い、ロベルトと共に人波を押し分けて、ゴーシュの元に向かった。

「ロベルト、彼の病が何だったのか聞いてくれませんか」

ロベルトはルノア語でゴーシュに語りかけた。そして平賀を振り返って答えた。

「オンコセルカ症という病気で、両目とも視力が殆ど無かったそうだ」

「オンコセルカ症ですか……。何年前に発症したか、聞いてくれませんか？」

ロベルトが再びゴーシュに尋ねている。

「三年前、メキシコに旅行した時に発症したらしい」

「どんな症状だったか聞いて下さい」

ロベルトは頷き、またゴーシュと話をした。

「なんでも、ブヨに刺されたというんだ。それから激しく目が痒くなって、充血を繰り返すうちに、見えなくなってしまったということだよ」

「病の原因と症状は正確です。その診察はどこで受けましたか？」

ロベルトが尋ね、ゴーシュが答えた。

「診察を受けたのは、ワレスク私立病院だと言うことだ。疑うようなら、治療記録を取り寄せて僕らに見せてあげてもいいと言っている」

「是非、お願いしてください。それから、今の見え方は良いのかどうか聞いて下さい」

ロベルトがゴーシュに尋ねると、ゴーシュは二度、深く頷いた。

「彼の目を見ても良いか聞いて下さい」

ロベルトがゴーシュに話をする。

平賀はゴーシュの目を上下に開き、覗き込んだ。ポケットから小さな懐中電灯を取りだし、目の前で動かしたり、近づけたり遠ざけたりしてみた。

眼球の動きや、瞳孔の開き具合は正常である。

「ワレスク病院ということは、彼はワレスクから来たんでしょうか？」

平賀の問いをロベルトがゴーシュに訊ねる。

「そうらしい。生まれも育ちもワレスクだそうだ。冒険しようとメキシコへ行ったのが災いだったと言っている」

「ここには何故、来たのか。あと、彼はラテン語を理解しているかどうか聞きたいのですが」

ロベルトはかなり長い間、ゴーシュと話をしていた。

ゴーシュは大きな身振り手振りで頬を赤く染めて話をした。

ロベルトは微笑みながら聞いている。

「目が悪くなって落ち込んでいるとき、地元の教会の親睦会で知り合った美しい女性から、『アントニウス十四世司祭なら治してくれるかも知れないから、ラプロ・ホラに行ってみたら』と勧められたらしい。とても素敵なその美女の名は、ベラドンナ。彼は彼女に恋をしているが、まだ告白は出来てないらしい。一度だけ、クリスマスにやどり木の下で頬にキスをしたんだと教えてくれたよ」

「いいそうだ」

「その女性に勧められたわけですね」

「うん。彼も最初は半信半疑だったけれど、アントニウス司祭の死と復活のニュースを聞いて、もしかしたら特別な力があるのかも知れないという気になり、この教会に通うようになったらしい。それから癒しの日が来るのを待っていたそうだ」

「彼はラテン語もできますか？」

「ラテン語はまるで分からないと言っている」

「ではアントニウス司祭がなんと言って彼を癒したかもわからないのですか？」

「当然、そうだと言っている」

「もし、アントニウス司祭の癒しが暗示効果によるものだとしたら、言葉が分からない彼には効きませんね……」

「だと思うね」

「彼は嘘はついていない？」

「僕が見る限り、ついていないね」

「では、ワレスク病院の治療記録を取り寄せて確認し、彼が詐病でもなく、精神的な病でもないと、もし判明したなら……」

平賀は小さく咳払いをして言葉を続けた。

「私はゴーシュ・ラダノアの眼病について、アントニウス司祭が奇跡を起こしたと言えると考えます」

平賀の言葉に、ロベルトは驚いた顔をした。

「おいおい、君らしくもない。そうもあっさり奇跡を認めていいのかい？」

「疑う根拠がありません。ルルドの泉の水が人々を癒すように、アントニウス十四世司祭も人々を癒す力を持っているようです」

「それを断定するのは、ワレスク私立病院の記録を見てからだ。それより、急いでアントニウス司祭に会いに行こう。今彼を逃したら、また次の日曜まで待たされてしまう」

「ええ、行きましょう」

二人は道具類の入った鞄を持って、アントニウス司祭の部屋へ向かった。

2

司祭の部屋の前には門番よろしくバンゼルジャ神父が立っていた。やはり傍らにコプトを伴っている。

「アントニウス司祭に会いに来られたのですか」

バンゼルジャ神父が二人を制止した。

「ええ、そうです。取次いで頂けますか、バンゼルジャ神父」

ロベルトが当たり障りのない微笑を浮かべて言う。

バンゼルジャは不快そうに扉をノックして一度中に入り、司祭の返事を持って戻ってきた。

「アントニウス司祭は貴方がたとお話ししても構わないということです。しかし、くれぐれも無礼なことを仰ったりなさったり、されないように。私はここで、貴方がたが何を話されたか何をされたか、全て見聞きしておりますから」

バンゼルジャ神父はぎらついた目で二人を睨みながら、扉を開いた。

司祭室の装飾は豪華なものであった。

壁のモザイク画は、余り宗教的な色合いのない自然の花々や動物たちを模写した牧歌的なものだった。初期の頃のキリスト教画のモチーフである『良き羊飼い』の姿があるだけだ。

部屋の天井からは大小様々な装飾灯が吊されていたが、それらは皆、金で出来ているか、金箔を貼っているかで光り輝いていた。

司祭の座は大きな大理石造りの背もたれの長い椅子で、両肘掛けの突端には、獅子の頭が彫刻されていた。

アントニウス司祭はそれに、ゆったりと腰掛け、その側にはゲオルギ神父をはじめ五人の老神父が立っていた。

「できればアントニウス司祭と我々だけにしてもらえないでしょうか」

平賀がいきなり口火を切った。

「私たちが居ては、話もできませんかな？」

ゲオルギ神父はしかめっ面をした。

「皆様方、お使者の方の言うとおりにしましょう。私は構いません」

アントニウス司祭が柔らかな口調で言うと、老神父達は頷き、ぞろぞろと部屋を出て行った。

「これから貴方に様々なことを質問しますので、どうか正直にお答え下さい。また、その様子をビデオで撮影させていただいても構いませんか？」

ロベルトが尋ねると、アントニウス司祭は「構いません」と答えた。

「ご協力に感謝します、アントニウス司祭」

平賀は深々とお辞儀をした。

ロベルトがビデオカメラを構え、撮影を開始する。

「お礼などには及びません。私で役立つことがあるなら、何なりと仰って下さい」

アントニウス司祭はアルカイックスマイルを浮かべた。

「それでは早速、お願いがあります。貴方の血を採らせていただきたいのです」

「私の血を？　ええ、どうぞ」

平賀は鞄からアルミのケースに入った注射器やゴムチューブを取りだした。

アントニウス司祭が腕を差し出す。平賀はその腕から血を採取しながら尋ねた。

「貴方が一度死んだというのは本当ですか？」

「ええ、そうです」

「そして生き返った？」

「そのようですね」

「教えて下さい。死んでいる間というのは、どんな感じでしたか？」

「私は死んでいる間、神が創造されたこの世のつぶさまで見ることが出来ました。人間界は疎か、地獄の景色もです。そしてセラピムが私を迎え、天上へと誘いました。主イエス・キリストがそこにおられて、私はもう一度、生きた者の世界に帰らなければならないと告げられたのです。そして気づくと、教会の地下墓所の中で横たわっていました」

「……その時、撃たれた傷は癒されていたのですか？」

「ええ、傷はありませんでした」

　平賀は採り終わった血を二つの容器に移し、鞄にしまい込んだ。一つはバチカンに送ってDNA鑑定をするためのもの、もう一つは平賀自身が検証するための用意だった。

「最初に私達と会ったときのことを覚えておられますか？」

　ロベルトが尋ねた。

「ええ」と、アントニウスが頷く。

「あの時、貴方はどうやって水の上を歩いたのです？」

　ロベルトはあえて直球で尋ねた。

「主のお導きによってです。私だけではない。あなた方も歩いたではありませんか。逆に私は聞きたいのですが、どうやってあなた方は水の上を歩いたのですか？」

アントニウス司祭の答えに、平賀とロベルトは思わず顔を見合わせた。

「僕には分かりません」

ロベルトは短く答えた。

「私にとっても同じことです」

アントニウス司祭は微笑んだ。

「先ほど、私は貴方の病人治しの奇跡を見ました。伺いたいのですが、貴方はどんな病人でも治せるのでしょうか」

平賀が思いつめた表情で尋ねた。良太のことを考えているのだろう。

アントニウス司祭は微笑みながら首を振った。

「いいえ、私は神ではありませんから、万人を治すことなど出来ません。主イエス・キリストが癒して良いとされた方だけを癒すのです」

「主が貴方に誰を癒すべきかと指示されるのですか？」

「ええ、そうです。主が私の前に現れ、癒すべき病人の名を告げられるのです。そして、どのようにすれば病人が癒えるか教えて下さるのです。私はそれを言われたままにやるだけです」

アントニウス司祭は全く動じることなく答えた。

「そうですか……」

「私が信じられませんか？」

アントニウス司祭の言葉を受け、平賀はじっとアントニウスを見詰めた。

彼の瞳はとても誠実そうで、態度も謙虚であった。人を騙すような人間に見えない。まさに聖人そのものだ。

だが、外見に騙されるわけにはいかない。平賀には痛い経験があった。

「よく分かりません」

平賀は率直に答えた。

「そうでしょうね。頭では受け入れがたいことでしょうし……」

「ところで、明日、貴方に病気を癒されたという村人達に会いに行こうと思ってるんです」

黙っていたロベルトが、何気なく言った。

だが、ロベルトがアントニウス司祭の表情と心の中を、その鋭い観察眼で読み取ろうとしていることが、平賀には伝わってきた。

「そうですか。皆さんによろしく言って下さい」

アントニウス司祭は答えた。その平然とした口調には、探られて不安になる要素など何もないという風であった。

「貴方はこれまで多くの奇跡を起こしていながら、なぜ病気平癒を宣伝しないのでしょうね。もっと大勢の人を癒して、有名になりたいと思いませんか？」

次にロベルトは挑発的に言った。

「いいえ」

「何故？」

「それは私自身に人を癒す力も、死から蘇(よみがえ)る力もないからです。ただ、主イエス・キリストの導きによって、主の力が私に宿り、それらのことが行えたまでのこと。主が望まれていないことを私がすべきではありませんし、またしたいとも思いません」

わざと挑発的な質問を浴びせたのに、アントニウス司祭は怒る素振りもなく、やはり謙虚に答えた。

それからも二人は思いつく限りの質問を行った。

少年時代の思い出や、過去の話もたっぷりと聞き出した。もしかすると、本物のアントニウス司祭は銃撃によって死亡し、今目の前にいるのは替え玉かもしれないと思ったからだ。

しかし、彼を疑う材料はどこからも出てこなかった。

「貴方が普段過ごしておられる瞑想(めいそう)の間に、私達を連れて行ってもらえませんか？　そこでお願いしたいこともあるのです」

「分かりました。参りましょう」

アントニウス司祭は立ち上がり、三人は地下墓所(クリプト)に移動した。

石造りの古い地下墓所。

アントニウス司祭は、代々のアントニウスたちが眠る霊廟(れいびょう)の一角にある、わずか八十センチ四方程度の小さな祭室に二人を案内した。

石の扉を開けばすぐに三方の壁と天井が迫ってくる。

正面には石を積んだだけのテーブルがあり、二個の燭台と十字架が飾られてあった。

酷い狭さだ。こんな空間にずっと同じ姿勢のままでいたら、静脈血栓塞栓症を発症してもおかしくはない。

「普段はどのようにしておられるのです？」

平賀が尋ねると、アントニウス司祭は普段どおりの場所に立ち、瞑想の姿勢をとった。

平賀は小型カメラと、帽子のような形の脳波測定器を鞄から取り出した。

「これらを使って、丸一日、貴方の瞑想の様子を記録したいのです」

アントニウス司祭は不思議そうな顔でそれらを見た。

「私を監視するのは構いませんし、この妙なものをかぶれと言えば被りますが、何か特別なことを期待されているとしたら無駄だと思います」

「いえ、私はただ、アントニウス司祭がどのように瞑想なさっているのか、なぜこのような空間に立ち続けることができるのか、そして奇跡の力をどのように得ておられるのかを知りたいだけです」

「何も不思議なことはありません。私が立っていられるのは信仰の力によってです。多くの先人達が想像できないような苦行をなさってきたのです。私が特別ではありません」

「ええ、分かります。ですが、私はそれらを科学的に検証したいのです」

る。

平賀はアントニウス司祭と入れ替わるようにして、瞑想の間に立った。壁にカメラをセットし、脳波測定器から延びるコードを束ね、床に記録装置を置いて、セッティングをする。

なるべく瞑想の邪魔にならないようにと努力はしたが、この部屋のスペースでは、どうやっても邪魔になる。

あれこれと試行錯誤をしているときだ。ゲオルギ神父がアントニウス司祭の食事を運んできた。

盆の上に載っているのは、色の薄いスープが器に一杯。たったそれだけだ。

「お食事はそれだけですか?」

ロベルトが訊ねた。

「ええ。ここ二ヵ月はこれだけです」

「二ヵ月も……」

ロベルトが驚いた顔で言った。

「ええ、私を生かして下さるのは主です。余分な食事は必要ありません」

アントニウス司祭は冷えたスープを音もなく飲み終わり、器をゲオルギ神父に返した。

ゲオルギ神父は瞑想の間に平賀が入って作業しているのを不審げに見たが、叱りつけはしなかった。

「司祭のお邪魔をなさいませんように」

ゲオルギ神父はそれだけを言って、元の道を戻っていった。

それからしばらくすると、機材のセットを完了させた平賀が部屋から出てきた。

「終わりましたか。では、私はいつも通り瞑想に戻れば良いのですね？」

アントニウス司祭が平賀に尋ねた。

「はい。お邪魔でしょうが、今日は頭に測定器をつけさせて下さい。明日、ゲオルギ神父がお食事を運んでこられる時、私も一緒に参ります。そして測定器を持ち帰ります。カメラの方はそのまま置かせて頂きます。そして、記録装置がいっぱいになる毎に、私がメディアを交換に来ます。それで構いませんか？」

「どうぞ貴方の思われるようになさって下さい」

平賀が部屋から出ると、入れ替わりにアントニウス司祭が中に入り、扉が閉じられた。

3

瞑想の間が閉じられた途端、ロベルトは溜息まじりに呟いた。

「すさまじい狭さの部屋だったね。だけど壁のモザイク画は素晴らしい」

「あの狭さの中に何日も立ち続けるなんて、恐ろしい苦行です。まさに揺るぎない信仰の表れといえるでしょう。ロベルトはどう思いますか？」

「彼はどうやら誠実そうな人物だね。嘘をついている様子がない。君が死の世界はどうだったかと彼に聞いたとき、とても僅かな時間、そう〇・二秒にも満たない瞬間、彼は恍惚の表情を浮かべたよ。微表情と言って、人が上手く表現できなかったり、嘘のない正直な感情を出してしまう表情が出るという僅かな時間だった。彼の話が嘘ならそんな表情は表れないはずだ。人は嘘をつくと、瞬きが多くなったり、目線を下げたり、下を向く所作が増えたりする。こういうサインもなかった」

「それは心理学ですか？」

「行動心理学さ。最近勉強しているんだ」

二人は地下墓所を出て聖堂内に入った。

今もどこかで祈りの儀式が続けられているらしく、ちりんちりんと振り香炉の音が響いてくる。

「では、アントニウス司祭の死の経験は本当だということでしょうか」

「少なくとも本人は本気で話していると思う。アントニウス司祭が只者じゃないって点については、僕だって認めざるを得ない」

「そうですね。私たちのどのような質問にも、彼は全くぶれませんでしたし」

「そう……。そして彼は恐ろしく無欲だった。その点において、僕の予想は外れたよ。たいていの場合、カリスマ的な教祖っていうのは、熱弁を振るったり、暗示的な言葉を繰り返し発したりして、人の感情を挑発し、人々を熱狂させたり、催眠状態に誘導したり、ヒステリックな興奮状態をもたらしたりする。人間ってのは、そうした感情の異常興奮などによって意識野の狭窄（きょうさく）に陥り、被暗示性が増し、強烈な暗示にかかりやすくなる。そうなれば、無知で興奮した大衆を操ることなんて、カリスマ教祖には容易なことさ。

　要はね、僕は、ラプロ・ホラ教会の癒（いや）しの奇跡の正体ってのは、アントニウス司祭という強烈なカリスマと狂信的な信者の集団が作り出す、異常興奮状態つまり集団ヒステリーじゃないかと疑っていたんだ。でも……今日のミサに立ち会ってみたら、そんな予想は全く裏切られたよ。あのミサには集団ヒステリーめいたところは一切なかった。むしろ静かで、整然として、奇をてらったところもなかった。ＤＶＤで事前に見てはいたけど、現場にいるとそれがよく分かったよ」

　ロベルトは腕組みをした。

「そうなんです。実は私も、治癒自体がプラシーボ効果である可能性を考えていました。慢性疾患や心身症の患者に偽薬（プラセボ）を投薬すると、三十パーセントから四十パーセントの効果があるというデータもありますから、アントニウス司祭が何らかの方法で病人に催眠をかけ、病気が治ったと錯覚させたのではないかと考えたのです。ですけど、今日のミサの様子では、相手に催眠暗示をかけている時間なんかなかったと思います。

　アントニウス司祭はごく普通に十字を切り、ゴーシュの両まぶたに触れ、十字を描き、ラテン語でこう言っただけです。『目に宿れる卑しき霊よ、主イエス・キリストの名においてこの者から出て行け!』と。それで終わりです。売名のためにもっと大げさな演出をしても良いようなものですが、それもありません」

「そうなんだ……。もしも彼が病人の病を治すのではなく『治った気にさせる』だけなら、大げさに有難味があるように演出した方がよく効くものなんだけど、それもない」

「ええ、そのとおりです。つまり、私もロベルトも、内心、アントニウス司祭が他者催眠を用いているのではないかと疑っていたわけですね。そして、お互いに今日、その可能性がないと分かってしまった……」

　平賀の言葉にロベルトが頷いた。

「そういうことになるわけだ。やれやれ、いよいよアントニウス司祭を聖者認定しなきゃいけないかな……。ところで、君はさっきのゲオルギ神父の顔を見たかい？　あれこれ疑ってかかる僕達をすっかり悪者扱いといった雰囲気だった」

「ええ。彼らから見れば、私たちは恐ろしく不謹慎なのでしょうね」

　平賀は少し寂しげに呟いた。

「煙たがられたって構わないさ。明日からは癒しの奇跡の検証といこう。村人達と実際に会って、話を聞いてみようじゃないか」

「ええ。そうしましょう。じゃあ、私はこれから部屋に戻って、司祭の過去の病気治しの映像をもう一度検証することにします」

　平賀は居所に戻った。

パソコンを立ち上げ、動画を次々に見ていく。

そこには様々な病人が登場した。足の萎えた者、悪魔憑きと言われる異常な言動や行動をする者、それから首に大きな悪性肉腫のある者……。

平賀が神秘的に感じる点はアントニウス司祭が病人達に接するやり方に、一つとして同じものが無いということである。

ある者には額に十字を描いて聖水を垂らしたかと思えば、病人の患部に息を吹きかけてストラで撫でたりする。あるいは聖書を開き、それを朗読したあと、病人の心臓の辺りに聖書を押しつける。一つ一つの動作が非常にユニークであった。

『主が私の前に現れ、癒すべき病人の名を告げられるのです。そして、どのようにすれば病人が癒えるか教えて下さるのです。私はそれを言われたままにやるだけです』

アントニウス司祭の声が脳裏に蘇る。

(主の御声に導かれてこのような行動をしていると司祭は言っていた。私はこの耳に主の御声を聞いたことがないけれど、それはどんな御声なのだろう……)

平賀はぼんやりとそんなことを考えた。

＊　＊　＊

夕食後、ロベルトは書庫に向かった。

書庫の中は電気が通っていないため、照明が無く真っ暗である。

ロベルトは戸口の近くにある燭台に明かりを灯した。

僅かな明かりが書庫の中を照らし出す。

きらきらとした天使の姿が壁に浮かび上がった。

ロベルトはその明かりを頼りに、書庫の中の燭台に全て火を灯していった。

揺らめく明かりの中に、美しいモザイクで壁一面を飾られた宝石箱のような書庫の姿が浮かび上がった。

木製の本棚がずらりと並んでいる。

部屋の東南の角には大きな大理石の机と椅子がしつらえてあって、そこには金の燭台が置かれていた。先人達はここで本を書き、また読んだのである。

それにしても、書庫の状態は最悪であった。こんなに美しい書庫だというのに、残っている書物は虫食いが酷かったり、途中でページが欠けてしまったりしているものが多い。

残っていた本をつぎはぎしたと思われる物まであった。

ロベルトは机の上の燭台に火を灯すと、目的の本を棚から手に取り、机の上に広げた。

そして椅子に座るとモノクルをつけ、読み進んだところまでページを繰った。

今、読んでいるのは書庫の中でようやく見つけた一番古そうな教会史である。

年代順や内容なども無視して無造作に本が並べられているだけなので、これを探し出すのに大変な手間がかかっていた。

それは羊皮紙を糸で束ねた本で、飾り文字すら存在しない時代の手書きの文字のページが連なっているものだった。

使われているインクは黒炭一色。その上に膠（にかわ）が塗られていて、インクが褪（あ）せるのを防いでいる。

中世の本とは違い、豊富な色彩や絵といった装飾性の一切ない古い時代の本の形式である。

一見、見栄えのしない物だが、こういうものにこそ興味が抱かれる。

まだ誰も知らない歴史の真実や、信仰の足跡が隠されている場合があるからだ。

当然、代々のアントニウス達の記録も知っておきたいし、設立年代や設計した建築家の特定にも興味がそそられる。

これほど素晴らしい状態で保存されているビザンチン建築はそう多くないからだ。こんなところに人知れずひっそりと建っていたことが不思議ですらある。

それらの答えを求めて読み進めてはいるが、残念なことに教会史の保管状態は最悪であった。

教会史の大事な前編部分が破損していて、これを記した人物の名も特定出来ないのである。

ただ、一つ興味深かったのは、教会の美術に関する記述は比較的細かく記されていて、それを見る限り、最初に記されている教会の最古の美術品は北にある小部屋の壁のモザイク画であった。

教会の歴史の始まりの手がかりがそこにあると思い、部屋を探してみたロベルトであるが、それらしき部屋は見つからなかった。

部屋には、審判の日のキリスト像が描かれていることが記されていたが、ロベルトが北側に並んでいる部屋をどんなに探してもそんな部屋は存在しなかったのである。

恐らく長い歴史の中で、モザイク画は壊れてしまったのかもしれない。

それでもロベルトは根気強く読み進んだ。

すると本の内容が途切れ、いきなり月の暦の活用の仕方の講義が述べられ出した。

古い時代の太陰暦の暦が描かれ、狩猟に良い日、願いが聞き届けられる日、薬草の調合に良い日などと占いじみた講釈が述べられている。中には、奇跡を起こすのに良い日というものまであった。

暦によれば、それは土曜日以外の朔(ついたち)や満月の日に限られるということであり、それを成すには七日間の絶食と瞑想(めいそう)、そして無言の行を行った後に、特製香油を全身に塗り、サブマ・サブマ・サブマと呪文を唱える必要があるとされていた。

新月や満月に特別な力があるというのは、呪術の世界では共通の認識である。

狼男ですら満月の夜に変身すると、伝えられてきた。

実際には占いや呪いを行うのを禁じられている教会が、実は盛んにそうしたことを研究してきたことは珍しくはない。というより、普通である。

ロベルトは暦を見ながら、前のページを振り返っていった。

アントニウス十四世司祭と同じく聖アントニウスの生まれ変わりとされた、八世紀の司祭が川の上に立っている絵が描かれた日付を確認する。

それから六世紀に存在したという聖アントニウスの生まれ変わりの司祭の絵が描かれた年と日付も確認した。

彼等の奇跡はどちらも月の暦で十五日になっていた。

すなわち満月だ。

満月の日に奇跡が本当に起こったのか。それとも教会に残る暦の言い伝えから、満月の日であるかのように記載したのか。

ロベルトは首を捻った。

満月の日に、人が興奮状態になりやすいことは事実である。

だからと言って、人が川の上を歩いたり、自分が川の上を歩いたりするような幻覚を生じるとは考えがたい。

第一、自分たちがこの教会に到着した日と満月とは無関係だ。あの日は新月の前日だった。月は細かった。

（では、あの体験は何だったのか……）

ロベルトは自分がアントニウス司祭の後に続いて川を歩いた時の不思議な感覚を思い出し、ぞくりと身震いした。

それからロベルトは再び続きを読んでいった。

暦の講釈の次には、また内容が飛んで、賛美歌の歌詞が書かれていた。

この教会の朝夕の祈りの時に定番で歌われる賛美歌である。それは意味の成さないハーモニーに聞こえるものだったが、文章を読んでロベルトはすぐにその内容を把握した。

シーザーズコードを使ったラテン語である。

シーザーズコードとはジュリアス・シーザーが用いたと言われる最も古い時代の単一換式暗号で、平文の各文字を辞書順に数文字分ずらすことで暗号を作るものである。例えばAをX、BをY、CをZのように置きかえていくのだ。

その法則によって、賛美歌のアルファベットを置き換えた。

いちいち書き出さずとも、ロベルトは頭の中で簡単にそれらを置換することが出来る。

ガブリエルは指し示さん

清らけき乙女とともに

主の息吹ありけきところに、

朝日昇り、御しるしがあらわる。
聖なるかな神の嬰児宿りて、
この地上に生まれ来られり
十字架の上の主よ、
我に奇跡の力を記したまえ、
その足下に、花咲くところに

作詞者と作曲者の名として、マルクスと記されている。

ローマ人としてはよくある名前で、個人の特定は出来そうになかった。

普通の賛美歌のようだが、よく読んでみると、歌詞が二つの内容に分かれている。

すなわち、「この地上に生まれ来られり」までは聖母マリアの受胎告知に関することだが、いきなり「十字架の上の主よ」と、キリストの最期に転じるのは不自然な気がする。

わざわざシーザーズコードを使っていることといい、何かの暗号かも知れない。

まずはそのことを追いかけてみよう。

ロベルトは作業を止めて、書庫中の燭台の炎を消した。

（ガブリエルは何処だろう？）

ロベルトはすっかり暗くなった教会の中を、ランプを手にして長い間うろついていた。

曲線と直線。

小さく区切られた部屋と祭壇たち。

上界と下界。

フレスコ画とモザイク画。

コリント式の柱の上部と基礎に刻まれた様々なレリーフ。

その中を、靴がすり切れるかと思うぐらい歩きつづけて観察した。

バチカンの美術品とは趣を異にする、その大量の芸術作品群。

行く先々のあらゆる空間の全てにおいて、きらびやかな艶消しの黄金色と極彩色の不透明硝子によって描かれた、野卑とも洗練されたともいえる謎めいた無数の人物たちと天使たちがいて、無表情に、憂鬱そうな目をかっと見開き、四方八方からロベルトを見詰めている。

奇怪で複雑なその迷路の中を、ロベルトはどれほど彷徨っただろう。

錯綜した無数の視線を浴びせられて、息が詰まり、眩暈がする。

ロベルトの額は氷のように固く凍えた。

それなのに、その中のどこにもガブリエルがいない。何故いないのだろう。

薄暗い世紀末の憂鬱。

英雄的要素の見えない腐敗堕落した時代。

時にそのようにも呼ばれたビザンチンの、そのどんよりと厭世的な風が、教会中を駆け回り、ロベルトの体に巻き付いて、その全身を撫で回し、麻痺させ始めた。

（なんだろう？　この聖堂の空気のせいだろうか……）

ロベルトが足下から天井を見上げ、ぐるりと眩暈をおぼえた時、いきなり大声が響いた。

「こんなところで何をしているんです！」

ハッと振り返ると、柱の陰、暗闇の隅に、ランプを持ったバンゼルジャ神父が立っていた。

その肌には、血の気が無く、顔は無表情で、目だけがぎょろりと大きく見開かれている。

その異様な姿と壁面に描かれている謎の人物たちとが二重写しになって見えた。

ロベルトは頭を振った。

「いえ……教会美術を鑑賞していただけです。ビザンチン風の建物をゆっくり見学するのは希なことなのでね。バンゼルジャ神父こそ、何をなさっているのです？」

ロベルトは当たり障りのない答えを返した。

バンゼルジャ神父はそっと近づいてくると、ロベルトに小声で囁いた。

「教会の番をしているのですよ。魔女が忍び込んできたら、ただちに懲らしめるためにね」

「魔女を？」

「ええ、お気を付けなされ。奴らが透明になれることはご存じでしょう？　夜な夜な、姿を消して教会に忍び込んで来るのを、私が防いでいるのです」

バンゼルジャ神父は妄想めいたことを口にすると、まるで誰かがそこに立っているかのような表情で、ロベルトの背後を見詰めた。

振り向いてみるが、当然のことながら、バンゼルジャ神父の視線の先には誰も存在していない。

「魔女め……魔女め……」

バンゼルジャ神父が忌々しげに呟いた。

ここまでいくと、精神的に病んでいるように見える。

ロベルトは薄気味悪さを覚え、居所に戻ることにした。

「僕はこれから眠ることにします。バンゼルジャ神父もほどほどにしてお眠り下さい」

「眠る？　眠ることこそ奴らの思う壺です」

バンゼルジャ神父はランプで二人のいる一角を隅々まで照らしながら答えた。

「そうですか、それでは僕は失礼します。お休みなさい」

ロベルトは足早に居所へと向かった。

4

翌日、二人は村に行き、鑑定用のアントニウス司祭の血液をバチカンに郵送した。

そして、その帰り道に会議所に立ち寄った。

アントニウスに病を癒してもらった老人に会って、話を聞くためである。

半分開いたままの玄関扉をくぐると、中から大勢の人の話し声が聞こえてきた。

普段よりずっとにぎやかなのを不思議に思いながら奥の大部屋に入っていくと、五十人あまりの老若男女がフロアにひしめいていた。皆、手に色のついた四角いボードを持ち、それを頭上に上げたりまた下ろしたりしている。

そのとき、人々の中心にいて掛け声をかけていたペトロパ婦人が、ロベルト達に気づいて手を振ってきた。

「それじゃあ皆さん、今日の練習は終わりにしましょう。また明日(あした)！」

ペトロパ婦人が号令をかけると、人々の輪はほぐれて、半数あまりの人々がぞろぞろと外に出て行った。部屋に残ったのは、いつもの顔触れの老人達である。

ペトロパ婦人がニコニコしながら、二人の元に駆け寄ってきた。

「いらっしゃい。また来てくださったのね」

「今のは何をしていたんです？」

「四日後に迫った宗教討論大会の練習よ。毎年、ボードで人文字を作って応援することになっているの」

「そうですか。それは賑(にぎ)やかでいいですね」

「ええ。毎年とっても盛り上がるのよ。そうそう、今日は珍しいお客様がいらしているからご紹介するわ。ごゆっくりお話しなさってね」

ペトロパ婦人が司教の服を着た老人を連れてきた。

大柄で、厳格な顔つきの老人だ。

「バチカンからこられた方々ですね。私はここの教区を任されているウチャウスクです」

ウチャウスクはラテン語であいさつをしてきた。

「司教様、初めてお目にかかります。平賀です」

「ロベルトと言います」

二人はウチャウスク司教と握手をした。

「お二方は、アントニウス司祭を訪ねてこられたとか」

「はい」

二人は同時に答えた。

「私もアントニウス司祭を訪ねて、村に立ち寄ったのです。四日後の宗教討論大会で、彼にはローマカソリックの代表として頑張ってもらわないといけませんから」

「ローマカソリックの代表は、やはりアントニウス司祭なのですか？」

平賀は訊ねた。

「ええ。東方正教会はワセド主教、ムスリムの代表はハサン師です」

「貴方が代表にはならないんですか？　階級では貴方が上でしょうに」

ロベルトが問うと、ウチャウスクは囁くように答えた。

「私もアントニウス司祭に癒された身です。司祭は真に聖なる方です。あの方の言葉には神が宿ります。私などは遠く及ばない。だから私は代表から身を引き、アントニウス十四世司祭に任せたのです」

「そのときの話をお聞かせ願えませんか」

平賀は訊ねた。

「私は片耳が聞こえなかったのですが、五年前のミサの日、彼が私の耳に触れられ、『耳に宿れる卑しき霊よ、主イエス・キリストの名においてこの者から出て行け！』と仰(おっしゃ)ったのです。すると主の奇跡が起こり、聞こえるようになったのです」

「その耳は、今もよく聞こえておられますか？」

「ええ。ですからアントニウス司祭は私の恩人です」

「なるほど……。私達はアントニウス司祭が宗教討論会で撃たれ、亡くなり、蘇(よみがえ)られたという件に関して調べています。ウチャウスク司教は、その現場を見られましたか？」

平賀の問いに、ウチャウスクはしっかりと頷(うなず)いた。

「ええ、見ましたとも。葬儀のミサにも参りました。三日後に蘇られたと聞いたときは驚きと興奮を胸に駆けつけましたとも」

ウチャウスク司教はしっかりとした口調で語った。とても嘘をついているようには見えなかった。

その後も平賀たちは何人かの老人から病気治しの体験を聞いて回ったが、皆、言うことは同じであった。

「全く疑わしいところは見当たりませんね。しいて疑う点があるとしたら、耳が聞こえなくなったとか、腰が悪くなったという症状の場合、その原因が心因性である可能性も高い、という点ですね」

平賀が呟いた。

「それなら、もっと物理的な病状……たとえば腫瘍(しゅよう)であるとか癌であるとか、そういう病気を癒されたという村人に会ってみるかい?」

「ええ、是非」

ロベルトはペトロパ婦人にそのことを伝えた。

「それなら小児癌だった男の子がいるわよ。家が少し遠いんだけど……。そうだわ、エレナに車を出してもらったらどうかしら?」

ペトロパ婦人が、側にいたヨハンナ婦人に言った。

「ええ、そうね。明日でよければ、車で迎えに行かせるわ」

「ありがとうございます」

ロベルトは礼を述べ、二人は教会に戻ることにした。

翌朝、平賀とロベルトが教会を出ると、白いワゴンが橋の手前に停まっていた。

「おはようございます、神父様。お迎えに参りましたわ」

運転席から顔を出したのは、エレナ・ラデリッチだ。

「ありがとう。面倒をかけてすまないですね」

ロベルトが手を振って応じ、二人はワゴン車に乗り込んだ。

「私の焼いたクッキー、召し上がりませんか？」

エレナがクッキーの包みを二つ、差し出した。

「ありがとうございます」

二人はそれを受け取った。

「それじゃあ、小児癌だったピエトロ・ラザノフのところへご案内しますわ」

エレナが車を発進させた。

車はしばらく走り、小さな一軒家がびっしりと並んでいる一画で停まった。

新しい住宅地のようだ。どの家もそっくり同じデザインだが、壁や屋根の色、庭の飾り方に住人の個性が反映されている。

ピエトロの家は緑の屋根と庭の白いブランコが特徴的だった。

白い玄関扉をエレナが叩く（たた）と、四十代と思われる小綺麗（こぎれい）な女性が現れた。

「こんにちは、ロザンナ。こちらがお話しした神父様方よ」

エレナがロベルトと平賀をさして言うと、ロザンナは微笑して会釈した。

「クッキーを焼いてきたのよ。召し上がって」

「まあ、有り難う」

ロザンナはクッキーを一束受け取った。

「私は車で待っていますわ」

エレナはそう言うと、車に戻っていった。

「神父様方、どうぞ」

ロベルトと平賀が通されたのは、南窓で明るいリビングである。

やわらかな蜂蜜色の壁にはいくつか小さな絵がかけてあって、部屋の中央に骨董めいたテーブルがあり、椅子が並び、一人の少年が座っていた。

「息子のピエトロですわ。十六歳ですの」

ピエトロ少年は内気そうな眼差しでロベルトと平賀を見た。

「初めまして、神父様」

「初めまして、ピエトロ君。えと、僕の友達はルノア語が喋れないから黙っているけど、気にしないでおいてくれたまえ」

ロベルトはそう言ってピエトロと握手すると、彼と向かい合って座った。平賀はロベルトの横に座り、ロザンナはピエトロの横に座る。

ロベルトはテーブルの上に『聖徒新聞』という小冊子と、三環用のロザリオが置かれているのに目を留めた。

「そのロザリオ、どこかで見た覚えがあります」

ロベルトは指さした。

「ああ、これですか？　ヨハンナ婦人にいただいたものです。息子の病で悩んでいる私に、祈れば心が落ち着くからと言って、これを下さったんです。ラテン語の祈りも教えてくれました」

「ああ、そうですか。ヨハンナ婦人とおそろいなのですね」

ロザンナは「ええ」と微笑んだ。

「その冊子の方は何でしょう？」

「これは新聞販売所の販売人、リコラビッチがいつも配っていらっしゃるの。アントニウス司祭様のことや、ミサのお言葉が書かれていたり、暮らしの情報なんかも載っていたりして、とても便利なんですよ」

するど平賀が横からロベルトを突いた。

「何を話しているんですか？　早く病気のことを聞いて下さい」

どうやら言葉が分からぬ平賀でも、ロベルトとロザンナが四方山話をしているのに気づいたようだ。

「突然ですが、今日は息子さんの癌のお話をお聞きしたくて、立ち寄らせて頂いたのです」

ロベルトが言うと、ロザンナは頷いた。

「ええ。エレナから聞いていますわ。息子のピエトロは、七歳頃から首の辺りにしこりが出来て、それが段々大きくなっていきました。医者に連れて行くと、悪性腫瘍だと言われましたわ」

「診断は確かなものですか？」

「間違いありません。何かの間違いであってくれたら良いと思って、何軒か病院をはしごしましたけど、宣告は同じでした」

「なる程……。具体的にはどんなぐらいの大きさのしこりができていたのですか？」

「写真がありますわ。お見せしましょう」

ロザンナは立ち上がり、少しの間、席を外すと再び戻ってきた。

手には分厚いアルバムを持っていた。

ロザンナはアルバムを繰って、六枚の写真を取りだし、それをロベルトの方へ向けて並べた。

写真にはピエトロ少年の幼い頃の姿が写っている。

幼い頃から順番に、少しずつ成長していっているのが分かる。

一番幼い頃の写真には、首の右側のリンパ腺(せん)の辺りに微(かす)かな盛り上がりがある。

それが年を追うごとに大きくなっていって、最後、おそらく拳(こぶし)大の腫瘍になっていた。

平賀が、じっとその写真を隣から覗(のぞ)き込んでいる。

「これはお幾つの時ですか？」

ロベルトは最後の写真を指して訊(たず)ねた。

「十四歳の時です。この年にアントニウス司祭に祈って頂きました」

「そして、治った？」

「ええ」

ロザンナが答えたとき、横から平賀が言った。

「ロベルト、ピエトロ君の首を少し見ても構わないか訊ねて下さい」

ロベルトは頷き、ピエトロ少年に言った。

「ピエトロ君、少し君の首を僕の友人が見たいというのだけど、いいかな？」

ピエトロ少年は、こくりと頷いた。

平賀は立ち上がり、少年の首に手を当て、患部があった場所をまさぐっている。

そして深刻な表情をして座り直した。

ロザンナはその様子を見ながら、また数枚の写真をロベルト達に見せた。

「アントニウス司祭に祈って頂いてからの写真です」

写真によって、時間の経過とともにピエトロ少年のしこりが小さくなっていくのが分かる。

デジタル写真なので、写真の左下に日付があった。

それから見ると、少年のしこりは、二年弱かけて無くなっている。

「アントニウス司祭様は、ミサの度に祈ってくれました。最初は半信半疑でしたが、最初の祈りで三日目には少し、しこりが小さくなっていると感じられたんです。それからは信じました。日曜日のミサの度にピエトロの腫瘍は小さくなっていって、今ではこの通り、すっかり治ったのです」

ロベルトはことの次第を平賀に通訳して伝え、「どう思う？」と訊ねた。

平賀は何かにとり憑かれたような表情で、ピエトロ少年が治っていく様を写した写真を見ながら答えた。

「嘘ではないと思います。まだピエトロ君の首には微かに、医者なら分かる程度のしこりの痕があります」

ロベルトは納得し、ロザンナとピエトロに礼を言って、平賀とともに家を出た。

家の前に停まっていたワゴンの中からエレナが手を振った。

「どうでした？　ピエトロは少し内気だけれど本当にいい子だったでしょう？　だから神様の御恵みがあったのでしょうね」

「ピエトロ君の肉腫のことは皆が目撃していましたか？」

ロベルトは基本的な質問をした。

「ええ。そりゃあ目立ちますもの。誰に聞いても知っていますわ。お疑いなら、道行く人にお聞きになる？　神父様ったら、お疑い深いのね」

エレナが不思議そうに言った。

「調査ですから」

「そうですわね。じゃあ、次を訪ねましょう。次はそうね、フリップね」

エレナが車を発進させる。

「フリップ・バルシェですか？」

「ええ」

「リューマチが完治したと記録にはありますね」

「そうなの。酷いリューマチで歩けなかったから、色んな用事を私がお手伝いしてあげたものよ。でももう大丈夫なんです」

車はしばらく走り、アパートが何軒か並んでいる場所に停まった。

「ここは独身者用のアパートなんです。B棟の三階が、フリップの部屋よ」

エレナはクッキー籠を持って、いそいそと車を降りた。

ロベルトと平賀もそれに従う。

エレナは軽快な足取りで階段を上がっていき、三〇二号室のドアを叩いた。

「誰だい？」

男のしゃがれた声が聞こえた。

「私よ、エレナよ」

「ああ、お前さんか、今開けるよ」

がちゃりと音がしてドアが開くと、無精髭を生やし、薄汚れた服を着た六十代の男が現れた。

「お久しぶりね、フリップ」

「ああ、久しぶりだね」

「クッキーを作ったの、どうぞ」

フリップはエレナのクッキーを嬉しそうに受け取った。

「こちらの神父様方をご紹介するわ。バチカンからいらっしゃった神父様なの」

エレナの言葉に、フリップは驚いた顔でロベルトと平賀を見た。

「へえ、はるばるバチカンから？　初めまして、神父様」

「それでね、この神父様方に、貴方（あなた）のリューマチが治った話を聞かせて上げて欲しいの」

「俺の脚の話を？　ああ、いいとも」

「よろしくね、フリップ。では私は下で待ってますね、神父様」

エレナは去っていった。

平賀達が通されたフリップの部屋は、一言で言うとゴミ置き場のようであった。訳の分からない雑貨や人形やさらにはタイヤまでが部屋の中に溢（あふ）れかえっている。

無用な物を収集する癖のある「溜（た）め込み屋」のようだ。

「男やもめなんで、汚い部屋ですけど、腰掛けて下さい」

フリップは雑誌の束が床に広がっているのを足でかき分けながら、二脚の椅子を取りだして置いた。ロベルトと平賀はそれに腰掛けた。フリップも置いてあった椅子に腰掛ける。

「貴方はリューマチだったと聞きました」

ロベルトが訊ねると、フリップはこくこくと頷いた。

「ええ、酷いリューマチでした」

「どれぐらい前から？」

「八年前ぐらいからでしょうか、膝（ひざ）に水がたまっちまって、最後には殆（ほとん）ど歩けない状態でしたよ。それでエレナがよく俺の世話をしてくれました」

「リューマチだったことを証明するものはありますか？」

「証明するもの？　疑う理由があるってんですか？　俺はずっとそれで苦しんできて、近くの病院に通院してたってのに」

「病院はどこです？」

「ハミルトン総合病院ですよ」

「かかっていた医師の名は？」

「ウラジミール先生です。お疑いですか？」

「いえ、念のためにです。それで治った経緯は？」

「アントニウス司祭に祈っていただいたんですよ」

「いつ頃です？」

「去年のクリスマスです。俺は車椅子でミサに出席してたんですけど、ミサの後に、アントニウス司祭が俺の名を呼んでくれたんです。あの時は嬉しかったですね」

「嬉しかった理由は、アントニウス司祭が病気平癒の力を持っていることを知っていたからですか？」

「ええ、勿論（もちろん）です。現にこの目で病人が癒（いや）されていくのを何度も見てましたから」

「なる程。で、クリスマスのミサの後、貴方は名を呼ばれて、そしてどうなったんです？」

「俺は祭壇の近くへ行きました。そうしたらアントニウス司祭が下りてこられて、俺の膝を撫でられ、十字架を、こう、三回ずつ両脚につけられたんです」

フリップはその時の司祭の動作を、ロベルトにしてみせた。

「それで？」

「脚から痛みが引いていくのが分かりました。立てる、って思ったんです。そうして立ちました。帰りは車椅子なしで歩いて帰れましたよ」

「それから脚の痛みはもうないのですか？」

「ありません」

「たった一度も？」

「ええ」

フリップは胸を張って答えた。

ロベルトはフリップの話を通訳して平賀に伝えた。

「脚の膝を見てみたいと言って下さい」

平賀の言うとおり、ロベルトがフリップに告げると、フリップはズボンを膝までたくし上げた。

平賀が神妙な顔でその膝を触る。骨の様子を探っているようである。

「どうだい？」

ロベルトが訊ねると、平賀は微妙な顔をした。

「確かに膝の骨が少し変形しています。リューマチによる変形の特徴ですね」

平賀は頷いた。二人はフリップの部屋から出ながら話をした。

「リューマチの治癒ならプラシーボ効果はあるだろうか？」

「どうでしょう。リューマチは精神的な病ではありません。免疫疾患による関節の炎症などが原因となる病です。やっかいな病で一度なると滅多に治りません。それに……少なくともピエトロ少年の癌は、暗示で治ったとは考えられませんね」

「うむ。そうだね」

ロベルトも平賀も、報告書より映像より確かな現実に当惑していた。

次に向かったのはテレッサという十三歳の女の子のところだった。

少女はてんかんの病を患っていたという。

四歳頃から、年に一、二度、発作を起こして意識不明になっていたというのである。

しかし五年前にアントニウス司祭から治癒を受けてからは、発作はなくなったということであった。

それからロベルトと平賀は、八人以上の人々を訪問した。最後の訪問を終えると、とっくに四時を回っていた。

平賀はエレナに頼んで会議所に戻り、メールをチェックすることにした。

すると丁度、二人にあてててファックスが届いていると告げられた。それはゴーシュからのもので、ワレスク私立病院の記録であった。

教会に戻る道の途中、難しい顔で考えにふけっている平賀に、ロベルトはイタリア語で話しかけた。

「君の見識ではどう思う？」

「少なくとも、今日、会った人々の中に詐病の人はいませんでしたし、なんらかの暗示効果では治らない病気が殆どでした……」

「つまり、アントニウス司祭の病気平癒の力は本物だと？」

「少なくとも今の時点では、そう思うしかありません。どうしましょう、ロベルト。私はなんだか心臓がどきどきしてきましたよ」

「ああ、僕もずっと夢を見ているみたいだ。次の調査はどうしよう？」

「私はこれからアントニウス司祭の脳波データを分析して、瞑想中の彼の状態を探ってみたいと思います」

「ふうん……それで奇跡が起こる仕組みなんかが分かるんだろうかね」

「分かりませんが、調べます」

平賀は固い表情で答えた。

第五章　主は、不信心者に怒りをたまう

1

平賀はアントニウス司祭の瞑想中に取られた脳波のデータと映像とを、地下墓所に設置した記録器から回収した。

そうしてこれらの確認作業に入った。

ひたすらアントニウス司祭が立ち続ける姿を見つめるという、他の人間にとっては恐ろしく単純な時間であったが、平賀には興奮の連続であった。余りに興奮していたため、眠るのも忘れていた程だ。

特に興味深かったのは、アントニウス司祭の脳波の推移である。

平賀達が「瞑想の祭壇」から立ち去って暫く（しばら）すると、アントニウス司祭の脳波はすぐにベータ波からアルファ波になった。非常にリラックスして瞑想しているようだ。

そして、アルファ波の状態が約八時間続いた。

普通ではあり得ないことである。

そして次にシータ波が現れた。まどろんでいる状態に出てくる脳波である。

それでも、画面のアントニウス司祭は目を閉じたまま、立っている。それだけでも驚くべきことなのに、ついにはデルター波が記録されたのである。

これは熟睡中に出る脳波だ。

八時間程度、アントニウス司祭の脳波は、シーター波とデルター波を行き来していた。

そして朝になると、脳波は再びアルファ波となった。

平賀は最近読んだ科学誌の論文を思い出していた。

インドの有名な行者の体に瞑想中なにが起こったかを調べたものであった。

記録では心臓が数回、一分近く止まり、呼吸数が半分以下に減少し、脳波に長時間のシーター波、さらにはデルター波が現れたとされている。

深い瞑想とは熟睡に似ていて、体の循環機能まで、ゆっくりとさせるのだという報告であった。

まさにアントニウス司祭はそのような状態にあるだろうと思えた。

平賀が感心していた時、部屋のドアが叩かれた。

「入っていいかい？」

モノクルをかけたロベルトが、脇に小包を持って立っている。

「どうぞ」

ロベルトは入ってくると、平賀の横からパソコンの画面を覗き込んだ。

「調子はどうだい。何か変わったことでも見つかった？」

「ええ、すごいですよ。録画開始から二十二時間が経過したところを見ていますが、アントニウス司祭はずっと立っています。しかも脳波は深い瞑想状態を示し続けているんです。私はアントニウス司祭の心拍数や呼吸数といった、生理的な変化も調べたくなってきました。実に驚くべき事態だと思いませんか」

「思うね。大した集中力だ」

「ロベルト、貴方の調子はどうです？　今も読書をしていらしたんでしょう？」

平賀の言葉に、ロベルトはモノクルを取り、疲れた様子で、目頭を人差し指と親指で摘んだ。

ロベルトもまた、一晩中、資料を漁っていたに違いない。

「ガブリエルが見つからないんだ。どうしようもない……」

ロベルトが小さく呟いた。

「えっ、なんですって？」

「いや、収穫がないんだ。僕が分かったことなんて、ごく僅かなものさ。代々のアントニウスが水上を歩いたのは、全て満月の日なんだってさ。この教会には、満月の日に奇跡を起こす方法が伝わっているんだ。だけど僕らがここに来た日は満月でもなかった」

「それで、満月の日に奇跡を起こす方法は、分かったんですか？」

平賀は訊ねた。

「ああ、それはね、七日間の絶食と瞑想、そして無言の行を行った後に、特製香油を全身に塗り、サブマ・サブマ・サブマと呪文を唱えるんだそうだよ！　まったく、ここの書庫は最悪だ。ろくな物がない」

　ロベルトが、珍しく語気を荒げ、嫌気顔で言った。

「どうか嘆かないでください。貴方がそんなことを言うなんて、驚きました」

「書庫にうんざりするなんて、自分でも驚きだよ」

　ロベルトは溜息を吐いて、窓の外を見つめた。

　外は村に来て初めての豪雨であった。

　黒い雨雲が垂れこめている。

「そういえば、君にこれを渡しに来たんだった。さっきアンテが部屋に届けてくれた」

　ロベルトは持ってきた小包を平賀に差し出した。

「ローレンからのエクスプレス便です。きっと司祭の血の鑑定結果ですよ」

　平賀はいそいで小包を開いた。

　中からDNAの鑑定結果を記したファイルと写真が現れる。

　そこには、アントニウス司祭から採った血液と、狙撃時の服から採取したDNAが完全に一致しているという結果が記されていた。

　数枚のバイタル表が添付してある。

　平賀は確認のため、何度もバイタル表を照合した。

　一致である。

間違いなく撃たれたアントニウス司祭と、現在のアントニウス司祭は同一人物だ。

アントニウス司祭は凶弾に倒れて死に、そして蘇ったことが証明されたのだ。

複数のデータが示す結果をもって、それ以外の解釈をすることは不可能である。

もう何の疑問も差し挟む余地はなかった。

まさしく今まで追い求めてきた真の奇跡を発見したのだ。

平賀の頭は熱で浮かされたように熱くなった。

サウロ大司教が、どれだけそれを望まなかったとしても、自分は奇跡を認定するしかない。

平賀の心は決まった。

アントニウス十四世司祭は聖人である。

「結果はどうだい？」

ロベルトが訊ねた。

「アントニウス司祭は凶弾に倒れて死に、そして蘇ったことが証明されました」

平賀は答えた。

ロベルトは溜息を吐いた。

「参ったな……」

「ロベルト、貴方はまだ疑うのですか？」

平賀はロベルトに訊ねた。

「疑っているというより、まだ奇跡だと断定する決心がつかないんだ。もう少し待ってくれ」

「分かりました」

ロベルトは頷くと、平賀の居所から出て行った。

あとはロベルトがどう決断を下すのか待つだけだ。

平賀がそう思っていると、雨音が激しくなりだした。

窓の外で雷鳴が響き、フラッシュのような青白い光が瞬く。

もう随分と遅い時間になってしまった。

平賀は電球を消し、眠ることにした。

＊　＊　＊

恐ろしいわめき声が空から聞こえてきた。

それは悪魔の声だった。

悪魔が吠える度に、光がジグザグに空を引き裂いていく。

天地が割れてしまうような気がして、コプトはその度に小さく叫んだ。

雷が自分を狙っているように思えた。

激しい雨が天から降り注ぎ、コプトの体を容赦なく打っていた。

コプトは唇を震わせながら、真鍮の小箱を胸に抱えて、橋を渡っていった。

ソルージュ川は黒く濁っていて、増水した川の水がコプトの足下に、ざばりとかかってくる。

コプトは震えながら空を見上げた。

真っ黒な闇の中で、魔女達が箒に乗って飛び交っている。

その笑い声が雨の音に混じって聞こえてくるような気がした。

早く事をやりとげて、早く帰りたい。

コプトの頭の中はそれだけだった。

橋を渡りきったところに広がる牧草地で、コプトは程よい場所を見つけるために彷徨った。

そうしてまるで目印のように立っている一本の大木の元に走っていくと、その根元を夢中になって掘った。

スコップのような気の利いた物を用意していなかったので、素手で土を掘った。

コプトにとって、それは必死の作業だった。

なんとか小箱を埋められるだけの深さの穴が出来たので、コプトは真鍮の小箱を穴に入れた。土をその上から被せ、それから近くにあった藁の山から、藁を一掴み持ってきて、その上に撒いた。

そうしてコプトは辺りに人影のないことを確認して、すぐに教会へと取って返した。

雷雨はますます激しくなっていて、川の流れはごうごうと音を立てている。

長い橋を渡りながら、コプトは祈った。

「神様、お守り下さい。神様、お守り下さい」

そうしてようやく教会に戻ると、コプトは大急ぎで自分の居所に入った。

濡れた衣服のままベッドに潜り込み、シーツを頭から被った。

ぴかぴかと窓の外で光る雷も、雨の音も恐ろしかった。

「神様お守り下さい。神様お守り下さい」

2

翌朝、朝の鐘の音が響いたので、平賀とロベルトが主祭壇へと向かっていくと、神父や修道士たちが落ち着かぬ顔をしていた。

「どうしたんです?」

ロベルトはゲオルギ神父に訊ねた。

「バンゼルジャ神父が来ないのです。朝のお勤めの時にも姿を見せませんでしたし、不審なのです」

「バンゼルジャ神父の居所まで呼びに行かれてはどうですか?　なんなら私がお呼びしてきましょうか?」

平賀が言った。

「それには及びません。今、呼びに行かせたところですよ」

イヴァン神父が答えた。

皆が待っていると、バンゼルジャ神父を呼びに行っていた少年修道士が戻ってきた。

「どうだった？」

ゲオルギ神父が少年修道士に訊ねた。

「それが、居所のドアをどんなに叩いてお呼びしても返事がないのです。ドアも固く閉まっています」

少年修道士は困った顔で答えた。

老神父たちが顔を見合わせる。

「仕方ない。私が行ってみよう」

ゲオルギ神父はそう言うと、歩いていった。

それから暫くすると「うわーっ」と悲鳴が聞こえた。

ゲオルギ神父の声のようだ。

皆が顔を見合わせ、ざわざわとする。

平賀とロベルトはバンゼルジャ神父の居所へと、急いで駆け出した。

その後を神父たちや修道士たちの何人かが付いてくる。

バンゼルジャ神父の居所のドアは開いていた。

ゲオルギ神父が持っている鍵で開けたのだろう。

平賀が中を覗き込むと、真っ青な顔で立ちすくむゲオルギ神父がいて、その床の傍らにバンゼルジャ神父が倒れているのが見えた。

平賀とロベルトは中に入った。

ベッドが血だらけであった。バンゼルジャ神父はベッドの脇に大の字で倒れていた。傍らには聖書が転がっていて、それにも血が付いていた。

その衣服の下半身の部分も血だらけで、床には大きな園芸用の枝切りバサミが転がっていた。そしてそのハサミの刃の部分にも血が付いているのが分かった。

平賀はすぐにバンゼルジャ神父の脇に座って、衣服の血の付いた部分を捲り上げた。

そして険しい顔をした。

ロベルトも側からバンゼルジャ神父がどんな具合なのかを覗き込んだ。

異様な光景がそこにはあった。

バンゼルジャ神父の血だらけの下半身には、付いているべきものが無かったのである。

「状況から見るに、枝切りバサミで局部を切り落とされたのでしょう。死因はこの血の量から見て、失血死ですね」

平賀が冷静に言った。

ゲオルギ神父はそれを聞くと顔を顰め、片手で口を覆った。

「切り落とした物がどこかにありませんか？」

平賀の言葉を受け、ロベルトは居所の中を隅々まで捜した。

バンゼルジャ神父のものは見つからなかった。

ただし、そこで切り落とされたのだろうと思える大出血のある床の部分から、点々と血のあとが続き、それが机の上にまで至っていた。

机の上には、血の手形がべったりと付いている。

そして机からドアにかけて、また血のりが続いていた。

ドアの外には神父たちや修道士たちが好奇心と恐れを抱いた顔で群がっていた。

「少しそこを退いてくれたまえ」

ロベルトは彼等に道を空けるように言った。

血の痕はドアから廊下にまで続き、下階への階段の途中で途絶えていた。

ロベルトはそれを見届けると、再びバンゼルジャ神父の居所へと戻った。

「誰かがバンゼルジャ神父の局部を居所から持ち出したようだね」

「では他殺でしょうか？　死後硬直の具合と肌の色素の変化から見て、お亡くなりになったのは五時間前ぐらいです」

「他人に局部を切り取られたのだとしたら、何故、失血死する前に誰かに助けを求めなかったのか不思議だよね」

「そうですね。失血死するまでに二時間は時間があったでしょうから……」

そう言いながら平賀は床に落ちている聖書を拾い上げた。

そしてぱらぱらとページを捲って、バンゼルジャ神父の血の手形が残っているページをロベルトに指し示した。

バンゼルジャ神父は『マタイによる福音書』を読んでいた様子だ。

「警察に知らせましょう」

平賀が言った。

「いけません。この教会のことはこの教会で処理します」

ゲオルギ神父が首を振った。

「だけど、他殺か自殺なのかも分からないのですよ。これは事件でしょう。真相を確かめた方がいいのではないでしょうか？」

「自殺にしろ、他殺にしろ、局部を切り取られて死ぬなど、このような猟奇的なことが教会内であったことが外に漏れては困ります。教会の不名誉です。第一、明日は大討論会なのですから」

ゲオルギ神父の言葉に、居所の中に入ってきた老神父たちは賛同した。

密葬がいいだろう。

そういうことに決まってしまった。

それはそれで仕方のないことであった。

カソリックにはそれなりの流儀がある。

教会内のことはなるだけ秘密に。よくある話だ。

バチカンでも神父が死んだ時には、決して、検視ということは行われない。

その時、わーっと叫ぶ声が聞こえた。

廊下から居所の中を覗き込む修道士たちに混じって、それまで呆然としていたコプトが発した奇声だった。

コプトは、頭を抱え込み、目を見開き、青くなって震え、わーっ、わーっと叫んだ後、その場でばたばたと足踏みをした。

「お父様は死んでしまったのですか？　死んでしまったのですか？」

コプトは狼狽えた声で訊ねた。

ロベルトは、そのコプトの足が泥だらけで、手の爪が剝がれているのを見つけた。

「そうだ。バンゼルジャ神父はお亡くなりになったのだ。皆で手を合わせましょう。そしてこれら見たことは教会の人間以外の誰にも喋らないように」

ゴラン神父が言った。

修道士たちは恐怖した顔で頷いた。

「分かったら、みんな主祭壇で待つように」

アンドレフ神父が言うと、修道士たちは、そろそろと去っていった。

しかし、コプトだけはそこにいて、ぶるぶると震えている。

「コプト修道士、バンゼルジャ神父の死に思い当たることはないかい？　君はもしかして、昨夜、外に出なかったかい？」

ロベルトが訊ねると、コプトは首を振った。

「知りません！　知りません！　何も知りません！　外には出ていません！」

コプトは大声で言うと、走り去った。

＊　＊　＊

ロベルトはすっかり暗くなった教会の中を、ランプを手にして歩いていた。

曲線と直線。

小さく区切られた部屋と祭壇たち。

上界と下界。

フレスコ画とモザイク画。

コリント式の柱の上部と基礎に刻まれた様々なレリーフ。

ロベルトはバンゼルジャ神父の異常な死に様を思い起こしていた。

血にそまった枝切りバサミとバンゼルジャ神父の下半身。

僅(わず)かに残った局所の盛り上がりが、痛ましかった。

傷口はためらいなくざっくりと切られていた。

一体、バンゼルジャ神父は自殺か？　他殺か？

訳が分からない。

局部を切り取られたままで聖書を死に至るまで読んでいたというのはいかなる状態であろう。

酷く痛んだに違いないのに……。

やっぱり覚悟の自殺だろうか？

だが、自殺だとしたら何を思い及んで、あのような死に様を選んだのか？

普通に首を吊るなり、高いところから飛び降りるなり、川に飛び込むなりすれば十分死ねるというのに……。

第一、切り取られた局部が外に持ち出されているのもおかしい。

見る限り遺書はなかった。

自殺はカソリックでは重大な罪だ。

バンゼルジャ神父のような堅物が、それを犯すとも思えない。

では他殺か？

他殺だとしたら、誰がなんの目的で、バンゼルジャ神父をあのような死に至らしめたのか？

何故、局所を持ち去ったのか？

コプトの様子がおかしかった。

コプトはいつもバンゼルジャ神父に虐げられていた。

その恨みから、神父を残忍な方法で殺害したのではないだろうか？

ふと、そんな気もした。


だがそのことをロベルトが言うと、ゴラン神父は苦笑いした。

「あれがバンゼルジャ神父に害をなしたとでもお思いですか？ 貴方達(あなた)には分かりませんでしょうが、バンゼルジャ神父は彼なりにコプトを慈しんでいたし、コプトも神父のことを慕っておりましたよ」

「慈しんでいた……ですか？」

なんだか、ロベルトにはぴんとこなかった。

「ええ、家族からやっかいものとされたコプトを養子にし、なんとか神学校へ行かせようと必死で教育しておりました。コプトに厳しかったのは、それ故なのです」

アンドレフ神父が答えた。

「この居所を清掃し、バンゼルジャ神父の身支度を整えましょう」

ディミタル神父が言った。

「葬儀は明日の討論会が終わってから で……」

ヤコブ神父が言うと、ゲオルギ神父始め長老達は、みな頷いた。

それから、ロベルトと平賀は、バンゼルジャ神父の居所を追い出されたのだ。

コプトの仕業でなければ誰だというのか？

なんとも奇怪で意味不明なバンゼルジャ神父の死……。

ロベルトは疲れ切っていく頭の中で、辞書に読み取られる『ビザンチン』という言葉の意味を思い浮かべた。

『こみいった』

『複雑な』

『錯綜（さくそう）した』

『迷路のような』

『裏で権謀術策の数々を用いた』

ここに来てから感じるのは糸のもつれを解けないような苛立（いらだ）ちばかりだ。

もう、無意味な思考は止めたほうがいいのかもしれない。

自分がここでの出来事になんら感性が働かないのは、単に自らが不信心者で、はなから奇跡を信用する気持ちが足りないからなのだ……。

そうだ、そうに違いない……。

足下から天井を見上げて、ぐるりと目が回ったような気がした時、いきなり大声が響いた。

「わーっ、わーっ、魔女が！　魔女が！」

ハッと気がつくと、柱の陰、暗闇の隅に、ランプを持ったコプトが立っていた。彼は真っ青な顔でわなわなと震え、目を見開いている。

「魔女！　魔女！」

引きつけをおこしそうな声で、コプトは叫んでいる。

「落ち着きなさい。魔女などいない」

そう言って、ロベルトは震えているコプトの側により、肩をそっと抱いた。

「いいかい、落ち着いて……落ち着いて……」

ロベルトが優しく言い聞かせると、コプトは肩を揺すって大きく息をした。

「魔女はいない？」

「ああ、いないとも」

「本当ですか？　さっき見たんです。そこで見たんです」

「錯覚だよ。暗いから、何か見違えたんだ」

コプトは、きょときょとと辺りを見た。

「本当に？」

「ああ、そうとも」

「よかった。よかった」

コプトは呟くと、震えを止めた。少し平静になったようだ。

「こんなところで何をしていたんだい？」

「お父様が、お父様がお亡くなりになったので、代わりに番をしていたのです」

「番？」

「はい、教会に魔女が入り込まないように番をしなければ。お父様がいないから、代わりにしなければ」

バンゼルジャ神父が死んで、まるでその妄想が、コプトに乗り移ったかのようだった。

「コプト、番はもうしなくともいいんだよ」

「なぜです？」

普通のことを答えても理解できないだろうと思ったロベルトは言った。

「魔女はもう滅んだんだ。だからもう教会には入ってこないんだ」

コプトは、そのゆっくりとした頭の中に何かが閃いたかのように言った。

「捕まって、火あぶりにされたのですか？」

「そうさ、火あぶりにされたんだ。だから心配はいらない」

ロベルトは頷いた。

「ではもう寝てもいいのですね」

「その方が良い」

「よかった。よかった。お父様は死んでしまわれたけど、魔女は火あぶりにされた」

コプトは何度も同じ言葉をぶつぶつと呟きながら、闇の中へと溶けていく。

ロベルトはその丸い背中を見送りながら、確かに、このコプトにバンゼルジャ神父を殺すことなど出来ないだろうと感じた。

3

金曜日、早朝六時。

宗教討論会場がある首都メルメナに向けて、車の列が出発した。

先頭のマイクロバスにはアントニウス司祭と五人の老神父、平賀とロベルトが乗っていた。運転はイヴァン神父だ。村人たちを乗せたバス五台がその後に続く。

村から四時間かけて到着したメルメナ野外ステージは、二万人を収容する大会場だ。年に一度の選挙の季節とあって、路上でチラシを撒く人や、プラカードを掲げて演説をする人、それにヤジを飛ばす人々などがいる。

沿道には屋台が並んでいた。食べ物やお菓子を売る店があったかと思うと、ハサン師やアントニウス司祭の名前入りTシャツを売る店があったり、アントニウス司祭のお面を売っている店まであった。

開会までまだ一時間以上あるというのに、周りは熱気に包まれている。

至るところで車は渋滞し、駐車場にはどこも長い列が出来ていた。

アントニウス司祭のマイクロバスは、警察官たちの誘導で、出演者用の駐車場へ案内された。

黒塗りのベンツとピカピカのロールスロイスが停まっている隣のスペースに、村の古びたマイクロバスが滑り込んでいく。

そのときロールスロイスの扉が開き、大柄で派手な顔立ちの男が降りてきた。

太い首と太い眉、野心的な目つきに伸ばした顎髭。頭にはグトラをターバン巻きにし、豪華な刺繍の入った純白のカンドゥーラ、その上から真紅のビシュト（ガウン）を纏った人物――それはムスリムの指導者ハサン師であった。

ハサン師は闘争心むきだしの顔でアントニウス司祭を睨みつけると、従者と女たちをはべらせながら歩き去っていった。

「なんて恐ろしい顔つきなんでしょう！　最近、アントニウス司祭様の人気がぐっと高まったからって、妬いてるんですよ、あれは」

イヴァン神父が呟いた。

そういえば警察本部のストラピッチ鑑識部長も、同じようなことを言っていたな、とロベルトは思った。

「イヴァン神父、よそのお方のことは放っておきなさい」

ゲオルギ神父が小声でイヴァンを咎めた。

アントニウス司祭はというと、争いごと自体に興味がないといった様子で超然としている。

そしていつもどおりの腰布だけの姿で立ちあがり、ゲオルギ神父とともに楽屋へ向かっていった。

平賀たちは残りの神父たちと共に、観客席の前の方に用意されたカソリック神父席へ移動し、ルノア国の各州、各自治区を代表する大司教たちに囲まれて座った。

観客席の最前列と通路、舞台袖などには大勢の警察官が配置され、ものものしい雰囲気である。再び銃撃事件が起こらぬよう、厳重に警戒している様子だ。

平賀は警察官の列の中に、アッバス・パラミール刑事がいるのを発見した。

開会まであと三十分。

日差しがどんどん強まってきた。今日は蒸し暑い一日になりそうだ。

疲れを覚えたロベルトは、少し仮眠をしておくことにした。

一方の平賀はワクワクした様子で、カメラを構えて会場の様子をくまなく撮影したり、歩き回ったりして時間を過ごしていた。

そうするうちに、二万人が入るという客席はどんどん埋まっていき、遂にはびっしりと人で埋めつくされた。

国営放送で流されるだけあって、何台ものテレビカメラもスタンバイしている。

スピーカーから、開始時間を告げるアナウンスが流れた。

最初に歌手がステージ上に登場して国歌を斉唱した。それに合わせて、舞台の後方に国旗が掲揚されていく。観客席の国民も皆、立ちあがって国歌を口ずさんだ。

続いて司会者が挨拶をした後、いよいよステージに並んだ三つの演説台に、三人の宗教指導者が登場した。

最初に上手から登場したのはハサン師だ。

真紅のビシュトと純白のカンドゥーラがはためき、「うおーっ」という盛大な歓声があがった。「ハサン師！　ハサン師！」とコールする声と悲鳴が入り混じり、会場にはたちまち熱狂的なムードが立ち込めた。

ハサン師は大きく手を振りながら堂々と舞台を進み、中央の演説台に立つと、客席に向かって投げキスを送った。

続いてワセド主教が舞台に現れた。

こちらも鮮やかなトルコブルーに金の刺繡をほどこした祭服、金のエピタラヒリという目映(まばゆ)い正装である。

彼は温和そうな顔立ちをした、恰幅(かっぷく)のいい中年男性で、客席からの温かい拍手に迎えられた。

そして最後に舞台に現れたのが、アントニウス司祭であった。

装飾を一切排した白い腰布と、むき出しになった痩(や)せた身体。その表情は超越的で、もはや人間離れしているようにさえ見える。

彼が登場したときの客席の反応は、異様であった。

それまで、ハサン師やワセド主教の名前を口ぐちに呼んでいた観客たちが、アントニウス司祭が現れた途端、シーンと水を打ったように静まり返ったのだ。

そして誰とはなしにわき起こった小さな拍手が、水面に波紋が広がるようにして広がっていき、最後には会場中を揺らすほどの爆発的な拍手の嵐がわき起こったのであった。

この奇跡の聖人の登場に、観客の半数以上が自然に席を立っていた。

拍手の嵐、それからアントニウス司祭の名前のコールがおさまるまでには、長い時間がかかった。

そうして三人の演説が始まった。

トップバッターは、やはりハサン師である。

ハサン師は豊かさの実現と経済発展の重要性を説き、そのためには国際的競争力のある産業育成が急務だと語った。

「今、この国は残念ながら諸外国と比べて、あらゆる面で遅れていると言わざるを得ない。長い間続いた社会主義経済の名残を引きずっているせいなのだ。伝統と豊かさが調和したすぐれた国を目指すためには、今までの農業主体の国づくりから脱皮した思い切った改革が必要である。西側の繁栄、アメリカ経済の発展をみよう。あのように豊かになるためには、軍需産業、IT産業、観光資源開発などに力を入れるべきだ」

ハサン師はそう主張した。

次にワセド主教が立ちあがり、差別の撤廃と教育の重要性を説いた。

「社会的弱者、宗教上の少数派、少数民族などに対する差別を撤廃し、雇用のチャンスを与えるべきであること。全国民の教育水準を引き上げ、大学等を誘致し、学園都市国家を目指すことで、国民の質が向上し、怠惰や悪習や差別などは克服され、よい生活が得られるのです」と、主張したのだ。

最後のアントニウス司祭は、「何もする必要はない」と言って、会場を驚かせた。

「他国と比べて豊かとか貧しいとか、他人より偉いとかそうでないとかに目を向けるべきではありません。そうすることこそが、不幸や不安の元であって、我々は皆、すでに神から愛と恵みをもって生かされているのです。他人を羨む心を捨て、愛することこそ、神の前において勤勉であることこそ、ただひとつの平和と幸福を実現する方法でありますから、すべてを神にゆだねることが最もよいことなのです」

アントニウス司祭は語った。

それぞれの代表が壇上で喋るとき、聴衆はプラカードを手にして、それを高く掲げ、自分達の指導者を声援していた。

客席でこれを見聞きしていたロベルトは、三人の主張自体にはそれぞれの理があるだろうと思ったが、誰が一番目立つかといえば、アントニウス司祭であった。

なにしろ、ワセド主教やハサン師の身につけている青や金や赤の豪華な衣装よりも、アントニウス司祭の褐色の肌が舞台上で際立っている。

それぞれの主張が終わると、いよいよ三者による討論タイムが始まった。代表同士がそれぞれ意見を戦わせ合うのだ。

ロベルトが見る限り、答弁の腕はハサン師が一番立っていた。大きな身振り手振りで声高に語る男らしい姿には、十分なカリスマ性がある。

その次に、理路整然としているのがアントニウス司祭であり、ワセド主教は小さな宗教的意見に固まりすぎているように感じられた。

討論会の流れは、ハサン師とアントニウス司祭の一騎打ちのような形となっていった。

ハサン師は次第に興奮の度合いを強め、大きな声で、大きな動作で、アラーと唱え、そしてアントニウス司祭を攻撃し始めた。

アントニウス司祭はそれをかわしながら、ハサン師の論理の穴をついてくる。

そうするうち、ハサン師が熱弁すればするほどそれが逆効果となって、アントニウス司祭の冷静さを引き立てていく羽目になっていった。

実際、ムスリム系の応援団の歓声は減っていき、アントニウス司祭の名前を叫ぶ声が多くなってきた。

これにハサン師は焦りを感じたようだ。

彼は額からだらだらと脂汗を流しながら、人差し指をアントニウス司祭に向かって振り立てて叫んだ。

「私はお前の正体を知っているぞ！　お前は私の目の前で死んだはずだ！　それが何故生きてここに立っているというのだ！　おかしいじゃないか！」

会場はシーンと静まり返った。

「みんな、騙されるんじゃない！　こいつの正体は悪魔憑きだ！　死んで再び生き返ったのは神の力による奇跡などではない！　私たちを欺く悪魔の所業に決まっている！　こいつは、アントニウス十四世は、悪魔憑きだ！　何故なら、ムハンマドこそが人類最高の人であり、イエスは聖人ではあっても、ムハンマドには遠く及ばないからだ。ムハンマドを信仰することこそが良いことであり、私の理論はムハンマドの心にかなうものだ。もしそうでないというなら、今、ここで、ムハンマドに勝るというイエスの力を示してみるがいい！」

ハサン師は絶叫した。

アントニウス司祭の表情がみるみる険しくなった。

「主イエス・キリストの名を汚し、その御業を否定するものは、ゲヘナの火で焼かれるだろう」

ハサン師は大笑いした。

「穢れた悪魔憑きなど、私は怖くないぞ！」

アントニウス司祭の厳しい声が響いた。

そのときだ。

ハサン師の姿がぎらりと白く光った。

ハサン師は顔を顰め、後ずさるような仕草をした。

次の瞬間。

あらたなる奇跡が起こった。

ゴオッという轟音(ごうおん)とともに、真っ赤な炎が、ハサン師の全身から天に向かって吹きあがったのである。それは世にも恐ろしい光景であった。

炎はあっという間にハサン師の体を包み込み、彼はよろよろと数歩進んで、舞台に倒れ込んだ。

「キャー!」

幾重もの悲鳴が会場に響き渡った。

舞台のすぐ下の一角、ハサン師の側近達が並んでいる席から、十名あまりの男達が舞台に駆け上がり、必死に炎を消しはじめた。

警官達もあわてて駆け寄って行く。消火器を手にした者もいる。

「行きましょう、ロベルト!」

平賀もステージに向かって走り出した。

騒ぎの中、人々にもみくちゃにされながら、ロベルトと平賀は壇上に駆け上がった。

ハサン師の服は殆(ほとん)ど焼かれて穴が開いており、彼は半裸状態であった。

そして赤黒く焼けただれた皮膚の様子はかなり酷(ひど)いものだった。

会場は静まりかえり、ムスリムの人々の多くは、狼狽(うろた)えた様子で、席から立ち上がり、ステージの上を確認しようとしていた。

担架がやってきて、ハサン師が乗せられ、運ばれていく。

数人の側近と思われる男達が、その後にばらばらと付いていった。

平賀は鼻をひくつかせ、辺りに目を配っている。

人間の肉が焼けた独特の厭な臭気が漂っていたが、平賀が気にしていたのはそのことではなかったようだ。一言言った。

「可燃性の物の匂いはしませんね」

ロベルトは改めて空気の匂いを嗅いだ。

「ああ、そのようだね」

「それに見たところ、火種になるようなものは周囲に存在していませんね。まるで人体自然発火みたいでした」

「あれは自然発火ではなく、ゲヘナの火で焼かれたのだよ」

「ゲヘナの火？」

不思議そうな顔で平賀が振り返った。

「君は言葉が分からなかっただろうけど、ハサン師はアントニウス司祭を悪魔憑き呼ばわりして、キリストへの暴言を吐いたんだ。するとアントニウス司祭が『主イエス・キリストの名を汚し、その御業を否定するものは、ゲヘナの火で焼かれるだろう』と言った。そしてハサン師はこうなった」

「なんですって……」

平賀が絶句した。

ロベルトはそのとき、足下に、黒く焦げた衣服の端切れを発見した。

「平賀、これを見ろ」

するとと平賀は、素早い仕草でポケットからピンセットを取り出すと、その焦げた物体を摑んでビニール袋の中に入れたのだった。

4

「そこで何をしているんですか！」

警官の一人が叫びながら駆け寄ってきた。

平賀はビニール袋をポケットに入れた。

「怪しい者ではありません。私はバチカンの神父で、ロベルト・ニコラス。こっちは平賀・ヨゼフです」

「いくら神父さんでもここは事件現場です。近寄らないように。さあ、舞台から降りなさい」

警官が二人を押し戻してくる。

平賀はキョロキョロとあたりを見回し、パラミール刑事の姿を見つけた。

「ロベルト、あそこにパラミール刑事がいますよ。彼に頼んでこの事件の捜査資料をわけてもらえないでしょうか。特に、会場を映していたテレビ局のテープをすべて見たいのです」

平賀の言葉にロベルトは少し考えて、携帯電話を取り出すと、誰かと話しながらパラミール刑事のところへ歩いて行った。

そして、しばらく二人は何かを言い争っていた。パラミールは激しく怒っていたが、ロベルトの条件を呑んだらしかった。

「なんとか話をつけておいた。あとで彼と一緒に署に行き、君が撮影していたビデオテープの複製を提出するかわりに、テレビ局のテープの複製をこっちが貰えることになった。鑑識の結果が出たら、それも教えてくれるそうだ」

「そうですか、よかった。でも、パラミール刑事はずいぶん怒っていたみたいですね」

「自分たちの指導者がカソリックの司祭に焼き殺されたとあってはね……。そのうえ、FBIからの電話で僕らに協力しろと命じられて、激怒していたよ。まあ、仕方がない。サスキンス捜査官の力を借りなきゃ、話にならなかったんだから」

ロベルトが悪びれなく言った。

その夜、警察で事情聴取を受けた二人は、約束通りに会場のビデオのコピーを手に入れると、警察の車でラプロ・ホラに戻ってきた。

それまでの車中で、二人はビルから携帯で、ハサン師が全身火傷で病院で死亡したことを聞かされていた。

居所に戻ると、平賀はただちに作業を開始した。

まずは現場からこっそり持って帰った布きれを成分分析器にかける。

暫くして機器のランプが灯る。

平賀は分析器がはじき出した結果を見始めた。

「どうだい？　何か出たかい？」

ロベルトが尋ねた。

「絹と、金糸の成分だけです。他には何も火気に関係のあるものは出ていません。ガソリンや燐のようなものもない」

二人は次に、平賀のカメラが捉えた動画を再生した。

「主イエス・キリストの名を汚し、その御業を否定するものは、ゲヘナの火で焼かれるだろう」

アントニウス司祭の声が響いた。

「穢れた悪魔憑きなど、私は怖くないぞ！」

ハサン師が叫んだ。

一瞬、白っぽい光が画面に映り、ハサン師は後ずさるような仕草をした。

次の瞬間、ハサン師の身から炎が吹き上がった。

コマ送りで見ていくと、まずは胸の辺りから、次に肩の辺りから、そして頭のターバンから炎は、ほぼ同時に幾つも吹き上がって、ハサン師の体を包み込んだ。

全身火だるまになった彼は、よろよろと数歩進んで、舞台に倒れ込んだ。

最初の炎が吹き上がってから、ハサン師が倒れるまでに経過した時間は、およそ一分十一秒である。


平賀は画面を静止させた。

「やはり怪しいものはないですね。ハサン師が燃えた瞬間、近くにいる人物はアントニウス司祭と司会者ですが、アントニウス司祭の動きに不審な点はありませんし、あの格好では何かを隠し持ってるはずもありません。司会者の方も、近いとはいえ、三メートルは離れているし、やはり不審な素振りはありません……。手にしているマイクや周囲の機材が発火の原因になったとも思えません。あとはプラズマ現象でしょうか……。でもそれならハッキリ分かるはずだし……」

平賀はハサン師の体から火が噴き出す瞬間を何度も再生しながら呟いた。

「赤外線モードにして見てみましょう」

ビデオのモードを切り替える。

映しているものの温度が色によって可視化される映像モードである。

それを見てみると、演説しているハサン師の体の色が、黄色、つまり三十五度から四十度辺りまでの温度で表されていたものが、炎を吹き上げた瞬間に真っ赤から白、すなわち百度以上に変化していた。

平賀は温度変化が数値として示された表を見て言った。

「どこからという軌跡もなく、瞬間にして、ハサン師の体の周辺に二百度強の炎が生じています。やはり、ゲヘナの火の奇跡でしょうか。ハサン師は、キリストを冒瀆(ぼうとく)した罪によって罰せられた……」

キリスト教では、ゲヘナは罪人の永遠の滅びの場所とされ、地獄をさす言葉として用いられている。

最も重い罪人が行く地獄であり、キリスト教徒の恐れる場所だ。

最も重い罪とは何か。

それは十戒の最初の戒めを破ること、すなわち主が唯一の神であることを否定することだ。

「奇跡か……。それ以外に説明はつくかい?」

ロベルトの問いに、平賀は難しい顔をして、額に手を当てた。

「いえ、今のところはよく分かりません」

「そうか、じゃあ、僕は疲れたから自分の居所に戻るよ。何か用事があったら呼んでくれたまえ」

ロベルトはそう言うと出て行った。

どうやら彼は本当に疲れている様子だ。

そう言えば、ここに来る前から体調が悪かったようだし、ここのベッドはロベルトには硬すぎるに違いない。

早くこの奇跡の解明をすませて、バチカンに戻った方がよさそうだ。

平賀は、早速、テレビ局が撮影した映像のコピーDVDを見ることにした。

DVDは六枚あった。

最初の映像はごく近距離からステージ上の様子を映していた。

平賀のものより、ずっと鮮明にステージの動きが分かる。

一コマ一コマ、気をつけて見ていく。

しかし、より明らかになったのは、ハサン師が炎に包まれたとき、周りに火種はなく、不審者もいないという確たる事実であった。

次の映像は少しステージから引いたところから撮られていた。

おそらく位置から言えば、会場の中央辺りからステージを撮影したものだ。

三人の代表者達が、一つの画面に映り、その動きがよく分かる。

また、前列の観客達の動きもよく分かったが、不審な動作をしているものを見つけ出すことは出来なかった。

それからハサン師だけを追っている映像。

アントニウス司祭だけを追っている映像。

ワセド主教だけを追っている映像。

誰にも怪しい点はない。

最後に残されたのは、ステージ上から観客席を撮っているDVDだった。

聴衆は手に手に自分が支持する代表者を応援する言葉を書いたプラカードを持っている。かと思えば、多数のプラカードで文字や絵を浮かび上がらせている。

特に壮観であったのは、ローマカソリックの席だった。

何千という人々が、一致団結して、彼等のシンボルカラーである青をベースに、プラカードで「アントニウス司祭万歳」、「マリアの慈悲あれ」、「主はわたしたちとともにいる」などという大きなラテン文字を浮かび上がらせる。

ルノア語でも文字は描かれていた。

その間には凝った絵も現れた。

聖アントニウスの姿や、マリアの姿などである。

その様子はまるで教会の緻密なモザイク画のようだ。

よくもこれだけの人数が、ぴったりと息を合わせられるものだと感心する。

そして、キリストの姿が現れた。

平賀はじっと、それに見入った。

誰かが居所のドアをノックする。

平賀は立ち上がってドアを開いた。

5

翌朝、ロベルトが目覚めたのは、朝の礼拝時間前だった。

身支度を済ませて廊下に出、平賀の居所をノックする。

しかし、中から返事はなかった。

きっと徹夜で作業をし続けて、今頃眠っているのだろう。

ロベルトは一人で聖堂に向かった。

水圧オルガンの調べが響き、賛美歌が流れる。礼拝が終わると朝食の時間だ。

食堂のテーブルには、豆とヨーグルトのスープ、卵焼き、ピクルス、厚切りチーズとパン、水で割ったワインなどが配膳されていった。

平賀の席はまだ空いたままだ。

「平賀神父はどうしたのかね？」

ゲオルギ神父が、平賀の遅刻を咎めるような口調で尋ねた。

「昨日の事件の調査で疲れているのだと思います。今日は朝食を居所に運んでやってもよいでしょうか」

「特別扱いは今日だけですぞ」

「ありがとうございます」

ロベルトは朝食を盆に載せて居所へ行き、再び居所の扉をノックした。

「平賀、まだ寝てるのかい？　悪いが入るぞ」

ドアノブを回すと、鍵はかかっていない。扉をガチャリと開く。

ベッドに平賀の姿はなかった。あたりを見渡しても、居所のどこにもいない。

この部屋には人が隠れるところなどない。狭い上に機材だらけなのだ。

ロベルトは一応、クローゼットを開いてみた。だが、中にはフィルムの写真機と現像液のセットが置かれているだけだ。

（一体、どこへ行ったんだ？）

ロベルトは首を傾げ、平賀の行動パターンを考えた。

作業に熱中するあまり、時間や食事を忘れることなど、平賀にとっては日常茶飯事だ。

もっとも可能性が高いのは、探し物のために書庫へ行ったか、ネットを使いたくて早朝から村の会議所に行ったかだろう。

あるいは、考えごとをしながらどこかを散策しているのかもしれない。

以前にも、平賀は何かを考えながら歩きつづけた末に、「今、自分がどこにいるかわからない」とロベルトに電話してきたことがあった。

考えごとをするうちに列車を乗り過ごして、ローマからスペインまで行ったこともある。

そのうち戻ってくるだろうとロベルトは軽く考え、自分のベッドに戻って、少し眠ることにした。

目覚めると昼過ぎになっていた。

平賀はまだ居所に戻っていない。

おかしいな、とロベルトは思った。

(どこかでうっかり眠り込んででもいるのだろうか？)

散歩と気晴らしを兼ねて、ロベルトは教会内を歩き回った。

すれ違う神父たちに、平賀を見なかったかと尋ねたが、誰もが見ていないと答えてくる。

ロベルトは橋を渡って村に出かけた。

会議所と郵便局を訪ねたが、やはり誰も平賀を見ていない。

(これはおかしいぞ……)

ロベルトは焦り始めた。

教会に戻り、経理室から思いつく限りの所へ電話をかける。

共同農場のエレナ、バチカンのローレン、パラミール刑事、警察本部鑑識のストラピッチ、ビル・サスキンス捜査官。それから再度、村の会議所にも電話をかけた。

――誰も平賀の行方を知らない。

いくら何でも、これは妙だ。

ロベルトは青ざめた。

もしや何かの事件に巻き込まれたのではないだろうか？

特に心当たりはないが、この国は宗教的な紛争地域である。カソリック神父が狙われることがあっても、おかしくはない。

昨日、ハサン師を殺されたムスリムの一派が、カソリック神父に復讐した可能性もある。二月にアントニウス司祭を撃った『サタンの爪』の一味が、今度はラプロ・ホラ教会のカソリック神父を狙ってきたのかも知れない。

それに、先日のバンゼルジャ神父の不審死の件だってある。

バンゼルジャを殺した殺人鬼が今もラプロ・ホラを徘徊していて、次なる獲物として平賀に狙いをつけたのではないか……？

すべての心配はただの杞憂かもしれないが、悪い予感がひしひしと迫ってくる。

（何事もなければいいのだが……）

ロベルトは念のために警察に捜索願を出し、電話がある経理室で平賀の帰りと連絡を待つことにした。


悪い知らせは夕方過ぎに届いた。

隣町に買い出しに行っていた農民が、村への帰り道、峠の林道にある冷戦時代の軍需化学工場跡付近で倒れている平賀を発見し、近くのハミルトン総合病院へ運んだというのだ。

ハミルトン総合病院から連絡をうけ、ロベルトとイヴァン神父は車で駆けつけた。

「私が内科医のハミルトンです。ひとつ質問があるのですが」

出迎えたハミルトン医師が、まずロベルトに尋ねた。

「患者は意識不明のショック状態で運ばれてきました。症状は農薬中毒に似ており、有機薬物の誤飲の可能性が考えられます。あるいは、アレルギー性のショック症状かもしれません。この患者は特別なアレルギーを持っていましたか？」

「いいえ、聞いたことはありません」

ロベルトは首を振った。

「そうですか……。ともかく異物を体外に出す処置が必要ですので、胃洗浄をしておきました。そろそろ意識が戻りそうですが、お会いになりますか」

「はい。彼の病室は？」

「救急治療室です。その廊下の突き当たりです」

ロベルトは医師に会釈して、イヴァン神父と共に治療室へ急いだ。

平賀は硬いベッドに寝かされ、腕には点滴が施され、鼻に酸素チューブがつけられていた。側に看護師が二人ついている。

ロベルトはベッドの側まで近付き、平賀を見てぎくりとした。平賀の頬や首筋に、赤い発疹(ほっしん)が出ているのだ。

平賀は物音にうっすらと目を開くと、二人の神父の姿を交互に見た。

「ロベルト……それに、イヴァン神父……」

「どうした、平賀。何があった？」

平賀は答えようとして、噎(む)せるように咳(せ)き込んだ。

「おい、どうしたんだ？　君はなぜ、工場跡になんて行ったんだい？」

ロベルトは身を乗りだして尋ねた。

「爪……です。サタン……爪……」

平賀は苦しい息を振り絞るように言った。呼吸が速くなり、冷や汗が額を流れる。

「なんだって？」

「覆面の……男が……私を……連れてい……たのです。薬品……かがされ……」

平賀の唇が急に蒼白になり、全身がガタガタと震えだした。

「血圧が急激に低下しています。処置しますので、下がって！」

看護師がロベルトを背後に押しやった。

手当を受け、静脈注射を打たれた平賀は、しばらくすると容体が落ち着いた様子で、すうすうと息をし始めた。

ロベルトは再び枕元に近づいた。

「平賀、大丈夫か？」

「……息が楽になりました……。心配かけてすみません……」

「さっき君は『サタンの爪』に誘拐された……と言っていたが、そうなのか？」

すると、うつろになっていた平賀の目が、恐怖に大きく見開かれた。

「ええ、そうです、ロベルト。昨夜、私の居所に、二人組の黒覆面の男がやって来たのです……。私は取り押さえられ、車に乗せられて、廃工場らしき場所に連れていかれました。

男たちは『サタンの爪』と名乗り、『千年王国が来るのを阻止するために、お前を化学工場に攫った』と言いました……。そして、彼らは防毒マスクをつけ、薬品棚から黄色い缶に入った薬品を出して、私に向かって噴射したのです。……そこから後は、よく覚えていません……」

「君は軍需工場跡の近くでショック状態で倒れていたのを、村人に発見されたんだ。そうか、『サタンの爪』が君を……」

「ええ」

「バチカンから来た僕らを陥れて、見せしめにしようとしたのか……」

「はい、おそらく……」

平賀はそこまで答えると、ふうっと疲れた息を吐いた。

「さあ、今日はこれぐらいにして、患者を安静にさせた方がよいでしょう」

ロベルトの背後からハミルトン医師が言った。

「あのぅ……平賀神父は大丈夫なのでしょうか？」

イヴァン神父が心配げに尋ねた。

「容体を表す数値は安定していますが、ショック状態が残っていますし、気管支にも炎症らしきものがあるようです。今夜はこのまま入院させ、様子を看る必要があるでしょう」

医師が答えた。

「彼は廃工場で毒物をかがされたと言っています。解毒剤はないのですか？」

ロベルトが尋ねると、医師は腕組みをした。

「どんな薬物を摂取したかがわからなければ、解毒剤も分かりません。誤った解毒剤を投与すれば逆に容体を悪化させてしまうので、対症療法をやっていく方がよいのです。それより、患者の所持品を確認してもらえませんか。彼が倒れている近くに、こんな物が落ちていたらしいのです」

そう言って医師が差し出したのは、アルミ製のバッジのようなものだった。

円の中に逆五芒星と鉤が描かれ、円の周囲に悪魔召喚の呪文が描かれている。

それを見たとき、ロベルトは奇妙な感触を覚えた。だが、それが何かはわからない。

「エロイムエッサイム……と書かれています。なんて恐ろしい。悪魔の呪文ですよ」

イヴァン神父が声を震わせた。

「それは平賀を襲った犯人の落し物です。犯人の指紋などが残っているかもしれませんから、迂闊に触らないで」

ロベルトはバッジをそっとハンカチに包んで受け取った。サスキンス捜査官に連絡を取り、早急に捜査してもらう。

「さて、お二方はこれでお引き取りください。この病院には付添いの方が泊まる設備もありませんのでね。明日の面会時間は、十一時からとなります」

医師が言った。

イヴァン神父とロベルトは教会に戻った。

だがロベルトは平賀の状態が心配で、なかなか寝付けなかった。何度も寝返りを打ち、平賀の苦しげな顔を思い出す。朝の祈りの時も、平賀のことが頭から離れない。

ロベルトは平賀の状態を訊ねるべく、病院に電話をしてみることにした。

「そちらの病院に昨夜、緊急入院した平賀・ヨゼフ神父の容体を知りたいのですが」

『平賀・ヨゼフさんですね。少しお待ち下さい』

受話器からメロディーが流れ始めた。

随分長い間、待たされた。

『もしもし、内科医のハミルトンです。平賀・ヨゼフさんですが、実は、朝早くに別の病院に移送しました』

ハミルトン医師は、バツが悪そうに答えた。

「なぜ？　どこの病院です？」

『それが……朝方、容体が急に悪化して、こちらでは対応が出来なかったのです。遅発性の中毒反応が起こったようで、肺に酷い炎症が生じました。搬送先は、コルジンスク大学付属病院です』

「肺炎ですか？　どれぐらい容体が悪いのです？」

『重篤です。さきほど搬送先に連絡したところ、患者は肺水腫を起こし、有効な解毒剤も見つからず、治療の手掛かりがほとんどないそうです。残念ですが、命にかかわる状態です』

医師の言葉に、ロベルトの頭は真っ白になった。

「すぐに行きます……」

電話を切り、ふぅーと深呼吸するが、額には冷たい汗が滲んでくる。ロベルトはイヴァン神父の姿を捜した。

イヴァンは側廊の南端にいて、ディミタル神父と数人の神父達と共に炉儀を行っていた。

ロベルトは祈りを妨げるのも構わず、イヴァンを呼んだ。

「すみませんが、車を、車を用意していただけませんか？」

「どうしたのです、そんなに慌てられて。もしや……」

「平賀神父が肺水腫で重篤なのです。早く病院へ、コルジンスク大学付属病院へ行かなくては！」

「平賀神父が……。そんな、昨夜はお元気そうでしたのに……」

イヴァンは信じられないといった調子で絶句した。

「いいから、イヴァン神父は車の用意を。ロベルト神父、君にも何か用意をするものがあるだろう……」

ディミタル老神父がロベルトを見つめて言った。

ロベルトにはその意味がわからなかった。

「準備……とは？」

「白いストラと種なしパンだ」

それは平賀の『死の準備』を意味していた。

それからのことはよく覚えていない。ロベルトは鞄(かばん)を手渡され、イヴァン神父が運転する車でコルジンスク大学付属病院に送られたのだった。

6

「神父様。患者の側にいらっしゃって下さい」

治療室のドアが開き、医師の声が聞こえた。

ロベルトは頷(うなず)き、ふらつきながら立ち上がった。

それでも神父として身についた所作は自然と出てくるものだ。

ロベルトはドアを前にして、「この場所に平和のあらんことを、この道より平和は入り込むであろう」と、唱えていた。

それからロベルトは聖書を片手にしながら、十字架が刺繡(ししゅう)された白いストラを首からかけた。

肩には、蠟燭(ろうそく)と聖水、そして種なしパンの入った容器・プルサを入れた鞄を提げている。

いずれも平賀に回復の見込みがないとわかった時、用意されたものであった。

そっとベッドの脇に近づくと、平賀は酸素マスクをつけ、引きつるような苦しげな息をしていた。その体のあちこちに、その美しい顔にもみみず腫(ば)れのような帯状発疹(ほっしん)が出ていた。

「平賀神父」

ロベルトが平賀の耳元に呼びかけると、平賀はかろうじてうつろな視線をロベルトに向けた。

「ゆるしの秘蹟を受けるかい？」

平賀はロベルトを見詰め、微(かす)かに頷いた。

ロベルトは鞄の中から蠟燭を取り出すと、枕元の小卓の上に置き、火を灯(とも)した。

そしてプルサを蠟燭の前に置いた。

片膝(かたひざ)をつき、主に祈りを捧(ささ)げる。

そののち、鞄から聖水を取り出し、瀕死(ひんし)の平賀に振りかける。

正面に一度、左に一度、右に一度、そして周囲の壁や床にまで、聖水がなくなるまでそれを続けた。

「平賀神父、聖餐(せいさん)を受けることはできるかい？」

平賀は瞳(ひとみ)を瞬いて、その意志をロベルトに告げた。

「平賀神父の酸素マスクを外して下さい」

ロベルトの言葉に、医師達は素直に従った。

平賀は何か言いたげであったが、もう口を利く力は残されていない様子であった。

ロベルトは瀕死の平賀の脇に侍って、彼の代わりに告白の祈りを唱え、彼の名で悔悛の秘蹟を捧げ、彼の現世の罪からの赦しを乞うた。

「メアクルパ（我が過ちなり）。メアクルパ、メアクルパ」

「バイタル、急激に低下」

背後で声が響く。

ロベルトはプルサの中から種なしパンを取り出し、それを平賀の唇の近くへと運んだ。

平賀が懸命な表情で、唇を開こうとする。

だが、なかなか唇は開かない。平賀が助けを求める表情でロベルトを見た。

「脈拍、危険域です」

ロベルトは親指と人差し指で、平賀の唇の端を摑み、ゆっくりと力を入れた。

平賀の唇が少し開く。

ロベルトはそこに、種なしパンを差し込んだ。

その途端、不規則な音を立てていた平賀の生体情報モニターがけたたましい音を立てたかと思うと、ピタリと止んだ。

「心停止しました」

その声を聞くなり、ロベルトはむせかえった。

その時である。

集中治療室の扉が、ガタリと開いた。

思わず振り返ったロベルトは、そこにアントニウス司祭の姿を見た。褐色のアントニウスが白い腰布だけを身に着け、左手にロザリオを掲げ持ち、口元に幽かな微笑みを浮かべて立っている。

「ロベルト神父、平賀神父、お喜び下さい。アントニウス司祭様が、主のお告げによりここにかけつけられたのです」

アントニウスの背後から、イヴァン神父が現れて言った。

アントニウスはその言葉に頷き、優雅な足取りで平賀の枕元に近づいてきた。

ロベルトの視線の先で、アントニウス司祭は、ぐったりと動かない平賀を見詰め、その頬に自分の頬を押し当てた。

そして胸に胸を、腹に腹を押し当て、耳から命の息を三度吹き込んでから、平賀の耳元で囁いた。

「イエス・キリストの御名によって命ずる。汝よ蘇れ！」

凍りついたような静けさが数十秒続いた。

そして突然、静寂を破って、「ひーっ」と、強く空気を吸い込む音が響いた。

平賀だった。平賀が瞳を見開き、はあはあと大きく息をし始めたのだ。

呼吸や心拍を映すベッドサイドモニターも、規則正しい信号音を立て始めた。

一人の医師が慌てて酸素マスクを平賀につけようとすると、アントニウス司祭がそれを止めた。

「およしなさい。彼はもう大丈夫です。主の息が彼の中に入られたのだから」

その言葉どおり、平賀の息は安定した様子であった。

「平賀！　大丈夫なのか？　僕がわかるか？」

ロベルトは平賀の側に寄って、その顔を覗き込んだ。

平賀は何度か瞬きをし、ロベルトに向かってゆっくりと頷いた。

「心肺、呼吸、異常ありません！」

「バイタル、安定しています！」

看護師たちの興奮した声が治療室に響いた。

（なんてことだ……！）

ロベルトは目の前で起こった信じられない出来事に、動揺と驚愕を感じつつも、とにかくアントニウス司祭への感謝の念が込み上げてくるのを覚えずにはいられなかった。

「アントニウス司祭、ありがとうございます」

ロベルトは思わずアントニウス司祭に礼を言っていた。

「私の力ではありません。主イエス・キリストが私に命じて行わせたことです。感謝は主に……」

アントニウス司祭は、少しも自分の力を奢ることのない様子でそう言うと、静かに集中治療室を出て行った。

平賀の容体が安定したのを確認した医師たちが、一人二人と去っていく。治療室に残されたのは、平賀とロベルトだけであった。

そのままどれぐらいの時間が経っただろうか。

「……私は一体、どうしたのですか？　よく覚えていないのです……」

ベッドの中から平賀の掠れた声がした。

「平賀、もうしゃべれるのかい？」

「はい、多分……。まだ喉が痛みますが……」

平賀はさっきまで危篤だったことが嘘のように、しっかりした目つきで答えた。

「無理をしちゃいけない。君は一度、心停止して死にかけたんだ」

「……そうだったんですか。でもなぜ私が心停止を？」

「君は過激なサタニストグループに拉致されて、生物化学兵器を浴びせられたんだ」

「……思い出しました。私は『サタンの爪』の連中に、化学工場に連れて行かれて、ガス状の毒物をかがされたんです」

「君はショック状態で発見されて病院に担ぎ込まれたんだが、解毒剤もなく治療の手掛かりもなくて、危篤状態が二日間続いたんだ。そしていよいよ心停止したとき、アントニウス司祭がやって来た……」

するとと平賀は空中の一点を、じっと見詰めた。

「そう言えば……私は天使を見ました。光のトンネルのようなものに吸い込まれて、気がつくと、天使が私を見詰めていたのを覚えています。とても……美しい世界でした。やはり天国は存在しますね、ロベルト神父」

平賀はニッコリ微笑んでロベルトを見た。

「ところで、私たちはアントニウス司祭に奇跡を起こす力があるかどうか、調査中だったはずです。今回のケースについてはどうでしたか？　もしアントニウス司祭が奇跡を起こさなかったら、客観的に見て私は死んでいたでしょうか？」

平賀の問いかけに、ロベルトはそれまでの長い迷いを吹っ切ったように、大きく頷いた。

「間違いない。アントニウス司祭は奇跡を起こした。彼こそは聖人にふさわしい」

その時、FBI捜査官のビル・サスキンスが部屋に入ってきた。

「神父様方、大変でしたね。お体が回復なさって、本当によかったです」

ビルは大股でロベルトや平賀の方へ近寄ってきた。そして赤い発疹でただれている平賀の顔を見て、しかめっ面をした。

「早速事件の話ですみませんが、平賀神父、犯人捜査に協力していただけますか？」

「はい、何でも訊いてください」

平賀が答えた。

「貴方は金曜日の深夜、ラプロ・ホラ教会の自室にいるところを『サタンの爪』のメンバー二名に拉致され、廃工場で毒ガスをあびせられた。間違いありませんか」

「ええ、そのとおりです」

「犯人の顔に見覚えは？」

「ありません。彼らは黒い覆面に黒ずくめの装束を着ていました。一人は背が高く痩せていて、黒い目と黒い顎髭が見えました。もう一人は一七〇センチ弱ぐらいの小柄な男で太っていて、茶色のもみあげと鼻髭がありました」

平賀の言葉を聞いたロベルトは、犯人の様子を想像して呟いた。

「ふうん……。まるで『ゴモラとエトー』の二人組みたいだな」

「あっ、そうです。まさにそういう感じでした、ロベルト」

ビルが二人の会話を聞いて「『ゴモラとエトー』とは？」と尋ねた。

「ああ、すみません。イタリアで流行っているテレビ番組で、黒覆面の二人組が出てくるんですよ」

ロベルトが説明すると、ビルは困った顔をした。

「なるべく正確な似顔絵を作りたいので、医者の許可が出次第、モンタージュの専門家を病室に寄越しても構いませんか、平賀神父？」

「ええ。私はいつでも構いません」

「ありがとうございます。早速、手配します」

「ところでサスキンス捜査官、化学工場跡は捜索されたのですか？」

ロベルトが尋ねた。

「ええ、勿論です。『サタンの爪』がテロ行為に使っていたアジトですから、FBIの鑑識が徹底的に調査しています。地元警察とも連携し、現場付近の林業関係者や近くのダム施設で働いている作業員からの聞きこみ調査も継続中です」

「それは頼もしいですね」

「我々としても全力で取り組んでいる事件ですから。それにしても……アントニウス十四世司祭が、一瞬にして平賀神父様を救われたというのは本当なのですか？」

誰かから聞いてきたのだろう。ビルは遠慮がちな様子で訊ねた。

「ええ、本当です。アントニウス司祭には奇跡を起こす力がおありのようです」

ロベルトは神妙に答えた。

それから半日経った頃には、平賀の体からすべての発疹も消えていた。

医師は平賀の様子と検査結果を見て、退院を許可した。

モンタージュ作成の専門家を連れて、ビルが再び病院にやってきた。そして、犯人の二人のモンタージュ写真が作成された。

「平賀神父を危険にさらした犯人は、必ず我々が捕まえてみせますよ。お任せください」

ビルが胸を叩いた。

「よろしくお願いします」

「それで、これからお二人はどうされるのですか？」

ビルが尋ねた。

「僕たちはラプロ・ホラに行って荷物をまとめ、バチカンに帰ります」

「ええ。奇跡認定という私たちの役目は、すべて終わりましたから」

ロベルトと平賀が答えた。

「平賀、僕はアントニウス司祭を聖人として認めるよう、手続きするつもりだ」

「はい。私もそうするつもりです」

二人の心は決まったのだ。

「そうですか。折角会えたお二人と離れるのは淋しい気がします。せめて私が教会までお送りしましょう」

ビルが言った。

「きっとまたお会いできますよ、サスキンス捜査官。バチカンの公式の調査は終わりましたが、私は今後も個人的にアントニウス司祭の奇跡を追っていくつもりです。近いうちに私はルノアに戻ってきます」

平賀が微笑んだ。

＊　＊　＊

ラプロ・ホラ教会に戻った二人は、老神父達に、すべての調査を終えたことを報告し、別れの挨拶をすると、すぐに荷物を整理し始めた。

何故だか、ロベルトは荷物をまとめながら、奇妙な違和感を覚えていた。

この教会で得た情報が異様に少ない……そんな気がするのだ。

すると、いきなり平賀がノックもせずに居所に飛び込んできた。

そうしてロベルトの近くに寄ってきたかと思うと、耳元に口を寄せて囁いてきた。

「大変です、ロベルト。誰かが私達の時間を盗んでいます」

「なんだって……」

その時、ロベルトの頭の中に、まるでフラッシュバックのように、いくつかの映像の姿が浮かんで消えた。

「平賀、一旦ここを離れよう。それから再調査だ」

第六章　閉ざされた扉の向こうに

1

二人はイヴァン神父とゲオルギ神父に送られて、メルメナ空港に到着した。

「お世話になりました」

「どうぞお元気で」

別れの挨拶をかわし、ロベルト達は出発ロビーへと向かう。

イヴァン達は車に戻り、ラプロ・ホラ教会へと引き返していった。

それを見届けたロベルト達は空港から出ると、近くのホテルに偽名で部屋を取った。

「さて、ようやくゆっくり話せる場所に来た。平賀、君は何に気づいたんだい？」

ロベルトの言葉に、平賀はポケットから書類を留めるクリップを取り出した。

「これはローレンがいつも報告書類用に使っているクリップです。私は荷物をまとめていたとき、このクリップの数が報告書の束よりも一個多いことに、初めて気づいたんです」

「つまり君はローレンから何かの報告書を受け取り、クリップを外して、それを読んだ。だけど、報告書の中身だけがどこかに消えた……というわけかい？」

平賀は困った顔で首を傾げた。

「それがロベルト、中身が消えたどころではないんです……。私は、受け取ったはずの報告書の内容はおろか、それを受け取ったこと自体を覚えていません。ローレンに何を依頼したのかすら思い出せません。今からローレンに電話をして、事実を確認したいと思います」

平賀はバチカンに電話をかけ、しばらく話をしてから電話を切った。

「どうやら私は彼に郵便でコンクリートのかけらを送り、詳細な成分分析を頼んだらしいです。彼は分析結果を報告書にまとめ、私宛に送ったといいます。その報告書の内容は、分析結果の詳細データと『放射能測定法の結果、凝灰岩の成分は五三〇年頃のもの。ベスビオ火山のものと思われる』という結論を書いたものだったそうです」

「ラプロ・ホラ教会に使われているローマンコンクリートが、ベスビオ火山のものだって事かい？　そんなものが何故、消えてしまったんだろう？　そこにどんな意味がある？」

「さあ……。ロベルトはどうなんです？　貴方も何かに気づいたようでしたが？」

平賀が訊ねた。

「僕はね、出発の荷造りをしていたとき、僕の調査レポートの量が少なすぎるのを疑問に感じていた。そのとき君が『時間を盗まれた』と言ってきた。あの瞬間、いくつかの場面が、電撃のように脳裏にフラッシュバックしたんだ。僕の頭に浮かんだのは、あの教会で僕が体験した、訳の分からない時間のことだ。ふと気がつくと、僕は夜の聖堂を意味なく彷徨(さまよ)っていたり、居所の机に座ってずっと聖書を読んでいたりしていた。それも何度も何度もだ」

「それはロベルト、貴方らしくない行動ですね。なんだか気味が悪いです……」

「そうだろう？　一寸(ちょっと)、僕の書いたレポートを確認してみてくれないか？」

　ロベルトはパソコンを開き、平賀に見せた。

　いつもならびっしりと書き込んである調査報告書が空欄だらけだ。

　どんなにつまらない奇跡調査でも、普通はこうはならない。

「調査の結果が空振りに終わることはよくあるさ。だけど何かを調べた痕跡(こんせき)ぐらいは、パソコンに残っているはずなんだ」

「そのディスクの中を少し調べさせてもらっても構いませんか？」

　平賀が言った。ロベルトが頷(うなず)く。

　平賀は素早くキーを叩き、ディスクをチェックした。

「確かに何もなさ過ぎますね。ゴミ箱の中は勿論(もちろん)空だし、専用ソフトを使ってデータを回復させても、ファイルの中身は空白です。私のパソコンも同じ状態かどうか、調べてみます」

　平賀のパソコンの内部も同様であった。バチカンから持ってきたデータはそのまま入っているが、新しく作ったファイルやレポートの数が妙に少ない。

　平賀は何かをぶつぶつと呟(つぶや)いたあと、ハッとして顔をあげた。

「私のパソコンからは、少なくとも七つのファイルが跡形もなく消えています」

「君の知識とツールを使っても、ファイルを回復できないのかい？」

「はい。誰かが私たちのパソコンに侵入して、存在してもらっては困るデータを消去し、その痕跡すら消したんです。そして犯人はパソコンばかりでなく、私たちの記憶にすらアクセスし、それを消去し、時間を盗んでいったんです。私たちの記憶喪失は、精神的あるいは肉体的なショックによるものだとは考えられません。それなら、二人同時にというのはありえませんから」

平賀が眉をしかめた。

「何が起こったのか、何が盗まれたのか、それを僕らは確かめなくてはいけない。そして、時間を取り戻すんだ。それができるのは恐らく……」

ロベルトは携帯を取りだし、ビルに電話をした。

『はい、こちらビル・サスキンスです』

「私です。ロベルト・ニコラスです」

『これは神父様、どうかなさいましたか？　そろそろルノアを発つお時間では？』

「実は、僕たちは極秘調査のために、この国にとどまることを決めました。そこで貴方にお願いがあるのです」

『なんでしょう？』

「僕らに対して催眠術を施し、失った記憶を取り戻すことができる、腕のいい精神科医をす」

『そういうことなら、こちらが断れるハズもありません。是非、協力させてください。平賀神父の記憶を探り、誘拐時の詳しい状況を聞き出すということですね？』

「それだけじゃありません。平賀も僕も記憶を消され、消されたことさえ覚えていない。つまり、今も誰かの暗示下にあるのです。その暗示を解いて貰いたいのです。

サスキンス捜査官、平賀神父が貴方に犯人の背格好を教えたとき、僕が『まるでゴモラとエトーだ』と言ったのを覚えていますか？」

『ええ。よく覚えています。平賀神父を襲った犯人が、イタリアのドラマの登場人物に似ているとか』

「そうなんです。平賀は記憶を消された上に、強い暗示によって、偽の犯人の顔を植え付けられている可能性すらあります」

『なんですって！……よく分かりました。かなり複雑なケースというわけですね。そのための専門家を呼び寄せるのに、少しお時間をいただけますか？』

「ええ、お待ちしています。僕らは空港近くのグランドホテル一六〇七号室に、ゴモラとエトーという仮名で宿泊しています」

ロベルトは電話を切った。

「ロベルト、私は自分のパソコンをバチカンに送り返して、解析してもらいたいと思います。不法侵入の形跡を調べてもらい、消去されたデータをサルベージしてもらいたいです」

平賀が言った。

「よし。僕もそうしよう」

二人はバチカンにあてて、自分たちのパソコンを発送した。

その調査結果は、翌日の夜にもたらされた。

どんなに徹底的に調べても、やはり不法侵入の形跡は見当たらず、拾い上げたデータもすべてその中身は白紙で、ファイル名も文字化けしているということだ。

最早、ビルが連れてくる精神科医を待つしか、手はなかった。

2

三日後、ビルは一人の老人を伴って、ロベルトと平賀を訪ねてきた。

杖をついた八十歳ぐらいの男性で、ヴィクトル・ユーゲンハイムと名乗った。

たっぷりとした髭を蓄え、額の広い、鷲鼻の容貌から彼がユダヤ系であることは一目瞭然である。

高級なブランド品のダブルスーツを着こなし、山高帽子を被った洒落た老人であった。

ビルは二人に、ユーゲンハイムがFBIお抱えの精神科医で、冷戦時代には洗脳と脱洗脳に関する研究チームのリーダーだったという経歴の大物だと紹介した。

ユーゲンハイムはロベルト達の部屋に一歩入ると、眉をしかめた。

「何を考えているんじゃ。こんな部屋じゃいかん。外の音や光を完全に排除できる場所でなくては！」

そしてユーゲンハイムは窓から見えるヒルトンホテルを指差した。

「あのホテルの最上階のロイヤルスイートを押さえなさい」

「ロイヤルスイートですか？　しかしながら、私にはそこまでの権限と予算がないのですが……」

ビルがおずおずと言い返すと、ユーゲンハイムは眉をしかめ、杖を振り回して怒鳴った。

「お前で無理なら、私の名前を出せばよかろう。合衆国は私から、どれだけ天文学的な恩恵を受け取っているか知っておるのか！　まったく、誰のお陰でアポロが月へ行けたと思っとる！　この若造め！」

ユーゲンハイムの言葉に、ビルは面食らった顔をして携帯電話を取りだし、話し始めた。

「すいません部長。ビル・サスキンスです。実は、ユーゲンハイム博士がヒルトンホテルのロイヤルスイートを押さえろというのですが……えっ、何泊か、ですって？」

ユーゲンハイムはビルの電話を横から取り上げた。

「ルコント、お前か！　わしが押さえろと言えば、一年でも二年でも押さえるんじゃ！　お前が出来なければ、直接、大統領に電話するぞ！……よし、ならばすぐに押さえろ！

今すぐじゃ!」

ユーゲンハイムの一声で、四人はヒルトンホテルのスイートルームに移動した。

部屋のすべてのカーテンが閉じられ、やわらかな間接照明だけが点(とも)される。落ちついた茶色のリクライニングソファが、広い部屋の中央に運ばれた。

「さて、どちらから催眠術を受けるかな?」

ユーゲンハイムは上着を脱いで、ハンガーにかけながら、ロベルトと平賀に訊(たず)ねた。

「僕からお願いできますか?」

ロベルトは先に申し出た。

「では、ソファに横になりなさい」

ロベルトは言われる通り、横になった。

ビルと平賀は壁際のソファセットに腰をおろしている。

ロベルトの目の前に、きらきらと光るクリスタルのペンダントが下りてきた。

それがゆっくりと左右に揺れ始める。

「一つずつ、私が数を数えるうちに、貴方(あなた)は過去への扉を開けていく……。そして、その時の記憶がはっきりと蘇(よみがえ)る……。私が十数えるうちに、貴方の体は重く動かなくなり、貴方は一つの扉の前に立っている……。よいかな……では、その扉を開けて中に入りなさい」

一、二、三、と数が数えられる。
ロベルトの体が重たくなり、辺りが暗くなっていく。

「周りが見えてきたかね？」

ユーゲンハイムの声が遠くから聞こえてくる。

「……ええ。ここはラプロ・ホラ教会の僕の居所です。……僕は机の前に座り、パソコンに向かって、何かを書いています……。机の上にはトレース用紙が一枚……。紙に鉤と逆五芒星の絵と、Eloim, Essaim, frugativi et appellavi の走り書きがあります。僕は……その絵のことで、誰かに何かを伝えたがっているみたいです……」

「パソコンの画面には何が映っているかね？」

「メールの下書きか何かで……いえ、これは手紙のようです……手紙を書いています」

「宛名の部分は見えているかね？」

「……宛名のところには、ビル・サスキンス捜査官の名前があります……」

「画面をじっと見て……そのままゆっくり視線を下におろしていくと……何が書かれているかね？」

ロベルトは目を閉じたまま、モノクルをかけるような仕草をした。そして顔を小さく動かしている。

ロベルトはまるで何かを読んでいるように、よどみなく話し始めた。

「シンボル……シンボルについての考察……。シンボル——とくに思想的に強力な集団を造り上げるような組織のシンボルには、人を酔わせる力というものがなくてはならない。その組織が出来るに至った歴史、組織の人間が共有する思想などを象徴的に表現したシンボルだけが、人に訴える力を持つに至るのである。

例えばナチスの鉤十字、フリーメーソンの定規とコンパス、イルミナティの天空の目、キリスト教の十字架、カバラにおけるセフィロトの木……そうしたシンボルが、それが何かを知らない者にさえ、強いインパクトを与え続けているように。

ところが『サタンの爪』のシンボルからは、伝わるものが何もない。刻まれている悪魔の召喚呪文も平凡で、すべてが陳腐と言わざるを得ない。

僕の知識と経験を以て断言するが、このシンボルに、人に殺人を犯させるほどの力があるとは考えられない。

第二に、暗殺の実行犯達が捕まった時、『サタンの爪』のシンボルを身につけていなかったという点が問題だ。ＦＢＩの資料によると、シンボルは全て自宅の部屋から押収されている。だが、通常、教えを貫いて殉教しにいく者が、自らが崇める主の印を身につけないと言うことはありえない。

マイク・ホワイトに至っては、犯行時に『ＬＯＶＥ＆ＰＥＡＣＥ』と書かれた服を着用していた。これはサタニストが選択する行動ではない。

第三に、マイク・ホワイトが初めて我々、すなわち神父を見た時、サタニストであれば、怒り、嫌悪などの表情を表すはずであるが、彼にはむしろ怯えの表情が読み取れた。

サタニストは神父に対して怯えたりしないはずである。

むしろ、彼には神父に対する畏怖すら感じられた。

また、『サタンの爪』の入会式がどのようなものであるか問うた時には、非常に緊張して、瞬きが多くなり、空中に目を泳がせた後、ただ『サタンの像を拝む』とのみ答えた。

これは彼が虚偽の報告をしている証拠である。

よって、僕の見解は以下のとおりである。

一、マイク・ホワイトはサタニストではない。

一、『サタンの爪』には殉教者を生みだすような力はない。

一、『サタンの爪』はテロ組織を装ってはいるが、その正体は……」

そこでピタリとロベルトの言葉が止まった。

「どうしたのかね？」

ロベルトはぎゅっと眉をしかめた。

「駄目です。その先は文字が滲んでいて、読めないのです……」

「ふむ……。それでは、部屋の中を見渡せるかい？」

「はい」

「何か変わったことがないかな？」

「……そういえば、誰かが扉をノックしています……」

「行ってみて、扉を開いてごらん」

「……扉を開きました」

「誰が君を訪ねてきたんだね？」

「……誰もいません。暗い廊下が見えるだけで……」

「ふむ。それで？」

「……僕は机に戻って、聖書の続きを読み始めました……。『すでに昼の十二時ごろであった。全地は暗くなり、それが三時まで続いた……』」

「君は聖書を読んでいるのだね？」

「ええ」

「机の上はどうなっている？　聖書の他に何があるかね？　パソコンはあるかね？」

「机の上には……閉じたパソコンと……その隣に白紙のトレース用紙の束があります」

「ふむ……。それから？」

「僕は『ルカによる福音書』を読み終わると、ベッドに入り、明かりを消しました」

「……なるほど。では、もう一度、明かりをつけて、ベッドを出られるかな？」

「ええ……明かりをつけて、ベッドを出ました」

「パソコンを開けるかね？」

「開けますが……画面は真っ白で、何も見えません」

「ふむ……。では、扉のところへ歩いて行って、開いて外を見てみなさい」

「はい……扉に……駄目だ、ドアノブが固くて開かない……！」

ロベルトは焦った声を出した。額に汗がにじんでくる。

「それではドアノブから手を離して……ゆっくりベッドに戻って……明かりを消しなさい」

「はい……」

「貴方は静かに目を覚まします」

ユーゲンハイムの声が聞こえて、ロベルトは目を開いた。

「確かに、強い暗示がかかっているようじゃな。探ろうとすると、催眠に対する抵抗が急に強くなる。何かが記憶の扉を塞いでいるというわけだ。これでは催眠による効果は期待できんな」

ユーゲンハイムが言った。

「そうですか……」

ビルは、がっかりした顔をした。

ロベルトはそのときの記憶を生々しく思い出したようだ。ソファから起き上がると、悔しげにつぶやいた。

「……そうだ。あのとき、僕はサスキンス捜査官にあてて、手紙を書いていたんだ……。

確かに、『サタンの爪』のシンボルが陳腐だと、僕は考えていた……。しかもそのシンボルが小さなバッジでしかなくて、暗殺を実行した三人の犯人が逮捕時に身につけてもいなかったのは、酷く奇妙だと思ったんだ。だけど、そう思ったことすら、その後にはすっかり忘れていた……。平賀の発見現場に落ちていた『サタンの爪』のバッジを見た時に感じた違和感は、これだったのか……」

ビルはそんなロベルトをじっと見つめて言った。

「『サタンの爪』はサタニストではなく、暗殺をさせるような力を持っていない、ですって？　しかし、ロベルト神父、現に奴らは暗殺をしていますし、平賀神父を殺そうともしました。

貴方が私あての手紙を書いていたとき、貴方の部屋を訪ねて来たのは、平賀神父を襲ったのと同じ、『サタンの爪』のメンバーなのではありませんか？　奴らが黒い覆面をつけていたから、その顔が見えなかったのではありませんか？　そして、そいつらが貴方のパソコンのデータを消去したり、貴方たちに暗示をかけたりしたのでしょう。私には、そうとしか考えられないのですが……」

その時平賀が「あの、すみません」と、挙手して言った。

「私もひとつ、言ってもいいでしょうか。ロベルト神父の部屋を訪ねたのが誰なのか、私にはわかりませんが、彼のパソコンのデータを消したのが誰なのかは、分かります」

「教えてください。一体、それは誰ですか？」

ビルが平賀を振り向いて尋ねた。

「ロベルト神父です」

平賀が答えた。

「えっ？」

「えっと、サスキンス捜査官にはまだ言っていませんでしたが、私とロベルトはバチカンに自分のパソコンを送って、消去されたデータの復元を試みたのです。でも駄目でした。データは跡形もなく消えていたし、誰かがパソコンに侵入した形跡さえ見つけられません。それらを調べ終わったローレンが言ったのです。『まるで幽霊か、さもなくば僕か平賀の仕業みたいだね』って。

それでようやくわかりました。私やロベルトが使っているパソコンには、私とローレンが共同で作った極秘データの削除用プログラムが入っているんです。そのプログラムの存在を知り、なおかつそれを使った人物がいるとしたら、私とロベルトとローレンの三人のうちの誰かです。おそらくロベルト本人でしょう。

要するに、犯人はパソコンの知識なんて必要なかったんです。私たちを洗脳して動かしたんです。そう考えてみれば、暗殺者たちも洗脳によって動かされたと考えられます。そうだとしたら、究極的には『サタンの爪』というグループが実在すらしなくても、構わなくなります。

つまり、さっきロベルトが途中まで書いていた『サタンの爪』についての手紙ですが、あの読めなかった最後の結論部分は、こうじゃありませんか？

……僕の見解は以下のとおりである。

一、マイク・ホワイトはサタニストではない。

一、『サタンの爪』には殉教者を生みだすような力はない。
一、『サタンの爪』はテロ組織を装ってはいるが、その正体は実体のない虚像にすぎず、真犯人の姿を我々から見えなくするための、隠れ蓑に過ぎないのではないか？」
平賀の言葉に、ロベルトは目を輝かせた。

「それだ！　まさにそれだよ。僕が思っていたのは！」

ビルはじっと腕を組んで唸っていた。

「ちょっと待ってください……。『サタンの爪』が実在しないですって？　そんな……馬鹿な……」

「いいえ、そう考えたほうが、却って辻褄が合いますよ。彼らのふるまいがサタニストらしくないといって悩んでいたのは、サスキンス捜査官だったのではありませんか？」

平賀が淡々と言った。

「そうか……。もしもマイク・ホワイトら犯人が『サタンの爪』の構成員でないとしたら、暗殺を実行したときに『サタンの爪』のシンボルを身につけていなかったという不思議も、サタニストらしくなかったふるまいも、当然だったというわけですか……。

ですが、そうなるとジョーンズ上院議員やメディク・ラズロ氏の暗殺、アントニウス司祭の暗殺未遂事件、さらに平賀神父の誘拐殺人未遂事件の真相はどうなるんです？」

ビルが言った。

「勿論、『サタンの爪』が存在しないとしても、それらの事件を企んで実行した、あるいは誰かに実行させた真犯人は存在します。ただ、それが誰なのかが、全くわからない訳です……。パソコンからヒントを引き出すこともできませんでしたし、ユーゲンハイム博士の催眠を用いても、抵抗が強くて効果は期待できないという事でしたし……」

平賀が困り顔をした。

そのとき、ユーゲンハイムがゴホン、と大きな咳払(せきばら)いをした。

「何を三人でぐだぐだと言っておるのかね。わしはさっき『これでは催眠による効果は期待できん』とは言ったが、『もう他に方法はない』とは一言も言っておらんぞ」

平賀とロベルトそしてビルは、その言葉を聞いて、一斉にユーゲンハイムを振り返った。

「何か方法があるんですか?!」

「ああ。その為にはいくつか準備が必要であるし、少々手荒いことになるがな。やるかね?」

ユーゲンハイムは、顎髭を撫(な)でた。

「やります」

平賀達三人は口々に答えた。

「うむ」

ユーゲンハイムはゆっくりと立ち上がり、リビングルームを横切ってバスルームの扉を開いた。バスルームは広く、ジャグジー式の丸くて直径が二メートル近いバスタブがある。

ユーゲンハイムは頷(うなず)いた。

「ではまず、ビル捜査官、君は今から塩とブルーシートを買って来たまえ。塩は二キロ、シートは二枚もあればよかろう。それから体重計と血圧計とAEDを部屋に届けさせるのじゃ」

ユーゲンハイムの言葉を、ビルは手帳に書き留めた。

3

ユーゲンハイムは平賀とロベルトに体重計に乗るように命じ、示された体重を確認した。それから血圧を測定し、ホテルの便箋にそれらのメモを取る。

そして風呂の湯温調整器を三十八度に設定すると、湯を張り始めた。

湯が湯船たっぷりに張られると、ユーゲンハイムはビルに買ってきた塩を風呂に投じるように命じた。

塩が投入されると、湯船が一瞬白くなり、そしてまた透明へと変わる。

ユーゲンハイムは指を湯につけ、それを嘗めた。

「ふむ、これぐらいの濃さでよかろう。それでは、始めるとしよう。ちと乱暴だが、効果はてきめんじゃ。鍛えられたスパイを自白させることも出来るし、そのまま二重スパイになるように洗脳することも出来るすぐれものの手法じゃからな。ではどっちからする？」

「私からでお願いします」

平賀が言った。

「固い暗示に対しては、漠然と過去をよみがえらせようとするよりも、記憶を開くためのキーワードが必要じゃ」

ユーゲンハイムが言った。

「キーワードですか？」

平賀が目を瞬いた。

「お前さんが何を探していたのか、あるいは何を見つけたのか、それを象徴するような言葉じゃ。その言葉に意識の集中を促すことで、突破口を開くのじゃよ」

「それなら、私は決まっています。五月十二日の十三時です」

平賀が答える。

「なぜ、その日にちと時間なんだい？」

ロベルトが横から尋ねた。

「私の場合、調査記録ファイルに通し番号のようなものをつけることにしているんです。ええと、その方法は超越数と関係しているのですが、細かいことは秘密です。とにかく、一見ランダムに記録しているように見えても、記録ファイルが抜けていれば、おかしいと私にはわかります。私たちの時間が盗まれているのではないかと考えて、グランドホテルの部屋でパソコンを調べたとき、私にはいくつかの空白の時間があることが確認できました。そのうち一つが、さきほど言った時間帯なのです」

「なるほど。初めて聞いたね、そんなからくりは。僕は結構、君のことを何も知らないんだ」

ロベルトが呟くと、平賀は赤い顔をして「そんなことはありませんよ」と言った。

「うむ。それでは、五月十二日の十三時にお前さんを連れて行こう」

ユーゲンハイムはそう言うと、アタッシェケースを開いた。

中には様々な色をした液体が入ったアンプルが並び、注射器のセットがあった。

「では裸になりたまえ」

「裸ですか?」

「風呂に入るのに、裸にならずとどうする?」

「分かりました」

平賀は裸になった。色白でほっそりと華奢な体である。

そうしてからユーゲンハイムはアタッシェケースの中に入っていた毒々しい紫色の液体が入ったアンプルと、注射器のセットを取りだした。

アンプルが、かちりと割られる。

ユーゲンハイムが注射器で、アンプルの液体を吸い取りながら、目盛りを見ている。

「お前さんの体重ならこれぐらいが適当じゃろう。腕を出したまえ」

ユーゲンハイムに言われるまま平賀が腕を差し出した。

注射がされようというとき、ロベルトが心配そうにユーゲンハイムに尋ねた。

「あの、見たこともない薬ですが、大丈夫ですか？」

「大丈夫じゃ。わしは使い慣れとる。素早く催眠状態に入れる薬じゃよ。これで殺したのは数人しかおらん。まあ、何千人のうちの数人じゃから、大した確率ではない。自動車事故より遥かに少ない確率だ。万が一、心停止した時用にＡＥＤがあるじゃないか」

ユーゲンハイムは冷たい目で言った。

「いいのかい？　平賀神父」

平賀は頷いた。

「大丈夫です」

薬が打たれる。

「さて、風呂に入って貰おう。体の力を抜いて上向けば、ぷかっとそのまま浮くはずじゃ」

平賀は風呂の中に入った。

ぷかりと体が浮く。

「大丈夫でしょうか……」

ビルは心配そうに平賀を覗き込んだ。

「心配いりませんよ」と平賀は答えようとしたが、既に口が動かなかった。体は妙に熱っぽく、頭がぼんやりしてくる。

「ブルーシートを風呂の上からかけろ」

ユーゲンハイムが命じ、ビルがブルーシートを手にした。

それが自分の上から被さってくる。

平賀の視界は真っ暗になった。

「よし、いい感じじゃ。始めるぞ。意識を集中して……五月十二日の十三時に……」

ユーゲンハイムの声が遠くに聞こえた。

＊　＊　＊

五月十二日の十三時……。五月十二日の十三時……。

ユーゲンハイムの言葉が壁のスピーカーから、繰り返し聞こえてくる。

平賀は白く長い廊下を歩いていた。

左右にずらりと白い扉が並んでいて、それぞれに数字のプレートがついている。

平賀はその中から、〇五一二一三のナンバーがついたドアを開いた。

途端に突風が吹き、ある光景の中に平賀は引っ張り込まれていた。

カン、カン、カン……。弔いの鐘が鳴っている。

「バンゼルジャ神父様、おいたわしい……」

「知ってますか？　バンゼルジャ神父様がどのようにお亡くなりになったかを」

「いいえ」

「なんでも、噂では……」

「ええっ！　本当ですか？」

「恐ろしい……」

「まさか、根も葉もないことですよ。バンゼルジャ神父様の死因は……」

若い修道士らのひそやかな声が響いている。

平賀はラプロ・ホラ教会の聖堂を歩いていき、玄関から外に出た。

雨あがりの石畳の上を、ソルージュ川を見つめながら歩いていく。

昨夜の雷雨のせいで、ソルージュ川の水かさは増していて、水も少し濁っている。

平賀の神父服のポケットには、昨日届いたローレンの報告書が折りたたまれて入っていた。平賀はそれを開いて、読み返した。

『放射能測定法の結果、凝灰岩の成分は五三〇年頃のもの。ベスビオ火山のものと思われる』

平賀は溜息を吐き、自分が歩いている石畳をじっと見つめた。

その報告書から、ラプロ・ホラ教会が相当古いものだとは分かったが、その結果が果たしてこの捜査の結果に影響を及ぼすだろうか、考えあぐねていた。

そういえば、昨夜ロベルトが、「代々のアントニウスが水の上を歩いたのはすべて満月の日だったが、僕たちが来た日は満月じゃなかった」と言っていた。

あれはどういう意味だったのだろう？

満月にどのような奇跡が起こったなら、代々のアントニウスが水の上を歩けるのだろう？

満月の日に起こる変化といえば、川や海の水位が上がることと、人のバイオタイドが上がって興奮しやすくなることぐらいだというのに。

この川の水位が上がれば、奇跡を起こすような変化が起こるとでもいうのだろうか？

まさか、そんなことは考えられない……。

（昨夜、ロベルトはまだ調査を続けたいと言っていた。次の満月になったら、川の様子を撮影してみよう。それで何かが分かるかもしれない……）

平賀がそう思いながら歩いていると、視界の先にペテロ修道士の姿が見えた。

ペテロは釣り竿を手に、ぼんやりと川面を見つめている。

「こんにちは、ペテロ修道士」

平賀が声をかけると、ペテロはペコリと挨拶をしてきた。その目は憂いを帯びていた。

「こんにちは……。バンゼルジャ神父様のことを考えると、なんだかじっとしていられなくて……。厳しいお方でしたが、神に忠実なお方でした。まさか急な心臓発作でお亡くなりになるなんて……」

ペテロはそう言って、深い溜息を吐いた。

どうやらバンゼルジャの死は、心臓発作ということにされたようだ。

「そうですね。私も驚きました」

平賀は短く答えた。

ペテロは遥か遠くを見た。

「私が願うのは、もし叶うならば、アントニウス司祭様に主イエス・キリストの囁きがあって、バンゼルジャ神父様が癒されることです……」

ペテロにはアントニウス司祭の力に対する微塵の疑いもないようだ。

「ええ……。そうですね。アントニウス司祭の力で、バンゼルジャ神父が蘇るのなら、素晴らしいことです」

「はい」

ペテロは頷いた。

「あの日、貴方がここに来られた日、僕が『司祭様は聖人アントニウス様の生まれ変わりのお方で、奇跡を起こす力がある』と教えて差し上げたのに、貴方はおかしな機械を川に突っ込んであれこれ調べたり、水の中に入っていって溺れかけたりして、本当にどうなることかと思いましたよ」

「あの、その日のことは、もう言わないで下さい……」

平賀は赤面しながら、ここへやって来た五月二日の様子を鮮明に思い出した。

そういえば、あの日も今日と同じように、ソルージュ川の水が少し濁って、流れが速かったような気がする。

というより、五月二日に初めてソルージュ川を見た平賀は、てっきりそういう特徴の川だと思ったのだが、翌日以降にはもっと水が澄んで、流れも緩やかになったのだった。

そう思ったとき、何かが平賀の頭を過(よぎ)った。

「ペテロ修道士、ちょっとここで待っていてもらえませんか？」

平賀は居所に駆け戻り、流量計とビデオとノートパソコンを持って川べりに戻ってきた。

センサ式の流量計を川に入れて数値を見ると、五月二日とほぼ同じ数値を示している。

平賀はあれから毎日、川の流量を計測してグラフ化していたが、高い数値を出したのは、五月二日と今日の二度だけだ。

次にビデオで、五月二日に川を映したのと同じ場所から川の様子を撮影した。そして二つの動画をパソコン上で見比べた。

二つの川の水位はほぼ同じ高さに見える。他の日に撮影した映像と比べて、この二日間は十七センチ程度水位が高い。

「ペテロ修道士、教えてください。私たちがここに来た日の前の夜も雷雨だったのですか？」

平賀はペテロに尋ねた。

ペテロは「いいえ。その日は晴れでした」と首を振った。

「おかしいですね。五月二日は水の流れが多く速く、水位も普段より高かったんです。まるで今日みたいに……。それが雷雨のせいじゃないとしたら、何でしょうか？」

平賀の言葉にペテロはしばらく首を傾げていたが、ふと呟(つぶや)いた。

「そういえば、五月一日に、川の上流のダムの放水があると聞いたような気がしますが、そのせいでしょうか？」

「えっ？　私たちが来た前日に、ダムが放水をしたんですか？」

平賀は突然、ペテロの腕を掴んで尋ねた。

「は、はい」

ペテロは平賀の剣幕に後ずさりながら頷いた。

「じゃあ……じゃあ、五月二日はそのせいで、ソルージュ川の水位もあがって、流れも速くなっていたわけだ……。そして満月の日と同じ条件が満たされ、水上の奇跡が起こったということになる。そういうことなら、もう一度、奇跡調査が必要だ……」

平賀はイタリア語で独り言を呟くと、そのまま荷物を抱えて石橋を渡り、村の会議所を訪れた。

一階にいる老人に、身振り手振りで「インターネットを借りたい」と伝え、自分のパソコンをインターネットに繋いで、バチカンのソフトデータバンクにアクセスした。光の屈折率を調べるためのソフトをそこから落としてこようというのである。

そのデータを落とすのには、三十分あまりの時間がかかった。

それを待つ間、平賀は誰かとお喋りをしていた。

顔が見えないので誰かはよくわからないが、恐らくロベルトのように思われる人物だ。

平賀は早速、その場で画像の解析にかかった。

アントニウス司祭が水の上を歩いている画像をソフトで処理する。

十分ほどして出てきた解析結果は、興味深い数値を示していた。

アントニウス司祭の歩いてくる足下の周辺の川が跳ね返している光の屈折率数値と、少し離れた場所の数値がずれているのである。

勿論（もちろん）、これだけではなんとも言えない。

酷（ひど）く僅（わず）かな差であるから、川底の深さや凹凸で出来た差かも知れないのだ。

次に色の鮮明化をしてみた。

すると、中州のある部分から石の橋と平行するように陸地に向かって色目が変わっている。

光の屈折率の差のある部分とほぼ一致した。

だが、実際には現在においてそこには何もないことは確認済みであるし、自分が夢のような心地で川の上を歩いた時も、何か実体のあるものが足の下にあるという気がしなかった。

（どういうことだろう？）

平賀が悩んでいた時、目の前に紫色の花が差し出された。甘酸っぱい香りがする。

「これでも部屋に、お飾りなさい」

誰かがそう言った。

その次には、居所にいた。

不思議なことに、その時にはすっかり何もかも忘れていて、パソコンを机に置いた後、花瓶に花を生けた。

夕べの鐘が鳴り、部屋のドアがノックされた。

「平賀、そろそろ祈りの時間だよ」

平賀がドアを開けると、ロベルトがいて、何かの収穫があった時にする笑みを浮かべていた。

「何かいいことがあったのですか、ロベルト？」

「うん。水圧オルガンの弾き方が分かったんだ。君は何か収穫はあったかい？」

「私ですか？　いいえ。私は奇跡の証人にしか、なれそうにありません」

平賀は答え、二人は祭壇へと向かった。

祈りの時を告げる合図で、教会のあちらこちらから神父達が現れ、イコンにキスをし、十字を切り、着席する。

平賀とロベルトもそれにならった。

若い神父達が立ち上がり、賛美歌を歌い出す。賛美歌は礼拝堂に響き渡り、幻想的な雰囲気を醸し出す。

窓から差し込む夕暮れの光は、徐々に柔らかくなり、オレンジ色へと変わっていく。そして最後には、揺れる蠟燭(ろうそく)の明かりだけがマリアとキリストのモザイク画を照らし出した。

『奇跡を疑う勿れ。それは神のみしるしである』

何故かそんな言葉が、平賀の頭の奥に響き続けていた。

その時、ふと気付くと、平賀の隣には老人が座っていた。それはユーゲンハイムであった。

ユーゲンハイムは無言で平賀の手を取って、聖堂から外へと連れ出した。

一歩外へ出ると、そこは白い扉がずらりと並ぶ、元の白い廊下であった。

「あなたは元の道を戻ってくる。そして目を覚ますのです」

ユーゲンハイムの声がスピーカーから聞こえてきた。

平賀は長い廊下を、出口の光に向かって歩いて行った。

＊　＊　＊

平賀はゆっくりと目を開いた。

そこにはユーゲンハイムと、心配そうなロベルトとビルの顔がある。

「ようし、ゆっくり深呼吸をして……。わしらの事がわかるか？」

ユーゲンハイムが言った。

平賀は「はい」と頷いた。

「立てるかね?」

ユーゲンハイムに言われ、平賀はふらつきながら、バスタブから立ちあがった。渡されたバスローブを着て、椅子に座り、タオルで顔を拭くと、少し気分が落ち着いてくる。

「戻ってくるのが遅いと言われて、心配したよ」

ロベルトが言った。

「凄い体験をしました……。まるで本当に時を遡ったみたいでした」

平賀はふうっと溜息を吐き、今見てきた出来事を皆に語った。

村の会議所でソフトをダウンロードしながら誰かと喋っていた、というくだりになると、
ロベルトが顔を顰めた。

「その日僕は会議所に行っていない……。いや、少なくとも行った記憶がない……」

「そうですか? では、私は誰と喋っていたんでしょうか」

平賀は首を傾げた。

「村の会議所にいて、君と会話が成立する人物というと、ラテン語が喋れるエレナか、イタリア語が話せるアレン・バビッチ局長か……」

ロベルトの言葉に、平賀は「よく覚えていません」と首を振った。

「ところで平賀神父、ソルージュ川の水位が上がると、なぜアントニウス司祭が水上を歩けるようになるのでしょうか?」

ビルが不思議そうに尋ねた。

「それはまだわかりません」と、平賀は再び首を振った。

「僕は君に水圧オルガンの弾き方が分かったと言ったのかい？」

今度はロベルトが尋ねた。

「はい。あの時のロベルトは、とても嬉しそうでしたよ」

「なんてことだろうね……。そんな素敵な事を何も覚えていやしないなんて」

ロベルトは肩を竦めた。

「まあ、とにかく、次は僕の番だね。僕のキーワードを決めなきゃいけないが、どうしようかな。水圧オルガンにでもしてみようか」

「あ。それなら、ガブリエルはどうですか？」

平賀が突然言った。

「ガブリエル？」

ロベルトは尋ね返した。

「貴方は私に『ガブリエルが見つからない。どうしようもない』と言っていました。普段の貴方とは様子が違っていて、とても焦った様子で嘆いていました」

「そうだったろうか……？」

ロベルトには確かな記憶がなかった。

「ほう、決まりじゃな。お前さんの催眠ではガブリエルを追っていこう。じゃあ、準備をしたまえ」

ユーゲンハイムが言った。

ロベルトが服を脱ぐ。

しなやかな筋肉の程よくついたロベルトの体が現れる。

ユーゲンハイムはロベルトに注射をした。

ロベルトが風呂（ふろ）につかり、その上からビルがブルーシートを被（かぶ）せる。

「ロベルト神父、お前さんはガブリエルを捜している。ガブリエルじゃ……」

朦朧（もうろう）としてくる頭の中で、「ガブリエル」という言葉が何度も繰り返された。

ガブリエル……。

頭の中がその言葉一色になっていった時に、ロベルトは光の渦に巻き込まれ、気がつくとラプロ・ホラ教会の平賀の居所に立っていた。

＊　　＊　　＊

目の前にはベッドに座った平賀がいて、隣に置いた段ボール箱を開こうとしている。

「私は村の青年会から借りてきた、これらのビデオをチェックします」

「そう。じゃあ、僕は書庫にでも行ってくる」

居所を出たロベルトは、書庫に向かった。

この教会の書庫の状態は相当悪い。これだけ古い教会なのだから、さぞや貴重な資料があるかとワクワクしていたのに、昨夜は教会史さえ見つけられなかった。

年代順や内容なども無視して無造作に本が並べられているので、目当ての本を見つけるのに疲れてしまう。

とにかく昨夜の続きの場所から書棚をチェックしていると、二つ目の書棚で教会史は見つかった。

羊皮紙を糸で束ねた本で、飾り文字すらない手書きの文字ページが連なっている。一見、見栄えのしない代物だが、問題はその中身であった。

ロベルトは部屋の東南の角にしつらえられた大理石の机と椅子に座り、教会史を読み始めた。

ところが大事な前編部分が破損していて、これを記した人物の名も特定できない。

がっかりしながらパラパラとページをめくっていると、賛美歌の歌詞が書かれたページがあった。

ここの教会の賛美歌が少し変わっていることに心惹かれていたロベルトは、さっそくそれを読み始めた。

どうやらその歌詞は、シーザーズコードによって解読できそうだ。

ガブリエルは指し示さん

清らけき乙女とともに
主の息吹ありけきところに、
朝日昇り、御(み)しるしがあらわる。
聖なるかな神の嬰児(えいじ)宿りて、
この地上に生まれ来られり
十字架の上の主よ、
我に奇跡の力を記したまえ、
その足下に、花咲くところに

ロベルトには、それが解くべき暗号だという直感があった。

彼は早速書庫を出て、ガブリエルを捜し始めた。

ガブリエルとは、天使の王子と呼ばれるミカエルと双璧(そうへき)を成す大天使で、旧約聖書に名前が出てくる天使は、このガブリエルとミカエルしか存在しない。

名の意味は「神の英雄」、「強き者」。聖母マリアのもとを訪れ、神聖受胎を告げた天使として、古代から今日まで特別な崇拝を保持しつづけている。

一説によれば、ガブリエルは唯一の女性天使とも言われていて、『受胎告知』を描いた絵画の中では、手に百合(ゆり)の花を持った優美な姿で描かれることが多い。

ラプロ・ホラ教会には無数のフレスコ画があり、モザイク画がある。天使や聖人、そして鳥や草木や花々で溢(あふ)れかえっている。

ロベルトはその一つ一つを慎重に眺めながら、ガブリエルを捜した。

一階から三階までくまなく見ていったが、ガブリエルはおろか、その象徴である百合の花も見あたらない。

ロベルトは眉(まゆ)をしかめた。

これだけの規模の教会で、大天使ガブリエルにたどり着かないことの方が不思議である。

煮詰まったロベルトは、アトリエにいるアンドレフ神父を訪ねた。彼は相変わらず、フレスコ画の補修をしていた。

「失礼、アンドレフ神父、ちょっとお時間を頂いてもいいでしょうか？」

ロベルトがアンドレフの方へ歩いていくと、アンドレフは筆を走らせたまま、「いいですよ、お客人」と答えた。

「すみませんが教えて頂きたいことがあります。この教会にガブリエルの絵はありますか？」

アンドレフは少し首を傾げ、「はて、そう言えばありませんな」と答えた。

「過去に描かれていたという記録をご覧になったことは？」

「さあ……私が知る限り、ありません」

「では、百合の花はどうです？」

「百合ですか？　百合……百合……。ふうむ、私の記憶にはありませんな。どうしてです？」

「いえ、一寸（ちょっと）、気になっただけです」

ロベルトは軽く会釈をして部屋を出た。

天井から床、そして壁へと目を配る。

やはりどこにもガブリエルも、それを象徴しそうなものもない。

（だが、ガブリエルが見つからないと、どうしようもない……）

ロベルトは聖堂の壁にもたれて立ち、聖書に描かれたガブリエルの記述を一つ一つ思い描いた。

ガブリエルは神の啓示を与える告知者として、預言者ダニエルの前に現れ、「人の子よ、この幻は終わりの時に関するものだということを悟りなさい」と言って、未来を幻視させている。

ルカの福音書では、キリスト受胎の告知の前に、祭司ザカリアの前に現れ、彼の妻が洗礼者ヨハネを身ごもったことを告げる。

それから、ユダヤ教に伝わる『魔法の石』伝承にもガブリエルは関わっている。

ユダヤ人の父祖であるアブラハムが赤ん坊だったころ、彼の母親はニムロド王から我が子を守る為、彼を洞窟（どうくつ）に隠した。その時ガブリエルはアブラハムに付添い、その親指から流れ出る乳と蜜（みつ）によって、アブラハムを養ったとされる。

ガブリエルの乳と蜜には一日で一年分の成長を促す力があったので、アブラハムはたちまち成長して、洞窟内で光る石を見つける。それはエデンの園の光の精髄が凝った「ツォハール」という魔法の石で、人を癒す力を宿し、天体観測にも使われたという。

(『ツォハール』という言葉も探してみるか……)

　ロベルトは一つ心に刻んで、再びガブリエルに思いをはせた。

　この教会は古いから、ガブリエルを表すモチーフにも、古い象徴が用いられている可能性がある。

　確か、スーダンで発見された紀元三世紀頃のガブリエルの壁画は、百合の花ではなく、金の鍵と聖皿を手にしていた。

(『金の鍵』と『聖皿』にも注意を払うことにしよう……)

　ガブリエルを表す象徴として考えついたのは、以上であった。

　ロベルトは『ツォハール』、『金の鍵』、『聖皿』などに注意を払いながら、再び教会中を歩き回った。

　それらしき物がいくつか見つかりはしたが、どれも意味のないものだ。

　やがて日が傾き始めた。

　ロベルトが側廊の南角で休んでいると、若い修道士たちの一団が歩いて来て、壁に取り付けられたランプの中に火を灯していった。

　ロベルトの立っているすぐそばのランプにも火が入った。

　ぼんやりとランプの明かりで照らされた廊下を見ていたロベルトは、その時、ハッと目を見開いた。

壁に赤いチューリップの花のモザイク模様をあしらったタイルがある。

よく見ると、白地の上に非常に小さな金の三角形が、まるで方角を示すかのようにあしらわれている。

ガブリエルと言えば白い百合の花ばかりを考えていたが、新約聖書に「ソロモンの栄華も百合に及ばない」と描かれたその百合とは、イスラエルからトルコ、フランス南部の原野に分布する赤いチューリップ・アゲネンシス（Tulipa agenensis）、あるいはその亜種で、カルメル山や海岸部に見られるチューリップ・シャロネンシス（Tulipa agenensis sub. sharonensis）を示しているという説がある。

元々チューリップは百合科なので、これらが明確に区別されない事があっても不思議ではない。

ロベルトはその矢印が指し示す方へと歩いていった。するとまたチューリップのタイルが現れ、方向を指し示す印があった。

それらの印は、アプシスの北側にある小部屋へとロベルトを導いていった。

礼拝用の道具入れらしき、その小部屋の扉を開くため、ロベルトは胸ポケットから針金を取りだした。鍵開けが得意な彼にかかれば、古い錠前の鍵など数秒で開く。

一歩中に入ると、真っ暗である。

ロベルトは周囲の壁をまさぐってランプを探し、そこにライターで火を灯した。

部屋の内部がうっすらと明るくなる。

最初に目に映ったのは、白い大理石のテーブルに並べられた聖盃、燭台と蠟燭、香炉、銀の皿といった品々だ。

床には十字架と薔薇模様のタイルが、交互に敷き詰められていた。

周囲の壁沿いにはずらりと聖人達の絵が居並んでいて、部屋の中央にある聖母マリアと幼いキリスト像を取り囲んでいる。

聖母マリア像は聖堂内のあちこちに見受けられたが、賛美歌の暗号のガブリエルに続く「清らけき乙女」は、この部屋のマリアに違いないという直感があった。

マリアはキリストを抱きながら、右手でどこかを指さしている。

マリアが示しているのは、部屋の隅にある柱の根本の辺りであった。

その柱の土台には、花、鳥、月、太陽、星といったレリーフが刻まれている。

(「朝日昇り、御しるしがあらわる」とは、これのことではないか?)

ロベルトは一つだけ、不自然なほど立体的に浮かびあがっている太陽のレリーフにそっと触れてみた。動きそうだ。

まずは押してみた。次に引いてみた。

何も起こらなかった。

今度は回してみた。

すると太陽のレリーフがぐるりと一回転し、怪しい音が床から響いたかと思うと、床にぽっかりと、人が一人入れる程度の穴が開いたのである。

そこには、階下へ続く階段があった。

ロベルトはテーブルの蠟燭と燭台を手に取り、明かりを灯すと、それを手に階段を下りていった。階段の半ばあたりになると、周囲の大気が冷たく乾いてきた。中州の地下だというのに、おかしなことであった。

階段を下りきったところには扉があった。

それを開き、内部を照らしたロベルトは、我が目を疑った。

そこに広がっていたのは、隠し部屋——しかも特別な書庫であった。

優雅な透かし彫りを施された象牙(ぞうげ)の脚に硝子の天板を載せた美しいテーブルがある。テーブルの上には、大理石で出来たインクの壺(つぼ)が並び、白鳥の羽根ペンが入っている。

テーブルの背後にある書棚には、「コデックス・プルプレウス」が並んでいた。

ロベルトは、ぞくりと鳥肌が立つのを覚えた。

コデックス・プルプレウスとは、紫貝由来の染料で染めた羊皮紙に金泥(こんでい)で文字を記した豪華写本で、皇帝かそれに準ずる者しか持てなかったと言われる、幻の稀覯本(きこうぼん)である。

現存する最も古いコデックス・プルプレウスは六世紀のもので、種類としては、シノペ福音書、ロッサーノ福音書、ウィーン創世記などがある。それらはバチカンにある古文書を合わせても世界に数冊しかないという代物だ。

ロベルトは書棚に近づき、並んだ本の背表紙にそっと触れながら、一つずつ、本のタイトルを確認した。

ギリシャ語で書かれた旧約と新約の聖書が一冊ずつあった。

それから、建築学、天文学、力学、そして錬金術、さらにオルガンの演奏の仕方といった様々なジャンルの本が続いていく。

その中に、『建築十書』というタイトルを見いだして、ロベルトは手を取った。

『建築十書』といえば、十六世紀のヨーロッパ建築に多大な影響を及ぼした書物である。紀元前一世紀のローマの建築家兼発明家兼技術者、ウィトルウィウス（マルクス・ウィトルウィウス・ポリオ）の著作で、現存するものとしては、一四八六年頃のローマ刊が最古のものといわれている。

しかし、その一方で、この書は五、六世紀の人物によって書かれたのではないかという疑惑も持たれていた。

ロベルトが見たところ、目の前の『建築十書』は六世紀頃の古書の特徴を備えている。『建築十書』の最古のものであることに間違いはない。

巻数は全部で十巻。

モノクルをつけ、そっとデリケートに一巻目の本を開く。

すると、最初のページには、几帳面（きちょうめん）な筆記体で、献辞と著者によるサインが書かれていた。

偉大なるユスティニアヌス一世の命を受け、
この書を、我が心の師、ウィトルウィウスに捧ぐ
『建築十書』著者　ガザのアエネアス

それを見た瞬間、ロベルトの喉が渇き、胸が高鳴った。

なぜなら、まず第一に、『建築十書』の真の著者が六世紀の人物、ガザのアエネアスであると判明したからだ。

ロベルトはゆっくりとページを捲った。

するとどうだろう。本の所々に、文章を修正・上書きした推敲の跡が見られたり、加筆のメモらしきものが見られたりして、それらの筆跡とサインの筆跡とが一致しているではないか。

いずれも大変几帳面な字であり、これを書いた者が左利きであることを物語っていた。

恐らく(断定するためには鑑定を待たねばならないが)この本は著者本人の持ち物である。

ロベルトはのぼせ上がった頭で、大きく深呼吸した。

書棚の下部分を見ると箱があり、中に古い羊皮紙が入っている。そこに記されていたのは、これからまとめられるのを待っている執筆メモらしい。メモの内容は美術、建築、土木、光学、占術、錬金術などのあらゆるジャンルを横断するもので、この書斎の主の恐る

べき知性を垣間見せていた。

そしてそれらのメモもまた、特徴的な几帳面な筆跡で書かれていた。つまりはガザのアエネアスが書いたメモなのである。

（この隠し部屋は、ガザのアエネアス本人の書斎ではないのか……？）

だとしたら、大発見である。

ロベルトが顔を上げると、書棚の向こう側の奥の壁に、キリストの最後の審判の日を描いたモザイク画が見えた。

形式から見て五世紀のものらしく、今日教会内で見た美術品の中でも最古の部類のものと思われた。保存状態は良いようだ。湿気や温度が低いこの小部屋自体が天然の冷蔵庫となっているのだろう。

ロベルトはそのモザイク画に近づいた。

すると、キリストの足下にチューリップの花模様のタイルがあった。触ってみるとタイルが傾き、中から象牙の小箱が現れた。ロベルトは箱を手にとって、開いた。

中には折りたたまれた紫羊皮紙が入っていた。ロベルトはそれをそっと持ちあげて、机の上に広げた。

どうやらそれはこの教会の設計図のようだ。

『この建物は、敵国が恐れをなすような建造物を発明せよという皇帝の命により試験的に建てたものである』

設計図の上部には几帳面な筆跡で書かれた文字と、アエネアスのサインがあった。

（これは……！）

ロベルトが目を疑った時、後ろで人の気配がした。

「ここで何をしているんですか？」

ロベルトは驚いて振り返った。

そこには影のようなぼんやりとした人影が見えた。

目を擦り、それが誰だか見ようとするのだが、人影はその輪郭さえもなくして闇へと溶けていく。

まるでゴーストだ。

この部屋の主、アエネアスのゴーストだろうか？

それとも得体の知れない悪霊か？

「あなたは誰です?!」

ロベルトは闇に向かって叫んだ。

その途端、ふっと蠟燭の炎がかき消えた。

ロベルトの声は暗闇に吸い込まれ、室内は耳が痛くなるほどの静寂に包まれた。

何も見えず、何も聞こえない。

不意に現れた悪霊に、五感を奪われてしまったかのようだ。

辺りを徘徊する不気味な影の気配だけが感じられる。

ロベルトは恐怖に襲われた。

その時である。部屋の天井から、ユーゲンハイムの声が聞こえてきた。

「迷ったら扉を探しなさい……近くにあるはずの扉を……そこに光があり、私がいます」

ロベルトはその声に反応し、懸命に壁伝いに歩いて、隠し部屋の扉にたどりついた。

扉を開くと、光が渦を巻いて輝く空間が広がっている。

ロベルトは目の前の光の渦に向かって、思い切って身を投げた。

＊　＊　＊

ロベルトはゆっくりと目を開いた。

「目が覚めましたか？」

平賀の心配げな顔が目の前にあった。

ビルとユーゲンハイムもこちらを覗きこんでいる。

良かった。戻ってきたのだ。

ロベルトはほっと安堵の息を吐いた。そしてまだ夢見心地のままこう呟いた。

「僕は歴史を発見した。『建築十書』を書いたのはウィトルウィウスではなく、ガザのアエネアスだったんだ……」

4

「本当にすごい体験だった……。僕はラプロ・ホラ教会の隠し書庫を発見したんだ。そこには恐ろしく価値のある本が並んでいた。あれはきっと教会の主の書斎だ……。ああ、僕にはもっと思い出さなきゃならないことがあるはずだ。ユーゲンハイム博士、もう一度僕に催眠を——」

言いかけたロベルトの言葉を、ユーゲンハイムはすごい剣幕で遮った。

「いかんいかん！　強い薬じゃから、連続して打てばコロッと死ぬぞ。少しばかり時間を置くのがよかろう」

ユーゲンハイムの指示で、四人はリビングに移動した。

それぞれ飲み物を持ってソファに座ると、いきなり平賀が切り出した。

「それでロベルト、貴方(あなた)は隠し書庫で『建築十書』を見つけたのですか？」

ロベルトはペリエをぐっと飲んで頷(うなず)いた。

「そうなんだ。おそらく六世紀のものだった」

「本当ですか？　それはすごい！」

「それだけじゃない。『建築十書』を書いたのは、やはりウィトルウィウスではなかった。六世紀の人物、ガザのアエネアスだったんだ。僕があの書庫で見たものは、アエネアス自身の書いたオリジナル原本だったよ」

「それは歴史的に重大な発見です。それなら、ラプロ・ホラ教会の建材に五三〇年頃のベスビオ火山の凝灰岩が使われていたのも納得ですね。ベスビオ火山の凝灰岩で作るローマンコンクリートは、『建築十書』において非常にこだわりのある建築資材として登場していますが、『建築十書』を書いたのが六世紀のアエネアスなら、あの教会を造った本人なのかも……」

「そうなんだ。僕は隠し書庫で、ラプロ・ホラ教会の設計図を見つけた。そこにはアエネアスの筆跡で『この建物は、敵国が恐れをなすような建造物を発明せよという皇帝の命により試験的に建てたものである』と書かれていた」

「やはりそうですか。それで、試験的というのは、どういう意味ですか？」

平賀が身を乗り出した。

「からくりだよ。あの教会にはからくりがあるようなんだ」

「えっ、なんですって？」

興奮した二人がいつの間にかイタリア語で話していると、隣でビルが咳払い（せきばら）いをした。

「あの……すみませんが、私にもわかるように話してもらえませんか？」

それを聞いてロベルトと平賀はハッと顔を見合わせた。

「これは失礼、ご説明します。ごく簡単に言うと、ラプロ・ホラ教会は、錬金術師が造った建物なのですよ」

ロベルトが清々しいといった表情で断言した。

「錬金術師……ですか？」

「ええ。僕が隠し部屋で発見した『建築十書』という本は、紀元前一世紀のローマの建築家兼発明家兼技術者で、ローマ皇帝アウグストゥスの時代に活躍した、ウィトルウィウスなる人物によって書かれたものだと言われてきました。ウィトルウィウスとは、世界最古の走行距離計や蒸気機関を発案した発明家でもあります。レオナルド・ダ・ビンチが彼を尊敬していたのは有名な話です。サスキンス捜査官は、ダ・ビンチの手による『理想的な人体図のスケッチ』をご存じでしょう？　円の中で男性が手足を広げたものと、閉じたものとが二重になっている図柄です」

ロベルトが言った。

「ええ、その絵は知っています。印象的なものですよね」

ビルは頷いた。

「あれは『ウィトルウィウス的人体図』といって、『建築十書』の三巻に書かれている『理想的人体のあり方』という項目をダ・ビンチが視覚化したものなのです。現代に生きる我々は、ダ・ビンチを通じて、ウィトルウィウスを知っているともいえるのです」

ロベルトが微笑んだ。

『建築十書』の中には、『人体は、顎から額、髪の生え際までの長さは身長の十分の一で、広げた手の手首から中指の先までも同じ長さである。首、肩から髪の生え際までの長さは身長の六分の一で、胸の中心から頭頂までの長さは身長の四分の一である。顔の長さは、顎先から小鼻までの長さ、小鼻から眉（まゆ）までの長さ、眉から髪の生え際までがいずれも顔の長さの三分の一となる。脚の長さは身長の六分の一、肘（ひじ）から指先まで、胸幅は身長の四分の一である』という記述や、『人間が両手両脚を広げて仰向（あおむ）けに横たわり、へそを中心に円を描くと指先とつま先はその円に内接する。さらに円のみならず、この横たわった人体からは正方形を見いだすことも可能である。足裏から頭頂までの長さと、腕を真横に広げた長さは等しく、平面上に完璧（かんぺき）な正方形を描くことが出来る』という記述がある。

ダ・ビンチやアエネアスといった『代々の錬金術師』達は、人体を始めとする自然の中に潜む、法則性や均整や対称性を「美」と感じ、あるいは「神による芸術」と捉（とら）え、理性によってそれらを分析し、絵画や建築といった形で表現してきた芸術家といえるのである。

「それに、ウィトルウィウスは『建築家は、文章の学、描画、幾何学、歴史、哲学、音楽、医術、法律、天文学の知識を身につけるべきだ』とも言っていて、空気振動による音の説明、建築上の音響学に関する研究、水力の応用、様々な日時計を紹介していますし、光学の古代学問である遠近法にも通じていたんですよ」

平賀が続けて言った。

「それは……どうやら、かなりの偉人のようですね。でも、それと今回の事件との関係が、私にはよく分からないのですが……」

ビルは困ったように頭をかいた。

「あの教会には隠された秘密があったのです。それが判明すると、ことによってはアントニウス司祭が聖人などではなく、死から復活したのでもなく、あの日に射殺されていた……ということに繋がるかもしれません。サスキンス捜査官にとっても、それは少しばかり関係のあるお話でしょう。そして僕と平賀には大きな問題です。あと少し、話を続けさせてください」

ロベルトはそう言って、一息つき、また話し始めた。

「ラプロ・ホラ教会を造ったのは、発明家ウィトルウィウスを研究していた人物です。その名は『ガザのアエネアス』。彼の蔵書から推測する限り、錬金術師で、秀れた建築家、新プラトン主義を信望する哲学者であり、数学、天文学、音楽、占星術などにも通じていた万能の才人だったと思われます。僕が隠し書庫で見た資料によると、彼は六世紀に東ローマ帝国を栄えさせたユスティニアヌス一世に仕えていたようです。ユスティニアヌス一世はサン・ビターレ聖堂やハギア・ソフィア大聖堂、コンスタンティノープル大宮殿などを築いた皇帝として知られる大の建築好きですが、その陰には、ガザのアエネアスの力があったのでしょう。ラプロ・ホラ教会もそんな歴史の流れの中で建てられたんです。隠し部屋には『この建物は、敵国が恐れをなすような建造物を発明せよという皇帝の命により試験的に建てたものである』と記された、教会の設計図がありました。そして、その設計図には、あの教会に隠されたからくりのことが書かれてあったのです」

「からくり……ですか？　どのような？」

「それが、水車と水圧オルガンを連動させて動かす複雑なからくりが、あの教会の地下にあるらしいんです」

ロベルトは平賀を振り返った。

平賀は目を瞬かせ、じっと考え込んだ。

「ああ……そういうことですか……。そういえば、あの穀物倉の水車は大きすぎるし、三つもあるのは不自然ですよね……『建築十書』には水車の動力を利用する工業的なものへの可能性が述べられています……ありえます」

「平賀、今なら君はどう考える？　君はその忘れていた記憶から、僕たちやアントニウス司祭が川の上を歩いた奇跡について説明できるだろうか？　そしてあの三つの太陽の謎は？」

ロベルトが身を乗り出した。

平賀は忘れていた数値や色合いを思い出し、一つの結論を導き出した。

「太陽は、今思えば簡単です。あれは幻日です」

「幻日？」

「幻日というのは、太陽や月のまわりにできる暈（かさ）の一種です。暈は一年に六十日は起こるといわれる、珍しくない大気光学現象なんです。雲の中にある六角板状の氷晶がプリズムとして働き、雲を通過する光を屈折させることで、例えば、太陽の周囲に円環状の光が見える『内暈』や、太陽から離れた位置に光の玉が見える『幻日』といった現象が起こるんです。普通は光といってもそれほどハッキリしていない場合が多いのですが、私達が見たのは珍しいぐらいハッキリとした幻日だったんです。時にはありえることとです。最近ではカザフスタンで空にハッキリとした四つの幻日が出て、話題になりました」

「じゃあ、あの三つの太陽は偶然ということかい？」

「ええ、恐らくは……。私の知識では、幻日を人工的に発生させる仕組みが思い浮かびません。ただ、あの教会のフレスコ画には幻日を描いたものが幾つかありましたから、元々出やすい気象条件の地域なのかも知れません。もしかすると、気象条件を操るような方法があるのかも知れませんが、私にはわかりません」

「なる程ね……。なら、水の上を歩けたのは？」

「水の下に橋が架かっていたと、素直に考えればどうでしょうか。映像の屈折率や、鮮明化した色の微妙な具合から考えるに、非常に透明なもの……おそらく硝子製の橋です。そして、それはおそらく可動橋なのです」

「可動橋だって?!」

「水車と水圧オルガンで動くカラクリが教会の地下に存在するなら、それが可能になります」

「ふむ……。そうなると、僕らは硝子の橋を歩いておきながら、その感触に気づかなかったことになるが……」

「そうですね。とても嫌な話ですが、私自身はもはや自分の感覚や記憶といったものをまるで信用できなくなっていますから、今は何も言えません……」

「まあ、確かにその点にはぞっとさせられる……。まるで頭の中に手を突っ込まれて、ひっかき回されてるみたいな気分だからね」

ロベルトは顔を強張らせた。

「ロベルト、貴方が『建築十書』や『オルガンの弾き方』という本を隠し部屋で見つけたのは、私が青年会のビデオを借りてきた日なのですから、五月四日です。ところが貴方は十二日にも私に『オルガンの弾き方がわかった』とそれを初めて発見したような台詞を言っていたんです。つまりそれは……」

「なんてことだ。ということは、僕は一度、隠し部屋でオルガンの弾き方の本を目にしておきながら、またそれを忘れて、オルガンの本を見つけて喜んでいたって訳か」

「うーむ。お前さんは何度も何度も隠し部屋を見つけては、その都度、記憶を抜かれていたのじゃろうな」

それまで黙っていたユーゲンハイム博士が、口をはさんだ。

「それは……ぞっとしますね……。一体、誰がそんなことを……」

ビルが青ざめた顔を顰めた。

「それを探る方法は、やはりユーゲンハイム博士の催眠しかありません。次は私が拉致された日のことを探らせてください。サスキンス捜査官にとっても知りたい事柄のはずです」

平賀が言った。

数時間の休憩を取った後、再び平賀は注射を打たれ、バスタブに身を横たえた。

＊　＊　＊

五月十三日の二十二時……。五月十三日の二十二時……。

ユーゲンハイムの言葉が壁のスピーカーから、繰り返し聞こえてくる。

平賀は白く長い廊下を歩いていた。

左右にずらりと白い扉が並んでいて、それぞれに数字のプレートがついている。

平賀はその中から、〇五一三二二のナンバーがついたドアを開いた。

そこは五月十三日夜半の平賀の居所で、平賀は机に向かってパソコンを開き、ハサン師が炎に包まれている映像を見ていた。

ビデオは平賀自身が撮影したものであったが、何度見ても、赤外線モードに切り替えて見ても、炎の原因は捉(とら)えられない。

そこで次に平賀は、テレビ局が撮影した映像のコピーDVDを手に取った。ビルの協力によって、警察本部から半ば無理矢理借りてきた代物である。

最初のDVDには、ごく近距離からのステージ上の様子が映っていた。平賀のフィルムより、ずっと鮮明にステージの動きが分かる。

一コマずつ、注意しながらそれを見ていく。

だが、そこで明らかになったのは、ハサン師が炎に包まれたとき、周りに火種はなく、不審者もいないという事実であった。

次のDVDは、少しステージから引いた場所から撮られていた。おそらく位置から言えば、会場の中央辺りからステージを撮影したものだ。

三人の代表者達が、一つの画面に映り、その動きがよく分かる。それから前列の観客達の動きも良く分かったが、不審な動作をしている者を見つけ出すことは出来なかった。

次のDVDは、ハサン師だけを追っている映像であった。

その次はアントニウス司祭だけを追っているもの。

その次はワセド主教だけを追っているもの。

誰にも怪しい点はない。

最後に残されたのは、ステージ上から観客席を撮っているDVDであった。

聴衆は手に手にプラカードを持って、自分達の指導者を応援している。

そうかと思えば、多数のプラカードで人文字や絵を浮かび上がらせている。

特に壮観なのは、ローマカソリックの応援席だった。

何千という人々が一致団結して、彼等のシンボルカラーである青をベースに、プラカードで「アントニウス司祭万歳」、「マリアの慈悲あれ」、「主はわたしたちとともにいる」などという大きなラテン文字を浮かび上がらせる。

した。
そしてきらきらとした後光を背負ったキリストの姿に見入っていた時、平賀は、ハッと
よくもこれだけの人数が、ぴったりと息を合わせられるものだと平賀は感心した。
聖アントニウスの姿や、キリストの顔や、マリアの姿などである。
その間には凝った絵も現れた。

後光に使われている銀色のプラカードの数を確認する。

カードの数は全部で二百枚近い。数的には十分だ。

それから時刻を確認した。

太陽が南中にあり、その日の中で一番熱い時刻である。その瞬間は、ハサン師が炎に包まれた時刻とも一致した。

（恐らく、アルキメデスの熱光線だ……）

そう思った時だ。誰かが居所のドアをノックした。

何者かの声が平賀にドアを開けるように命じた……ような気がする。

とにかく、平賀は素直に立って、ドアを開いた。

廊下には誰かが立っている。なのにその顔も姿もよく見えない。

その者は、まるで暗闇のベールを被っているようであった。

＊　＊　＊

「……貴方は静かに目を覚まします」

　ユーゲンハイムの声が聞こえて、平賀は再び目を開いた。

「ハサン師が炎に焼かれた方法が分かりました。あれはアルキメデスの熱光線です」

　平賀は体を起こしながら言った。

「なんですか、それは？」

　ビルが不思議そうな顔をした。

「言い伝えにあるのです。紀元前二百十四年にローマがシラクサを攻撃した時に、ギリシャの科学者であるアルキメデスが海岸に鏡を並べて、太陽の反射光をローマの船にあてて焼き払い、町を救ったといいます」

「僕もその話は知っているけれど、そんなことが本当に可能なのかい？」

　ロベルトは半信半疑な様子だ。

「出来ると思います。実際、ギリシャの技術士が一九七三年に再現してみせました。その時は、縦一・五メートル、横九十センチの平面鏡を六十人の兵隊にもたせて、岸から五十メートル離れたボートに太陽の像を結ばせました。すると数秒でボートは炎上したと記録されています。

事件のあったあの日、会場には鏡と同じように太陽光を反射する銀色のプレートを持った人達が二百人はいました。その人達が一斉に、ハサン師に太陽光を反射させたならば、間違いなく人体は燃え上がるでしょう」

「ということは、二百人もの人々が、殺人の共犯だというのですか？」

ビルが驚いた顔をした。

「それは分かりません。もしかしたら、彼らも誰かに操られていたのかもしれません。私と同じように、それがいつからかも分からないぐらいに、ずっと……」

平賀はそう言って爪を噛んだ。

「貴方のような聡明なお方が、そんな風に誰かに操られていたというのですか？」

ビルが訝しげに言った。

「おそらく……。それらしき人物が、私の居所に何度も訪ねてきていたようなのです。私はその人物にまるで逆らう気がないのです。警戒心もまったくないまま、居所の扉を開いて、その人物を迎えていました……」

「それは誰なんです？」

ビルが身を乗り出した。

「それが良く分からないのです。男か女なのか、声すらはっきり思い出せません」

答えた平賀の声は固かった。

「全く、ですか？　少しのヒントもなく？」

「はい、全く」

するとそれまで黙っていたユーゲンハイムが口を開いた。

「はっきり言って、そんな魔術師のような暗示をかけられる人物がいるなら、わしが教えを乞いたいもんじゃ。いいかな、まずその人物は語学が非常に堪能でなければならん。言葉が通じなければ暗示もなにもありゃせんからな。少なくともルノア語もラテン語もイタリア語も達者だということになる。そして人の心を瞬時にして捉えられる直感を持っている天才的な催眠術師じゃ。にわかには信じがたいが……」

「そうですよ。第一、そのような有能な人物が、あんな小さな村に埋もれているものでしょうか？」

ビルが不審げに言った。

「いいえ、きっとあの村にいるのです。そして、普段はその凶悪な爪を隠し、人を欺いているに違いありません。敵はかなり周到な奴ですよ」

ロベルトは苛立った声をあげた。

「ええ、そうですね。そして記憶ばかりか、証拠まで消し去るほどに用心深い……。そんな人物によって私は『サタンの爪の手で廃工場に連れ去られ、薬品にあたった』という暗示を与えられたのでしょう。でも、一体、それは誰なのか……」

平賀が呟いた。

5

「さて、じゃあ今度は僕の番だ」

ロベルトがそう言って立ちあがった。

「お前さんは何をキーワードにするつもりかね？」

ユーゲンハイムが尋ねる。

「『スコット・ヨゼフ・オースチン神父』です。僕の性格上、彼に連絡を取っていないわけがないんだ」

ロベルトはそう言って、バスタブに横たわった。

それはアントニウス司祭を襲撃した犯人、マイク・ホワイトが最後に告解した相手の神父の名であった。

朦朧（もうろう）としてくる頭の中で、「スコット・ヨゼフ・オースチン神父」という言葉が何度も繰り返された。

スコット・ヨゼフ・オースチン……。

頭の中がその言葉一色になっていった時に、ロベルトは光の渦に巻き込まれ、気がつくとラプロ・ホラ教会の経理室の扉の前に立っていた。

＊　＊　＊

扉を開くと、五月九日のロベルトが、電話の受話器を手に立っていた。

『全く、貴方には参りましたよ。よりにもよってバチカンから直々のお沙汰があったとなれば、話をしないわけにはいかないでしょう。ですがこの話はくれぐれもご内密に』

その声は、モンタナのマイルズシティの神父、スコット・ヨゼフ・オースチンだった。

「ええ。有り難うございます。それでアメリカを発つ前日、マイク・ホワイトは貴方にどのような懺悔をしたのでしょうか？」

『マイクは自分がこれから罪を犯さなければならないことを告白しに来たのです。勿論、私は止めましたが、彼はそうしなければならないのだと信じていました』

「どうしてでしょう？」

『自分の愛する者がキリストの裁きを受ける身だと知ったからだそうです。彼はもうすぐキリストが再臨すると信じ切っていました。様々なしるしがそれを告げているのだと……。そうなると、自分のガールフレンドや両親は地獄に落とされてしまうと考えていました。

しかし彼は、もうすぐ両親やガールフレンドを悔い改めさせることが出来るといいました。〝導く者〟がそうしてくれるのだとね。だから、それまでの間、キリストが降臨して裁きが行われるのを遅らせなければならないというのです。そのために、自分は愛する人々の犠牲となって罪人になるといいました』

「それはまた……随分と奇妙な話ですね」

『ええ。何故、彼がそんなことを信じ込んでいるのか、私には全く理解できませんでした。私なりに彼を理解しようと努め、また彼を説得したのですが、彼は〝導く者〟が言ったのだから間違いないと言い張りました』

「〝導く者〟のことを、マイクはどのような人物だと言っていましたか？」

『〝導く者〟は彼と同じく、キリストに仕える求道者だと言っていました』

「では、マイクは悪魔崇拝主義者ではなかった？」

『まさか、マイクは純然たるカソリック信者で、キリストを慕う者でしたよ。〝導く者〟とも教会で知り合ったのだと言っていました』

「教会と言うと、そちらの教会で出会ったのでしょうかね」

『分かりません。けれどマイクは日曜日ごとにここに来ていたので、そうかも知れません』

「マイクと親しかった人物で、怪しい思想を植え付けそうな者に心当たりは？」

『ありません。もしそうした人物に心当たりがあれば、気をつけていました』

「そうですか。マイクのご両親のことはよくご存じですか？」

『ええ、彼等もずっと教会に通う人達でした。父のノーマンはコンビニエンスストアを経営していて、母のエマは専業主婦です。二人とも人柄が良くて、なぜ彼等が地獄に堕ちるなどとマイクが思いこんでしまったのか……不思議でしょうがありません』

「ガールフレンドは、どうですか？」

『ベラドンナという名前は知っていますが、直接、見知ったことはありません。ただ、マイクが大層彼女に夢中だということは分かりました。大変な美人だと話をしていましたしね』

「ベラドンナ？」

『ええ、ベラドンナです。名字は知りません』

ロベルトは、昨日のミサで目の病から癒えた、ゴーシュ・ラダノアの言葉を思い出した。

　彼女の名はベラドンナと言って、とても素敵な美人なんです。私を深い信仰に導いてくれたのは、他ならぬ彼女ですよ。

「スコット神父、お話を聞かせて頂いて有り難うございました」

電話を切った後、ロベルトはゴーシュの連絡先を繰り、彼に電話をかけた。

『はい、ゴーシュです』

「こんにちは。昨日の日曜ミサでお会いしたロベルト・ニコラスです」

『ああ、バチカンの神父様ですね』

「あれから目の具合はいかがですか？」

『目なら、問題はありませんよ』

「そうですか、それはよろしかった。ところで、一つお伺いしたいことがあるのですが」

『なんでしょう？』

「貴方がお話ししてくれた、ベラドンナという女性のことなのですが……」

その時電話の向こうから、「ああっ……」と溜息が聞こえた。

「どうかされましたか？」

『いえ、私ときたら、目が見えるようになったら彼女にプロポーズしようと思っていたのに、彼女の住所や連絡先を書き留めていた手帳を無くして、連絡が取れないんです』

「電話番号を覚えてはいないんですか？」

『それがど忘れしてしまって……』

「住所も……ですか？」

『えっ、ええ……。おかしいでしょうか……』

ゴーシュが所在なげに答えた。

いくら何でも、結婚を考えていた女性の電話番号も住所も忘れてしまうなど、あるものだろうか？

ロベルトは首を傾げた。

「そうですか。よろしかったら、私が教会の名簿でお調べしましょうか？　ベラドンナさんの姓名を教えて頂けるでしょうか？」

『それは有り難い。確か、マルシェです。ベラドンナ・マルシェ』

「ベラドンナ・マルシェですね。分かりました」

ロベルトは電話を切り、ノートパソコンを持って村の会議所に向かった。ネットでバチカン情報局にアクセスすれば、ベラドンナを探せるだろうと思ったからだ。

会議所に行き、奥の部屋に入る。いつものように、ペトロパ婦人とヨルダレカ夫人、ダニエラ老人とニコライ老人がカードゲームをしていて、その奥でヨハンナ婦人が編み物をしていた。

「あら、神父様。今日は何の御用かしら？」

ペトロパ婦人が声をかけてきた。

「人探しをしているので、ネットを使わせてもらおうと思いまして」

「どうぞ何でも使っていただいて結構ですけど、名前を言って下されば、誰かが知っているかも知れませんよ」

ヨハンナ婦人が言った。

「そうですね。ベラドンナ・マルシェという女性です」

「ベラドンナ・マルシェ？　聞いたことがないわね……。ねえみんな、ベラドンナ・マルシェって知っている？」

ヨハンナが大きな声で、周囲にいた老人達に訊ねた。

「知ってるか？」

「さぁ、聞いたことがないな」

「お前さんは？」

「わしも知らんよ」

老人達は口ぐちにそう言って、首をかしげた。

「誰も知らないなんて、おかしいわねえ。大概、お友達なのにね」

ヨハンナ婦人が不思議そうに呟いた。

「そうですか。あとはネットで探してみますから、大丈夫です」

ロベルトは自分のパソコンからバチカン情報局のデータにアクセスし、ベラドンナ・マルシェの名を探した。

カソリック信者なら、ここでひっかかるはずだ。

大袈裟かも知れないが、確実な方法である。

二百三十二件がヒットした。

ロベルトは次々と情報を読み込んでいった。

だが、マイクやゴーシュと繋がりがありそうな「ベラドンナ・マルシェ」はなかなか探し当てられない。

そのうちロベルトは、異様な情報を目にして首を傾げた。

それはイタリア警察の記録であった。

ヨハネ・パウロ二世の暗殺を企てたアリ・アジャを獄中訪問した人物名簿の中に、「べラドンナ・マルシェ」の名が数回、登場するのである。

ベラドンナ・マルシェはアメリカ人女性記者ということになっている。住所はモンタナのマイルズシティ、オーク通り二三三四番。

これは何十年も前の記録だ。

マイクやゴーシュと年代的には繋がりそうにはない。

だが……。

彼女の住所はマイクが通っていた教会と同じ「モンタナのマイルズシティ」である。

それに、マイク・ホワイトとアリ・アジャは、謎の秘密組織の介入と暗殺という二つのキーワードが一致する。

何かがひっかかる。

ロベルトは考え込んだ。

(ベラドンナ・マルシェとは何者なんだ？)

その時ふと、ロベルトの目に、パソコンの横の壁に貼られた一枚の写真が飛び込んできた。

それは男女三十人ばかりの集合写真で、遠くに教会らしき建物が写っている。

随分と古いもののようで、セピア色に色褪(いろあ)せている。

(待てよ。この教会、どこかで……)

そう思った瞬間だ。

ふっと部屋の電気がかき消えた。

ロベルトは不意に誰かに目隠しをされたように——それとも悪霊に目玉を奪われでもしたかのように、突然、あらゆる光を奪われた。

目も耳も働かず、手足も動かない。

ねっとりとした闇の中に引きずり落とされたロベルトの周囲を、姿のない悪霊がはいずり回っている気配がする。

『ベラドンナ・マルシェ、お前はそこにいるのか？ 姿を見せろ！』

ロベルトは声にならない声で叫んだ。


魔女め……魔女め……！


バンゼルジャ神父の狂おしい叫び声が、ロベルトの脳裏によみがえった。

(狂人とばかり思っていたあの男は、僕と同じこれを体験していたのではないのか？ それとも僕自身が狂い始めているのだろうか……？)

ロベルトは身震いをした。

その時である。どこからか、ユーゲンハイムの声が聞こえてきた。

「迷ったら扉を探しなさい……そこに光があり、私がいます」

ロベルトは重い手足をひきずって、部屋の扉に向かって身を投げた。扉が開き、そこに現れた光の渦に向かって、彼は飛び込んだ。

＊　＊　＊

ロベルトはゆっくりと目を開いた。

「酷くうなされていましたが、何か思い出しましたか？」

平賀が覗き込んでいた。

ロベルトは、がばりと身を起こした。

「ベラドンナ・マルシェだ！」

「誰です、それは？」

「誰だかよく分からない」

「それじゃあ、答えになっていませんよ」

「ああ、確かにそうだね。……一寸、頭を冷やして考えるから待ってくれ」

ロベルトは深呼吸をし、思い出した事実を説明した。

「つまり前法王ヨハネ・パウロ二世の暗殺未遂事件と、『サタンの爪』による暗殺事件および暗殺未遂事件には関係があるかもしれないと？」

ビルは片肘をテーブルにつき、顎に手をあてて首を傾げながら言った。

「分かりませんが、どちらの事件にも『ベラドンナという名前の美女』と、『モンタナのマイルズシティという場所』、『背後にテロ組織の名前があること』が共通します」

ロベルトは答えた。

「前法王の暗殺未遂がKGBの仕業だという噂は絶えませんが、結局、あの事件は誇大妄想と虚言癖を持ったアリ・アジャという青年による単独犯行ということで片が付いています。あの時代、旧ソ連が前法王を亡き者としたがったのは事実なのでしょうが……。しかし、アリ・アジャの自供からは結局、信憑性に足る何の裏付けも出てきませんでしたし、そうなればアリ・アジャを信じる根拠はどこにもありません」

ビルが言った。

「あっ、そういえば、『根拠のない妄想じみたことを語る実行犯』という点においても、この二つの事件は共通していますね」

平賀がひらめきを呟いた。

「前法王様はポーランドの民主化を後押ししたり、ウクライナやリトアニアといった共産主義国のカソリック共同体すべてに、ソビエトから見れば危険な発言を行っておられた。これはまず事実です。そしてKGBが自分達と非常に近い立場のブルガリア秘密警察に対し、『反共プロパガンダに対抗するあらゆる手段を取るように』と要請をしていました。これも事実です。実際、アリ・アジャは『ブルガリアの工作員によって暗殺を指令された』とも語っていましたよね？」

ロベルトが言った。

「しかし神父様、アリ・アジャの自供が二転、三転していたことも事実です。『ブルガリアの工作員によって暗殺を指令された』という供述だって、ある日突然、思いつきのように出てきた話です。アリ・アジャはある日、写真で工作員の顔を確認して、その習慣や住まいについて長々と話し、電話番号まで警察に教えました。ところが、それで逮捕された容疑者達は、どう調べても工作員などではなかったんです。キャリアもぱっとしないし、あやしいところも、気になる点も全く見あたらない。しかも頭脳明晰（めいせき）であるはずのスーパーエージェントとして名を挙げられた者の中には、英語もイタリア語も話せず、車の運転すら出来ない者までいた……。これらがアリ・アジャの単なる虚言や言い逃れでなくて、一体、何なんでしょうか？」

　ビルが懐疑的に言った。

「でも、もしも誰かが、アリ・アジャに偽の情報を次々と植え付けていたとしたら？」

　ロベルトの目が妖（あや）しく光った。

「そうなると、ベラドンナ・マルシェという人物が複数回、アリ・アジャを獄中訪問しているのが気になりますね……」

　平賀が呟（つぶや）いた。

「つまり、アリ・アジャは誰かに操られていた……と。そして、彼を操っていた人物こそがベラドンナ・マルシェだと、神父様がたは思うのですね？」

　ビルが腕組みをした。

「はい。そして最初、アリ・アジャが『灰色の狼』なる秘密組織に育てられたと語ったのと同じように、今度はマイク・ホワイトら三人が『サタンの爪』という実体の無い秘密結社をでっち上げたのです。それによって、ありもしない組織の捜査にＦＢＩは翻弄される。その間に真犯人であるベラドンナ・マルシェは敬虔なカソリックの若者達を、カソリックの教義にのっとって洗脳し、次次と暗殺者に仕立て上げている……。どうでしょう、この仮説を否定できますか？」

「なる程、調べてみる価値がありそうですね。ベラドンナ・マルシェの詳しい住所はどこと仰いましたっけ？」

　ビルが携帯電話を手にした。

「モンタナのマイルズシティ、オーク通り二三三四番です」

「念の為、その住所に調査員を派遣しましょう」

　そう言うと、ビルはＦＢＩの本部と連絡を取り始めた。

「ベラドンナといえば、私を操っていた人物が、確かベラドンナの花を持っていました。私たちの敵はやはりベラドンナ・マルシェなのですね……。とはいえ、それが本当は誰なのか……。思い出せないのが歯痒いです……」

　平賀が呟いた。

「ふーむ。ベラドンナとは、全くうまく言ったものじゃな」

　ユーゲンハイムが髭を撫でた。

「どういう意味でしょうか？」

平賀が訊ねる。

「ベラドンナとは、イタリア語で『美しい女性』という意味でな、花言葉は『沈黙』。ベラドンナに出会った者達は、美しい女性だということ以外に語る言葉を無くすしかなかった。それ以外の情報を記憶から抜かれ、沈黙させられたんじゃ。ちょうどお前さんらのように……」

ユーゲンハイムが唸った。

ロベルトは額を押さえて、懸命に何かを思い出そうとしている。

「ねえ、平賀。会議所の壁に貼られた、古い写真があっただろう？」

「あ、はい。ロベルトが妙に気にしていた、色褪せた写真のことでしょうか。誰かの旅行の写真だとかいう……」

「あれが旅行だなんて、とんでもない。今、分かったぞ。あの教会はサロフ修道院だ！」

「サロフ修道院？　聞いたことがありませんが……」

「まあ、そうだろう。一七〇六年に建てられ、二十世紀初頭には三百人あまりの修道士を抱えたが、一九二七年以降は政府に強制接収された。さらに冷戦時代になると、サロフ一帯が閉鎖都市となったんだから」

「閉鎖都市？　なんですか、それは」

「旧ソ連政府は秘密研究や兵器開発などを極秘裏に行うために、実験研究都市を各地に建設した。その一つがサロフ市だ。閉鎖都市には当然のことながら、外国人はもとより、自国民も元住民も中に入ることが許されなかった。その町の中で写真を撮り、それを記念として持ち帰って壁に飾っていたということは、あの村の会議所の誰かがサロフの関係者ということだ……」

「なにっ、サロフじゃと?!」

ユーゲンハイム博士がふるふると拳を震わせた。

「それならわしにもハッキリ分かることがある。お前さんらを洗脳した化け物の正体はな、サーベルト・イロイヒじゃ」

6

「サーベルト・イロイヒ?」

平賀たちは聞きなれない名前に首をひねった。

「ポーランド出身の旧ソ連科学アカデミー科学者で、『サロフの怪物』と呼ばれた男じゃよ。弱冠二十歳で執筆した『呪いと祝福』という論文の中で、イロイヒは強力なシンボルと概念、そして教義などを共有することにより、呪いと祝福が実現すると説いておった。その後はハイチのブードゥを始めとした各地の宗教儀式と呪いの研究から、独自の呪いと祝福の方法を編み出し、冷戦時代にはサロフに存在した『脳活動・超能力活動研究所』において、研究と実験を繰り返しておったという。その研究は後に、二重スパイや暗殺者を作る為に活用されたと噂されておるのじゃ。

冷戦以降、イロイヒの研究結果は散逸し、現在ではサンクトペテルブルクにある『思考暗示専門研究室』にいくつか残されておるだけとなった。しかし、その暗示の効力は絶大じゃったらしく、盲目になる呪いをかけた女性が実際に見えなくなり、二年間、盲目の状態が続いた後、イロイヒの考え出した祝福の方法で、再び見えるようになったという報告まである」

ユーゲンハイムの言葉に、平賀はハッとした顔になった。

「待って下さい。もし、それが本当だとすると、アントニウス司祭が行っている癒(いや)しの奇跡も説明できるかもしれません。私はプラシーボ効果のことばかり疑っていましたが、病の原因が強力なノーシーボの暗示、すなわち『呪い』によるものだったとしたら……。最初に病の暗示をかけた時に『どうすればその暗示が解けるか』を予め教え込んでおくのです……。

そう、アントニウス司祭が行う癒しの奇跡は、一人一人、それを治す方法や所作が違いました。それはノーシーボを解く為の合図だったのかもしれません。ノーシーボによって、癌になるかどうかは難しい問題ですが……」

ユーゲンハイムは「そうでもないぞ」と首を振った。

「事例こそ少ないが、催眠治療によって癌、多発的硬化症、脳卒中後の麻痺(まひ)、皮膚切除後の後遺症、癲癇が解消したケースは確かに実在しておる。一八九六年のH・シュタッデルマンレポートには、催眠によって五十三歳になる女性の乳癌が明らかに退縮したという報告もあるのじゃ。

イボ、腫瘍、爛れといった器質性の疾患に対して催眠治療が高い効果を及ぼすことは、昔から知られておる事実じゃよ。ただし、なぜ治るのか、その理屈は分かっておらんのじゃがな」

「ということは、催眠によって器質性の疾患が生じる場合もあるわけですね。あるいは、強い暗示力を持った人間が、診察した医者達に『この患者は癌だ』と暗示をかけた……というケースもあるかもしれない」

ロベルトが言った。

「しかしながら、こちらの平賀神父は心停止まで起こしたのですよ。暗示によって心停止が起こるなんて、本当にありえるのでしょうか？　私はFBIの研修で、本人にとって不都合な暗示は普通、かかりにくいと教わりましたが……」

ビルは合点のいかない顔である。

「はっ、若造が何を言うておる。旧ソ連科学アカデミーの連中は普通などではないわい。わしらと彼等が、どれだけ科学の攻防戦をしたかお前などはしらんじゃろう。奴らは恐ろしいぞ。スターリンは進歩的な理論を持った学者達を世界中から召還し、彼等がやりたいだけの実験を、惜しみなくやらせたのじゃ。非人道的であろうが非倫理的であろうが、お構いなくな。サーベルト・イロイヒもそんな学者の一人じゃよ」

　ユーゲンハイムは吐き捨てるように言った。

「僕も噂ぐらいなら知っています。冷戦下の鉄のカーテンの向こうでは、旧ソ連政府がテレパシー実験や、意識を体から別の体へ移植する実験、超能力者を育成し、透視によって敵国アメリカの軍事施設を透視する実験などを行っていたとか……。『モスクワ・シグナル』といって、非常な低周波をラジオ信号に乗せて、世界中に発信していたとか……」

　ロベルトが言った。

　ユーゲンハイムは、コーヒーを啜りながら言った。

「噂などではない。真実じゃ。なにせ冷戦時代というのは、事実上の第三次世界大戦じゃ。当時のアメリカとソビエトは、互いに技術開発の競争に明け暮れておった。洗脳技術などもその一つでな。現にソビエトにおいては、七・八三ヘルツのシグナルがシューマン共鳴で人をリラックスさせ、一〇・八ヘルツのシグナルは逆に人を凶暴にすることが知られ、そうしたシグナルを操って、人の行動をコントロールする研究が行われておった。

　あるいは、マイクロ波兵器とマインド・コントロール技術を組み合わせた『アコースティック兵器』は、特殊な低音波で脳細胞に記憶された情報を消去する技術として知られておる。

　アメリカ側はというと、アラン・フレイという学者の研究を元として画期的な発明をしておる。フレイはのう、二百メガヘルツ〜六・五ギガヘルツの高周波を受けた人体の組織が瞬間的なエネルギー吸収によって熱膨張を起こし、その振動によって弾性波が起こり、その弾性波が聴覚器を振動させ、それが音として認識されることを物理的に証明したのじゃ。

それを応用し、マイクロ波をパルス波形にして人に照射することで、実際には聞こえない音を聞かせることができる『人工テレパシー』の研究も行われておった。実験に成功したケースでは『頭の後ろか内側から音が聞こえた』というレポートが残されておる。この技術で言葉を繰り返し聞かせれば、聞かされた者は、その言葉を自分の考えたことだと錯覚し、簡単に洗脳される。

同じくマイクロ波を研究したスタンフォード大のカール・プリブラムは、映像を大脳がどのようにプロセスして記憶するのか、その解明に成功した。その実験を引き継いだマイケル・パーシンガーはターゲットが『UFOに誘拐された』とか『神に会った』と思いこむような経験を作り出す方法を見つけておる。じゃがな、こうした技術については、ソビエトの奴らも同等のものを開発しておったと……そう言われておる」

「まるでSFですね……」

ビルは鳩が豆鉄砲を食らったような顔で呟いた。

「私が知っているのは、スターリンが創設した極秘施設の中で行われていたといわれるウラジミール・デミコフ博士の実験です。彼は犬の頭を体から切り離して生かし続けたり、頭を別の犬にくっつけて双頭の犬を作ったりする実験をしていたそうです」

平賀が言った。

それを聞くと、ビルは顔を歪めた。

「なんて猟奇的な実験だ……」

「ですが、その実験が後の臓器移植を可能にしたのですよ。ウラジミール・デミコフは第二次世界大戦中に軍医をしていて、負傷兵の手足を切断したり縫合したりしている間に、心臓や肺も移植できるんじゃないのかという考えを持ったそうです。当時としてはそれは狂人の発想でした。ですがスターリンは彼を認め、極秘施設を創設して、臓器移植と生命延長のためのあらゆる実験を行わせました。その結果、デミコフは動物間での心臓と肺の移植に成功し、『重要臓器の実験的移植』という本を発表します。それが現代の臓器移植技術の指南書となったんです」

「ソビエトの脅威やKGBの陰謀など、もう過去のことだと思っていたのに、まだその亡霊が彷徨っていたなんて……」

ビルは呻くように言った。

「今回の事件で、私には一つ面白いことが分かりました。心停止していても、私の暗示が解けたということは、脳死していないかぎり、意識もあって耳も聞こえると言うことです。確かに私はあの時、アントニウス司祭の声を聞きましたから。理論ではありえると言えますが、さすがに経験してみないと分からないところがありますものね」

平賀はまるで楽しい思い出を語るかのように言った。

「あんなことはもう二度とごめんだね」

ロベルトは、平賀が死んだと思った時の、どうしようもない悲しみと胸の痛みを思い出して言った。

「ところで、あの村の誰が、サーベルト・イロイヒだったのでしょうか？　アントニウス司祭ではありませんよね。おそらく彼も犯人に暗示をかけられた被害者でしょうから……」

平賀がぽつりと呟いた。

「イロイヒは一九〇二年生まれじゃから、もう生きてはおらんじゃろう。その村におったのは、おそらくイロイヒの弟子か、あるいはその子どもじゃろうな」

その時、ユーゲンハイムが顎髭を撫でて言った。

ロベルトが毅然とした顔をあげた。

「分かった……。僕と平賀に暗示をかけ、水の上を歩いているのだと思わせることができた、たった一人の人物がいる」

「それは誰ですか？」

皆がロベルトを見て尋ねた。

「ヨハンナ婦人だよ」

ロベルトの答えに、平賀はひどく驚いた声をあげた。

「ヨハンナ婦人ですって？　あの小柄な優しい老婦人が？」

「僕らが初めて村に行った道の途中、彼女がロザリオの祈りを行っただろう？　今思えば、あの時、時間の感覚が少しおかしかった。君は不思議そうにこう言っていたよ。『なんだかあっという間に時間がたったように感じますね』って」

「確かにぼんやりしていたのを覚えています……」

平賀が呟いた。

「FBIのデータベースで、イロイヒの家族を調べてみます」

ビルがパソコンでFBIの人物検索をかけた。

皆がその画面に見入る。

「あった……これだ。サーベルト・イロイヒには娘がいる。たった一枚だけ、家族写真が記録されている」

画面に映っていたのは、東欧の国のどこかの町並み、その前に佇む一組の家族である。

初老の男性がイロイヒであろう。その男性に寄り添うようにして若い女性が立っている。

大きな瞳が印象的なその女性の顔立ちには、確かに老ヨハンナと共通するものがあった。

「やっぱりそうだ……」

ロベルトが呟いた。

その時、ビルの携帯電話がけたたましく鳴った。

ビルは電話を取って隣の部屋に歩いていき、熱心に話し込んでいる。

そして十分ほどして戻ってきた。

「モンタナのマイルズシティ、オーク通り二三三四番の調べが終わったようです。その家は、四十二年前からベラドンナ・マルシェの名前で借りられていました。大家は借り主の顔を見たことはなく、それでも月々、滞りなく家賃が納められていたために、何ら問題は感じなかったといいます。隣近所に聞き込んでも、皆、一様に『美しい女性』が住んでいたと言うだけで、他の情報は一切ないそうです。大家の許可を取って捜査官が入ってみたところ、作り付けの家具と電化製品があるだけの部屋は引っ越してきたばかりのようにピカピカで、住人の手がかりとなる衣類や写真のようなものは一切なく、指紋すら見あたらないということです。ただ、ガスメーターや水道メーターは最近まで人が住んでいたことを示しているのだとか……。詳しい資料は明後日届きます」

「まさかそこに住んでいたのもヨハンナ婦人でしょうか？」

平賀はロベルトに訊ねた。

「誰だかわからない。わかっていることは、そこに住んでいた彼女も『ベラドンナ』であったということだけだ。おそらくアメリカで『サタンの爪』がらみの事件を起こしていたのは、そのベラドンナだろう」

ロベルトが答えた。

「そっちのベラドンナには逃げられたかもしれませんが、ルノアのベラドンナことヨハンナ婦人を逃がすことはできませんね」

ビルが言った。

「簡単に捕まえられる相手ではなかろう。作戦が必要じゃ」

ユーゲンハイムが鋭い目でビルを見た。

「どうすればいいでしょう?」

平賀が首を傾げた。

それから四人は、ヨハンナ婦人を捕まえ、彼女の罪を立証するための作戦を立てたのだった。

エピローグ　主の秩序と魔のさえずり

1

ロベルトと平賀は、ビルの運転する車で村へ向かった。

会議所前でロベルトと平賀は車を降り、ビルは車内で待機する。

それはヨハンナの洗脳術を回避し、確かな証拠を得るための作戦であった。

ロベルトと平賀の体に付けた隠しカメラからの映像と音声を、ビルが録画、録音しておこうというのだ。

「さて、ヨハンナの家を訪ねようか」

ロベルトは辺りを見回した。

会議所の窓から見えた、庭にコスモスの咲く青いポストの家を目で探す。

家の番地は一三五六番だ。よく覚えている。

ところが、一目見れば分かるはずのその家が、どんなに探し回っても見つからない。

「ヨハンナ婦人の家がありませんね……」

平賀が戸惑った顔で言った。

ていた。

「会議所で訊ねてみよう」

ロベルトと平賀が会議所に入っていくと、相変わらず老人達がテーブルを囲んで談笑していた。

ペトロパ婦人は二人の姿を見ると、いつものように親しげに声をかけてきた。

「まあ、ようこそ、神父様方。もうルノアを発たれたのだと聞いて、とっても残念に思っておりましたのよ！」

「実は、ヨハンナ婦人にお話があって戻ってきたんです」

ロベルトは答えた。

「ヨハンナ婦人？」

ペトロパ婦人は怪訝そうな顔をした。

「そうです。ヨハンナ婦人はどこにおられます？」

「まあ……神父様、失礼ですが、一体、何の話をしていらっしゃるんです？　ヨハンナなんて人は知りませんよ」

「えっ……知らない？」

「いつもここにいた、小柄な老婦人ですよ。よく猫を連れていた……」

平賀とロベルトが口ぐちに言ったが、ペトロパ婦人は首をひねっていた。

「聞いたことがないわ……。ねえみんな、ヨハンナ婦人って知っている？」

ペトロパが大きな声で、周囲にいた老人達に訊ねた。

だが、部屋にいる老人達は口をそろえて「知らない」と言うばかりだ。

ロベルトと平賀は顔を見合わせた。

ペトロパ婦人や老人達は、ヨハンナの暗示にかけられた被害者なのか？

それとも本当はヨハンナの仲間で、ただ「知らない」と嘘をついているのか？

それを見分ける術はなかった。

「そうですか……それなら結構です。ところで、またパソコンをお借りしていいでしょうか？」

ロベルトはそう言うと、平賀とともにパソコンのある場所へ移動した。

パソコンの近くに貼ってあった、サロフ修道院の写真を探す。

あの写真に写っていた人物達の顔があれば、ヨハンナの顔も、あるいは共犯者が誰かも分かるだろう。

しかし、どこを探しても写真は見あたらなかった。

「何をお探しですか、神父様」

ダニエラ老人が不思議そうな顔をしてやって来た。

「この壁に貼ってあった、古い集合写真を探しているんです。背景に教会が写っているものなんですが」

ロベルトが答えると、ダニエラは首を傾げた。

「教会を背にした集合写真？　ああ。これのことでしょう」

　ダニエラが手にとったのは、ラプロ・ホラ教会を背にして微笑む、老人会のメンバー達の写真だった。そこにもヨハンナは写っていない。

「この他に、もっと古い写真はありませんか？」

　ロベルトは念を押してみたが、ダニエラは首を振った。

「私が知る限り、教会を背景にした写真はこれぐらいですよ」

「そうですか。ところで、貴方もヨハンナ婦人をご存じありませんか？」

「誰ですかな、それは」

　ダニエラは、目を瞬いている。

　そこにバスケットを手にしたロザンナ婦人が入ってきた。

「ごきげんよう、ダニエラさん。お久しぶりですわね、バチカンの神父様がた。今日は私、蜂蜜入りのマフィンをお届けにきましたのよ。良かったら召し上がれ」

　ロザンナ婦人はそう言って、二人にマフィンを差し出した。

「ありがとう、ロザンナ婦人。以前、僕たちが貴方のお家にお邪魔したことを覚えてらっしゃいますか」

　ロベルトが尋ねた。

「勿論ですわ。息子のピエトロの病気の事を尋ねていらっしゃいましたわね」

「そうです。その時、貴方の家のテーブルには、三環用のロザリオが置いてありました。それはピエトロ君の病気を心配して、お友達がくれたものだと貴方は仰った」

「まあ、よく覚えてらっしゃるのね」

「あなたにロザリオをくれたお友達というのは、誰ですか？」

ロベルトの問いに、ロザンヌは不思議そうな顔をした。

「おかしな事を聞く神父様ですわね。確かに、ピエトロのお友達のビアンカという少女が、木彫りのロザリオをプレゼントしてくれたことはあったけれど……。なぜそんな事をお尋ねになりますの？」

ロザンヌは逆にロベルトに尋ね返した。

「駄目だ、平賀。誰もヨハンナを覚えていないらしい」

ロベルトはイタリア語で平賀に言った。

「誰かが嘘をついているのでは？　恐らくヨハンナは主犯ですが、あれだけのことを全て一人でこなすのは不可能です。どこかに仲間がいるはずです」

「勿論、仲間はいるんだろう。だけど、それが誰かがわからない。窓から見えたはずの彼女の家さえ、偽の記憶だったんだ。何を信じていいかなんて、僕には判断できない」

「ああ……。困りました。これからどうします？」

「教会に行ってみよう。神父達からも話を聞いてみたいし、地下のからくりのことも調べなければ」

「ええ」

二人は会議所を出た。

「サスキンス捜査官、僕達はこのまま教会に向かいます。電波の届く距離で追って来て下さい」

ロベルトはマイクでビルに伝えた。

村は相変わらず穏やかで、平和そうであった。見慣れた郵便局や雑貨屋があり、人々が往来している。

ロベルトと平賀はソルージュ川にかかる橋を渡り、教会の扉を潜った。

教会は何故か、酷く静まり返っていた。

いつもなら神父達が祈る声が絶え間なく聞こえているというのに、もぬけの殻にでもなったような静けさである。

不審に思いながら聖堂へと入っていったロベルトと平賀の足下に、一匹の黒猫がまとわりついてきた。

ヨハンナの猫だ。

「ミーシャ」

と、聞きなれた、柔らかい声が辺りに響いた。

ミーシャは聖堂の中を、まっすぐ祭壇に向かって走っていく。

ロベルトと平賀はその後を追った。

ミーシャがピタリと立ち止まる。

「よしよし、ミーシャ。こっちにおいで」

そう声がして、椅子から人影が立ち上がると、猫を抱き上げた。

振り向いたその顔は、ヨハンナであった。

「ここにいたんですか。捜しましたよ」

ロベルトがルノア語で話しかけると、ヨハンナは嬉しそうに微笑んだ。

「私を捜していたのは知っているわ。さあ、こちらにお座りになって」

それは流暢なイタリア語であった。

「イタリア語が喋れるのですね」

平賀が驚いた顔をした。

「やはり貴方なんだ。僕達を暗示にかけて、記憶を奪ったのは……」

ロベルトが言うと、ヨハンナは微笑んで再び椅子に腰掛けた。

「こちらにいらっしゃい。特別インタビューを受けてあげるわよ」

ロベルトと平賀はヨハンナの隣の席にそれぞれ腰を下ろし、彼女に逃げられないように、両脇から挟むようにした。

「貴方は、サーベルト・イロイヒ博士の娘ですね？」

ロベルトが訊ねると、ヨハンナは素直に「そうよ」と答えた。

「父は優れた心理学者だったけれど、父の価値を知っていたのは偉大なレーニンだけだったわ。貴方はどうして父を知っていたの？　もう誰もが彼を忘れていると思っていたのに」

「ヴィクトル・ユーゲンハイム博士に聞いたのです。イロイヒ博士の多くの業績は散逸してしまったが、『呪いと祝福』の論文は画期的であったと」

「ああ、父が若い頃に書いたものね。まだ理論に未熟な点が多かったけれど、同じ時代の他の学者よりずっと先駆的だったわ」

ヨハンナは膝の上の猫を撫でながら言った。

「『サタンの爪』の首謀者は貴方ですね？」

「そうね、そうとも言えるわね」

「マイク・ホワイト達に暗示を与えたのは、貴方の関係者ですか？」

「ふふっ、そうよ。私にはできの良い子供達が沢山いるのよ。暗殺者だって、聖人だって、革命の指導者だって、作り出すことが出来るわ」

ヨハンナの言葉は意味深だった。

「貴方はヨハネ・パウロ二世の暗殺未遂事件にも、関係していたのではありませんか？」

ロベルトの慎重な問いかけに、ヨハンナは、くすくすと笑った。

「そんな風に構えなくても、教えてあげるわよ。ええ、そうですとも。アリ・アジャを洗脳したのは、この私よ」

「何の為に？」

「そうね、当時は愚かなＫＧＢの連中に頼まれてやったのよ。そう、世間が噂していた通り、あれはＫＧＢが仕組んだこと。だけど、あまりに露骨だったから、私が一工夫してあげたわけ。アリ・アジャにKGBが関係していないと白を切り通させるよりも、むしろ最後にブルガリアの工作員に頼まれたと言わせ、その自供内容を吟味すればするほど信憑性が無くなっていく方が世間を欺けるでしょう？　そしてまんまと私達は世間を欺いたわ」

「なる程、賢いやり方ですね。そして次には『サタンの爪』に『奇跡の司祭』ですか。一体、何をもくろんでいるのですか？」

「私達の願いは、千年王国を実現させること……かしらね」

「マルクス式のユートピアですか？　支配者階級による管理主義は失敗に終わったと答えは出ています」

平賀が言った。

「それはレーニン以降の指導者達が愚かになっていったからよ」

ヨハンナが答えた。

「理念を忘れて物欲と権力欲の虜になり、恐怖で民衆を支配しようだなんて醜いじゃないの。醜いものは長続きしないものよ。だから私達は、大昔に彼等を見捨てていたわ」

「貴方達とは、一体何者です？」

「私達は旧ソ連科学アカデミーのトップに存在した賢人会のメンバーよ。世界屈指の頭脳が集まったエキサイティングな集団だった。私達が開発した技術の半分以上は、現在でさえ他国では実現不可能よ。だけど、ソビエトはそうした最高の技術は秘密にし続けたの。特に自分達に何が出来るか、知らせて良いことと、知らせない方が良いことがあったから。特に私の属していた洗脳学の領域はトップシークレットとされていて、メンバーの存在さえも否定されてきた。勿論、論文や実験結果を世界に発表することもなかったわ。そんな私達がソビエトで最後にした仕事が、ヨハネ・パウロ二世の暗殺者を生み出すことだった……」

「けれど結局は失敗に終わったでしょう？ 神が法王様をお救いになった」

平賀が言うと、ヨハンナは、こくりと頷いた。

「そうなのよね。ヨハネ・パウロ二世の暗殺失敗によって、ソビエトの崩壊は却って早まったわ。あの時、私達はつくづく悟ったのよ。私達は政府の要人等を神聖化する手法をあれこれ駆使してきたけれど、結局は作られた偉大な虚像を背負える人材なんて、もうあの国には居なかったんだ……ってね。

マルクスは宗教を麻薬といったけれど、宗教ほど長く続いた制度って、未だにないわ。思うに、カソリックがこれまで滅びなかったのは、貴方がたの世界の言葉でいう『未教化な文化』すなわち『辺境』である民俗や習慣や土着宗教を、上手く接収して利用してきたからよね。それなら、今度は私達がカソリックを接収して利用したって、構いやしないわよね？」

「それで今回、アントニウス司祭を使って、カソリックにちょっかいを出したのですか？」

平賀の問いかけに、ヨハンナはころころと笑った。

「十二億の信者と、国際的影響力の絶大さは魅力ですもの。やってみない手はないわ。ヨハネ・パウロ二世の暗殺未遂で私達が学んだ、もう一つのことを実験してみたかったしね」

「もう一つのこととは？」

「前法王は死にかけて生き返っただけで、カリスマ的な法王になったわ。それなら、もし、本当に死んで生き返った者がいたならば、カソリック世界では神になるはずよね。どんな反応が生まれるか、実験だわね。しかもその神は、私達の千年王国を率いるのよ。それって胸躍るアイデアだわ」

「やはりアントニウス司祭も暗示にかかっているのですね。だから地下墓所の中で立ち続けていられる……」

平賀が言った。

「ええ。あの子は私が手がけた中でも、珠玉の作品だわ」

「一体、彼を何年間、何十年間、洗脳し続けたんです？　人間性を無視した行為ですよ」

ロベルトは怒りの声をあげた。

「何をそんなに怒っているのか分からないわ。貴方達だって、キリストの犠牲によって、多くの人々が幸せになるのと、どう違うのかしら。第一、あの子は自分を不幸だとは思っていないわ。むしろ至福の時を生きているの」

ヨハンナは答えた。

「キリストは神の子です。キリストは死んだのでなく、昇天されたのです」

平賀の言葉に、ヨハンナはけだるそうに首を振った。

「甘ったるい詭弁ね。私は学者よ。神だの、神の子だのは信じないの。それらは後世の人によって作られた迷信だわ。貴方達のように頭の良い子までが、本気でキリストを信じているなんて、そういえば不思議議ね」

「貴方がたは神を信じず、神のお造りになった世界を尊ばないから、そんなに傲慢なんですよ」

ロベルトが言った。

「その辺りに少々、価値観の相違があるみたいね、私達。だけど喧嘩は止めて話し合いましょう。知性と理性のある者同士なんだし」

「アントニウス司祭の死の演出は一体、どうやったのです。私の調査では、撃たれて死んだ司祭と、今、生きている司祭は同一人物でした」

平賀が訊ねた。

「私達は学者集団なのよ。貴方達がどうやって調査するかぐらい推測出来るし、研究してるわ。だから複数の証拠を用意しておいたの。世界には同じ顔の人間が三人いるって、知ってるでしょう？　それに整形医の天才というのも世の中にはいるの。ただの整形医ではないのよ。各国の要人の影武者も作っているの。顔の細部だけでなく、耳の形まで一緒にしてくれるのよ」

「なんてことだ。道理で僕達もお手上げだった訳だ……」

ロベルトは溜息を吐いた。

「貴方達もよくやったわ。私達が思っている以上にね。天才と褒めてあげましょう」

「いくつか確認させてください。貴方がたは二百人あまりの人々に暗示をかけて病気に仕立て、アントニウス司祭に暗示を解く方法を伝えて症状を消した。そうですね？」

「まあ、そう言ったところね」

「医師達のカルテも、暗示によって書かせたのですね？」

平賀が訊ねた。

「そうではないわ。彼等は本当に病気になって、本当に治ったのよ。医師達を暗示になどかけていないわ。貴方達こそ宗教家と名乗って、神秘を信じて、人の心を扱っているわりには、人の心の持っている力を信じていないのね」

ヨハンナはあざ笑うかのように言った。

「私には信じられません。暗示で癌になって、癌がなおるなんて」

平賀は首を振った。

「信じないのは勝手だけれど、事実なの」

ヨハンナが答えた。

「では、私達に水上を歩かせた方法は、村に向かう車中で私達に暗示をかけ、本当は可動橋を歩いているのに、それに気づかないようにした？」

　平賀が言った。

「ええ、そうよ。よく出来ました」

　ヨハンナは、まるで小さな子供を褒めるように手を叩いた。

「ハサン師をアルキメデスの熱光線で焼いたのは、貴方の仲間の仕業ですか？　それとも貴方が人々に暗示をかけたのですか？」

「アルキメデスの熱光線は正解よ。それ以上、言う気はないわ」

「何故、ハサン師を焼き殺したのです？」

「公の場での、アントニウス司祭の力の証明。強力な宗教的指導者をあんな形で失った大衆の動きを観察し、データ化して後世に役立てる為。ハサン師の後継者として、私達の味方を送り込む為。あなた方にさらなる奇跡をお見せする為。まあ、色々と理由はあるわ」

「バンゼルジャ神父を殺したのも貴方ですか？」

　ロベルトが訊ねると、ヨハンナは眉を顰めた。

「あれは本当に頑迷な男だったわ。女を敵視していて、私のことを嗅ぎ回っていた。何度、暗示を与えても、またすぐに私をつけ回すのよ。性欲の強い男のヒステリーには本当に参るわ。あなた方が来て、周到に事を運びたいのに、私が教会に出入りすると追い回すものだから、罰を与えてやったのよ」

「罰？」

「そうよ。あの男が一番恐れているものを、私は知っていたの。あの男はね、よく女夢魔と交わる夢を見ていたわ。彼はそれをとても恥じていた。魔女の仕業だと恐れてもいた。だから私が教えてあげたの。下半身に男の物がついているから、魔女につけこまれるのだとね。そして毎晩、淫婦(いんぷ)と寝る夢を見るように暗示をかけてやったのよ。そして自分の局部に悪魔の刻印がついているとね。結果、ああいうことになったの。直接手を下した者など、誰もいないわ」

ロベルトは床に飛び散った鮮血と、死体の様子を思い出して、身震いした。

「では、イエズス会の総長をどうやって動かしたのです？　何かの取引を？」

ロベルトの言葉に、ヨハンナは首を振った。

「取引など何もないわ。ただ、私、時々バチカンへ巡礼に行っていたの。本当はね、法王を動かせたなら一番よかったのだけれど、法王と二人きりで会うのは難しすぎたのよ。でも、イエズス会の総長になら面会できたというわけ」

「まさか、総長にも暗示を……」

二人が唖然(あぜん)とした時、ヨハンナが胸元からロザリオを取りだした。

天にまします、われらの父よ、
願わくは御名(みな)の尊まれんことを、
御国の来たらんことを、

御旨の天に行わるる如く、
地にも行われんことを。
われらの日用の糧を、
今日われらに与え給え。
われらが人に赦す如く、
われらの罪を赦し給え。
われらを試みに引き給わざれ、
われらを悪より救い給え。
国と力と栄光は限りなくあなたのもの。アーメン

ヨハンナは、主の祈りをラテン語で唱えた。

ロベルトと平賀の頭の芯が、じんと痺れてくる。

ヨハンナの手の中で、ロザリオの数珠に光が宿り、点滅した。

その時だ。

「ピーッ」

鋭い電子音が鳴り響き、ロベルトは、ハッと我に返った。

ヨハンナの手が、ビクリと止まる。

「危ないところでした……。貴方がロザリオの祈りを始めたら妨害するよう、友人に頼ん

でおいたのです。いいですか、貴方の証言は録音されているし、カメラにも撮られている。もう逃げられませんよ」

ロベルトが言うと、ヨハンナはにっこりと笑った。

「あら……嬉しいわ。私はずっと存在しない透明人間のようなものだったから、誰かに知って貰えるのは心の張りになりますもの。貴方達って、私を知っておくだけの価値がある人物だわ。だから、記憶だけは抜かないでいてあげましょう」

「余裕ぶって僕らの動揺を誘っても無駄ですよ。僕らは暗示にかからない為の暗示も受けているんです。それに、ＦＢＩの友人が間もなくここに到着して、貴方を逮捕するんですから」

ロベルトがそう言って、ヨハンナの腕を摑んだ。

ヨハンナは少女めいた可憐な仕草で、そっと小首を傾げた。

「あら……あら。それが貴方達の作戦なの？　だったら、ユーゲンハイムに是非伝えておいて頂戴な。『貴方よりも私の父が優れていることを証明する機会を与えてくれて、どうもありがとう』って」

「えっ、なんですって？」

ロベルトは思わず尋ね返した。

「ミャーオ」

ミーシャが一声鳴いた。

するとその時、ヨハンナの瞳が、猫の目のように収縮し始めた……。

2

激しく体を揺さぶられて、平賀は目を覚ました。

「神父様、起きて下さい」

視界にビルの顔が飛び込んでくる。隣にはロベルトが眠っている。

ビルは平賀が目を覚ましたのを確認すると、今度は隣のベッドで眠っているロベルトの体を揺さぶり始めた。

「神父様、起きて下さい」

「ロベルト、ロベルト、目を覚まして下さい」

平賀も一緒になって、ロベルトの肩を揺さぶった。

うーんと唸って、ロベルトが片目を開けた。

「なんだい……。サスキンス捜査官？　平賀？」

ロベルトはぼんやりした表情で起き上がった。

「何が起こったんでしょうか？　私達は教会でヨハンナと話をしていたはずなのに……」

平賀が言った言葉に反応して、ロベルトの両目がぱちりと開いた。

「そうだ。どうして僕らはベッドで眠っている？　ここは何処なんだ？」

「ここは、神父様方が泊まられていた、メルメナのグランドホテルです」

ビルが言った。

平賀は辺りを見回した。確かに元のホテルだ。それから平賀は自分の携帯を取り出して、驚きの声をあげた。

「ロベルト、サスキンス捜査官、大変です。今日は五月二十四日ですよ」

「なんだって？　僕達がヨハンナと話をしてから二日も経ってるじゃないか……。どうなってるんだ……」

ロベルトが呆然（ぼうぜん）と呟（つぶや）いた。

「私にも訳が分かりません。私も先ほど、あのソファで目が覚めたんです」

ビルがソファのある窓際の方を指さした。

その窓辺にはクリスタルの花瓶が置かれ、一輪のベラドンナが風に揺れていた。

「やられましたね。私達はまた、暗示にかかってしまったんです」

平賀は諦（あきら）めの溜息（ためいき）を吐（つ）いた。

「だけど、僕達はともかく、サスキンス捜査官までが何時の間に暗示を？」

ロベルトが訝（いぶか）しげに呟いた。

ビルは深刻な顔をして考え込んでいたが、はっと顔色を変えた。

「そういえば……最初にルノア警察近くのホテルにチェックインした夜、フロントでとても美しい女性に声をかけられました。貴方はアメリカから来たのかと、自分もアメリカ人なのだと、そう英語で話しかけられて、その後しばらく話し込んだ記憶があります……」

「決まりです。その女性はベラドンナ。ヨハンナの仲間でしょう。彼らは初めから、怪しい外国人を警戒していたんです。貴方が暗示をかけられたのも、恐らくその時でしょうね」

平賀はまるで悟りでも開いたかのような、サバサバとした口調で言った。

「そう……なのでしょうか……？」

ビルはまだ信じられない、といった顔で首を捻（ひね）った。

「とても信じられないでしょう？　よく分かりますよ、その気持ち」

ロベルトが苦笑した。

そのとき、ビルは何かを思い出したように手を打った。

「車だ……。私の車の中に証拠のビデオがあるはずだ」

ビルは魘（うな）されたような声でそう呟くと、慌てて部屋を駆けだしていった。

平賀はその後ろ姿をじっと見送りながら、長い溜息を吐いた。

「証拠なんて、とっくにないに決まってます。あれから二日も経ったんですから。どんな証拠隠滅がなされていても、私は驚きませんよ」

「まあね。僕はね、この二日の間に僕自身が何をしてたのか、それを知るのが怖いような気分だよ」

ロベルトは頭を抱えて言った。

「分かります。そういえば、ロベルト。ヨハンナ婦人から言付かった伝言ですが、ユーゲンハイム博士に伝えるべきでしょうか?」

「さあ、どうだろう。あのユーゲンハイム博士の性格じゃあ、怒り狂って大変なことになりそうだけど、こちらとしては一応、頼まれた事だしね。サスキンス捜査官に伝えておけばいいんじゃないかな?」

「あっ、そうですね。そうしましょう」

ロベルトの提案に、平賀は素直に頷(うなず)いた。

「さて。それじゃあ私達はどうします?」

平賀が言った。

「そうだなあ……。いくらベラドンナが怪物だったとしても、暗示の力で消せない物もあるはずだ。それを考えてみないかい?」

ロベルトが言った。

「ラプロ・ホラ教会の隠し部屋はどうですか? 教会の構造を変えることは出来ませんよ」

平賀が提案した。

「そうだ。それだよ。とにかくもう一度、ラプロ・ホラに戻るんだ」

ロベルトがそう言ったとき、大きな音を立てて扉が開き、真っ青になったビル・サスキンスが部屋に飛び込んできた。

「ロベルト神父、平賀神父、大変です！」

ビルの悲鳴が部屋に響いた。

3

「それで、どうだったのかね」

サウロ大司教は険しい顔で、ロベルトと平賀に訊ねた。

ここは『聖徒の座』のサウロの部屋。サウロの机の上には、二人から提出された報告書と始末書とが並んでいる。

「その後、ラプロ・ホラに戻った私達は、アントニウス司祭の死を知らされたのです。私達がヨハンナと会って話をした日、教会がやけに静かだったのは、『瞑想の祭壇』でアントニウス司祭の遺体が発見され、神父達や修道士達がそこに集まっていたからだったんです。死因は心臓発作だったそうです。残念ながら、アントニウス司祭から証言を引き出すことは不可能だと悟った私達は、次に隠し部屋に向かいました」

「隠し部屋は、確かにありました。僕は教会の設計図と水圧オルガンの部分に記された数字、書棚の『オルガンの弾き方』を照らし合わせて、教会のからくりを読み解いていきました。

可動橋の出し入れをコントロールしていたのは水圧オルガンでした。水車によって動く地下歯車と可動橋を水面に押し出す歯車の間には仕掛けの歯車があって、水圧オルガンを特殊な方法で弾くことで、オルガンの底部の水槽に蓄えられた大量の水が移動し、仕掛け歯車を動かし、水車の動力によって可動橋が陸地までかかります。

実際、そこに書かれた通りに、水圧オルガンの四つのボタンを同時に押したところ、硝子(ガラス)の橋が架かったのです。四つのボタンは離れた場所にあったので、僕と平賀は二人がかりで押す必要がありました。これがその時の証拠写真です」

平賀とロベルトは交互に話し、平賀はサウロに写真を手渡した。

サウロ大司教は眼鏡を取り出してかけると、写真を遠目に見た。

「確かに硝子の橋が架かっているようだな」

「ええ。そして普通なら見えてしまうこの橋も、大潮の時に川の水位が上がると、上手(うま)い具合に川の水面の五センチほど下に隠れるのです。透明度の高い硝子なので、水の中に入ると殆(ほとん)ど見えません。こんな硝子技術を六世紀に編み出したことじたいが奇跡的なのですが、ともかくそこを渡れば、あたかも川の上を歩いているように見えるというわけです。大潮の時に限って奇跡が記されるのは、その為でした。可動橋を動かす他にもこの水車の役割はあって、水車の動力で教会地下に造られた換気システムを作動させ、地下の隠し部屋や美術品を低温低湿度に保つ働きをしていたんです」

平賀が説明したが、サウロ大司教は、眼鏡を取って長く吐息をついた。

「教会にからくりがあったのは分かったが、それだけでは何とも言えん。アントニウス司祭がこの橋を渡ったのだという決定的な証拠はどこだ？　アントニウス司祭が川を渡るとき、オルガンのそのボタンとやらを押した者が二名はいるはずだ。その者達の証言はあるかね？」

「いいえ」

二人は首を振った。

「仮に君達の言うとおり、そのヨハンナやら旧ソ連科学アカデミーの賢人会やらが人々を操って世界を動かしているとか、前法王猊下（げいか）の暗殺未遂の黒幕だったなどということが、本当のことであったとしてもだ。どこにそれが真実だという証拠がある？　証拠が何もない今、君達の話が馬鹿げた妄想じゃないと、どうやって証明するんだね。念の為、ウチャウスク司教に命じて、ラプロ・ホラ教会の神父達全員を尋問会議にかけてもらったが、疑わしい者や、嘘を吐いている者はいないと断定してきている」

「そうですか……」

二人は項垂（うなだ）れた。

「アントニウス司祭の死からの蘇（よみがえ）りや病気平癒の件についても、提出された全ての物的証拠がそれらを『真実である』と示している以上、奇跡と呼ぶ他に方法がない。その上、他ならぬ君達によって、非の打ち所のない綿密な調査報告が提出された。これで二回目の審査が通ってしまった。加えて、アントニウス司祭は故人となった。列聖に問題はないと判断されるだろう」

サウロ大司教は憮然と言った。

そう、ロベルトと平賀はあの最後の空白の時間の内に、アントニウス司祭の奇跡を承認する報告書をバチカンに提出していたのである。

「あの……私達の出した報告書の結果を覆すため、イエズス会の総長に協力してもらえませんでしょうか？」

平賀が必死な様子で言った。

「どうやってだね？」

サウロ大司教が訊ねる。

「イエズス会の総長も暗示にかけられているんです。私達がやったように、催眠療法にかかってもらえば、真実が判明するかもしれません」

平賀が言った。

「イエズス会の総長を催眠術にかけるなどとはできん相談だ」

サウロ大司教が首を振った。

ロベルトはそう言われるだろうと思っていたので、黙り込んだ。

「何故です？」

平賀はさらに訊ねた。

「総長が、どこの馬の骨とも知れぬ輩に催眠術で踊らされていたなどといったら、総長の面目は丸潰れだし、イエズス会からの反発も必至だ。仮に真実が分かったとしても、彼等は否定するだろう。彼等を動かすには相当の証拠が必要だ。だが、君らには何一つ証拠がないんだ。諦めるのだな。まあ、だが君達の話が妄想ではなく全て真実だとすると、イエズス会が特に何かを企んでアントニウス司祭を推挙したというわけではないから、その点は一安心だ」

サウロ大司教はそう言うと、ゆっくりと椅子の背にもたれた。

「ですが、深刻な事態ですよ。彼等は、ヨハンナ達は、今後もカソリックを……バチカンを利用して何をする気なのか分かりません」

「心を穏やかにしなさい、平賀神父。彼等だけでなく、バチカンには昔から様々な悪の侵入がある。死も不平等も災いも完全になくすことなどできないが、信じる心がある限り、主イエスが最後には私達を守って下さる」

「……はい」

平賀は悔しげな顔で頷いた。

ロベルトはそんな平賀の肩を叩いた。

「君達は彼等を恐れ、そして教会の行く末を案じているかね？」

サウロ大司教が訊ねた。

平賀とロベルトはどう答えてよいのか分からなかった。

するとサウロ大司教は手を組んで、ゆっくりと二人を見た。

「疑いが頭を過ぎるときは、主イエス・キリストに心を寄せなさい。かの人は人々からどのように呼ばれたか答えられるかね？」

「正しき人、真実の人、神の子です」

平賀は答えた。サウロ大司教は頷いた。

「何故、キリストがそのように呼ばれたか、それはキリストが正しいことのみを行い、間違ったことをしなかったから、そしてその口が、真実のみを語り、嘘やいつわりを語らなかったからだ。その真実の中には我々が思いはせることも出来ないほどの深遠なものもあるが、簡単に言えばこういうことだ。キリストは漁師に会えば、貴方は漁師であるといい、金持ちに会えば、貴方は金持ちであると言った。そして正しきものには、相手にこびる必要のない者に対してでも、貴方は正しき者だと言い、どんなに権力のあるものであっても、間違っているものには間違っていると言った。だが、君達が恐れる彼等と言うのは、漁師に『お前は金持ちだ』と吹き込み、偽りをおかすものに、『正しいことをしているのだ』と吹き込んでいるような輩であろう？ならば何を恐れる必要があるだろうか。神は世界を創造された時、神そのものが理性であられるが故に、自由をも造られたが、それと同時に揺るぎない秩序と摂理をこの世界にもたらされている。理性と秩序と摂理が神の本質であり、この世の本質なのだ。そうでなければ、神は人に、良き者となるために十戒を与え、律法を示されることはなかっただろう。その秩序と摂理において、神は定められている。嘘は真実に勝つことはできず、また死は愛に勝つことはできず、悪は善に勝つことはない、とな。それ故に、神の子であるキリストは正しいことだけを行い、真実のみを語り、人々を愛されて死を克服された。だが、人を欺く者はどんどん真実から遠のき、真の理性を失い、永遠の死に至る道を辿るのだ。彼等が、神の創造されたこの世界で、勝利者となることはあり得ない。だからこそ、彼等がどのような陰謀を張り巡らそうと、真実であるキリストに心を寄せた前法王猊下は死を免れたのだ。それと同じく、君達はアーメンと唱えるごとにキリストに、真実に、一歩ずつ近づいていく。そうしつづける限り、勝利は君達とともにある。恐れる必要や、不安に感じる必要は微塵もない。だが、ルノアでの話は誰にも言わない方がいいだろう。人々の誤解を受け、君達が狂人だと思われる」

「はい」

平賀とロベルトは頷いた。

二人はサウロ大司教の部屋を出て、『聖徒の座』から帰途についた。

さらさらと葉が風に揺れて音を立てる中、オリーブの小道を歩きながら、平賀はまだ嘆き続けていた。

「サウロ大司教は、私達の話をどのぐらい真実だと納得しておられるのでしょう？」

「何もかも、荒唐無稽な話だから、全てを信じられないのは無理もないだろう。誰が聞いても突拍子もない話だ。でも半分以上は信じてくれているさ」

ロベルトは答えた。

「それで良いとしなければならないのでしょうね」

「そうだね。失敗も妥協も時にはあるものさ。僕らは神じゃない。人間だ」

「そうですね……。それにしても、ヨハンナは全ての証拠を消したのに、隠し部屋の設計図や本だけはそのまま置いていった。それは何故だったんでしょうね？　古書や設計図を引き上げていれば、硝子の可動橋の存在を証明することも出来なかったかもしれないのに」

「そうだね。発見されても支障がないと判断したのもあるだろうけど、やはり根が学者だからだろうね。学問的に高い価値のあるものを闇に葬ったり、傷つけたりしたくなかったんだ。考古学者はそのままの保存状態にこだわるだろう？　僕だってそうさ。ああいう部屋はそのまま保存しておきたい」

「成る程、分かるような気がします」

夕べの祈りの為に、サンピエトロ大聖堂に入る。

いつもの祭壇に向かって、二人は祈った。

ロベルトは跪きながら、ビルからの報告について回想していた。

ビルはヨハンナとその一味を洗い出すために、全力を尽くしたようだ。地元警察を巻き込んでアルベン自治区の住民の出生証明書や出入国証明書まで調べたらしいが、誰もが生まれた時からその地に住んでいる身元の確かな住民だと確認されたらしい。

ビル曰く、ルノア共和国自体が建国して二十年という新しい国であるから、建国の混乱に乗じて、古い記録をすげ替えたのだろうということだ。

そしてヨハンナが存在していた証拠も、彼女に纏わる人々の記憶もおそろしいくらいに供を始めたという。

　そしてある日を境に、『サタンの爪』を称して暗殺を実行した三人の若者が、突然、自供を始めたという。

　彼等は教祖の名前や人相、住所、電話番号、そして教団の教えや目的を克明に語り出したらしい。果たして、彼等が自供した住所には、その名前・その特徴の人物が実在したため、重要人物として逮捕された。

　その人物とは、安アパートに住む、ちんけな麻薬商人で、ビルが言うにはとても事件の黒幕としては考えられないそうだ。だが、『サタンの爪』の一件は、そのまま決着ということになった。まさに、アリ・アジャの時と同じだ。

　発見された物もあった。バンゼルジャ神父の一物が入った真鍮の小箱である。あの日コプトは自害したバンゼルジャ自身から、小箱を隠すよう託され、村の木の根元に隠した。だが、それを村人が飼っている犬が掘りだしてしまったらしい。

　小箱には、バンゼルジャ神父の名前が入っていたために、捜査はすぐに教会に及び、コプトがすべてを自供したそうだ。

　アントニウス司祭とバンゼルジャ神父を亡くしたラプロ・ホラ教会だが、その後も変わらぬ祈りの生活を続けながら、次なる聖アントニウスの出現を信じて待っているということだった。

　その時、祈りを終え、頭を上げた平賀が、ふと呟いた。

「ヨハンナは本当に魔女だったのかも知れないですね。黒猫を使い魔にし、人に呪いを施して病気にし、時には癒す。そして特殊な軟膏を体に塗って、透明人間になって闊歩する」

「全くだ。僕は本当の魔女など存在しないと言ったけれど、あの言葉は撤回するよ。今も僕らの近くにベラドンナ・マルシェが潜んでいないとは言い切れない」

「怖いことを言わないで下さい。実のところ、私はあれから毎晩悪夢を見るんです。自分の意識や記憶があんなにも頼りないものだと思うと、底知れない恐怖を感じるのです。今日のサウロ大司教のお話で、少しは落ち着きましたけれど」

「ああ、もうよそう、ルノアの話は。今日は久しぶりに市外に出て、そしてうまいものを食べて、ワインをたらふく飲もう。厭なことは忘れるんだ」

「それも良さそうですね」

　平賀は微笑んだ。

　二人はタクシーで市外に出た。

　ナボーナ広場の繁華街に、この一年近く行き付けている店がある。賑やかな人通りをぬって、二人が店に入っていくと、いつも店の中央にある竈でピッツァを焼いている店の主人が、「毎度です」と挨拶した。

　その顔が、ラプロ・ホラの村で見た誰かと似ているような錯覚にとらわれたロベルトは、思わず頭を振った。

「どうしましたか？」

平賀が心配そうに覗(のぞ)き込んだ。

「いや、大丈夫。そうだな、これだけは言えるけど、僕はどんな暗示をかけられても相棒の君の顔だけは忘れることはないと信じているよ。だから安心だ。君は僕の知っている君だ。それが確かなら、安心して明日を迎えられるさ」

「私もです。貴方を忘れることなどあり得ません。貴方は私の知っているロベルトです。そして主イエス・キリストが常に私達とともにおられます。そして何時の日か私達は本物の奇跡を、世界を貫く真理を見つけるんです」

二人は頷(うなず)き合って、椅子に腰を下ろした。

ワインが運ばれてくる。

「主が、理性であり、秩序であり、摂理であることを祝って」

「平和(パーチェ)」

二人は乾杯をして、世の平穏を祈った。

本書は文庫書き下ろしです。

バチカン奇跡調査官　千年王国のしらべ

藤木　稟

角川ホラー文庫　16945

平成23年7月25日　初版発行
令和7年5月30日　16版発行

発行者———山下直久
発　行———株式会社KADOKAWA
〒102-8177　東京都千代田区富士見2-13-3
電話 0570-002-301（ナビダイヤル）
印刷所———株式会社KADOKAWA
製本所———株式会社KADOKAWA
装幀者———田島照久

●お問い合わせ
https://www.kadokawa.co.jp/（「お問い合わせ」へお進みください）
※内容によっては、お答えできない場合があります。
※サポートは日本国内のみとさせていただきます。
※Japanese text only

ISBN978-4-04-449805-4　C0193

◆◇◇

角川文庫発刊に際して

角川源義

第二次世界大戦の敗北は、軍事力の敗北であった以上に、私たちの若い文化力の敗退であった。私たちの文化が戦争に対して如何に無力であり、単なるあだ花に過ぎなかったかを、私たちは身を以て体験し痛感した。西洋近代文化の摂取にとって、明治以後八十年の歳月は決して短かすぎたとは言えない。にもかかわらず、近代文化の伝統を確立し、自由な批判と柔軟な良識に富む文化層として自らを形成することに私たちは失敗して来た。そしてこれは、各層への文化の普及滲透を任務とする出版人の責任でもあった。

一九四五年以来、私たちは再び振出しに戻り、第一歩から踏み出すことを余儀なくされた。これは大きな不幸ではあるが、反面、これまでの混沌・未熟・歪曲の中にあった我が国の文化に秩序と確たる基礎を齎らすためには絶好の機会でもある。角川書店は、このような祖国の文化的危機にあたり、微力をも顧みず再建の礎石たるべき抱負と決意とをもって出発したが、ここに創立以来の念願を果すべく角川文庫を発刊する。これまで刊行されたあらゆる全集叢書文庫類の長所と短所とを検討し、古今東西の不朽の典籍を、良心的編集のもとに、廉価に、そして書架にふさわしい美本として、多くのひとびとに提供しようとする。しかし私たちは徒らに百科全書的な知識のジレッタントを作ることを目的とせず、あくまで祖国の文化に秩序と再建への道を示し、この文庫を角川書店の栄ある事業として、今後永久に継続発展せしめ、学芸と教養との殿堂として大成せんことを期したい。多くの読書子の愛情ある忠言と支持とによって、この希望と抱負とを完遂せしめられんことを願う。

一九四九年五月三日

バチカン奇跡調査官

ジェヴォーダンの鐘

藤木 稟

舞台はフランス。聖母が起こした奇跡とは!?

フランスの小村の教会から、バチカンに奇跡申請が寄せられる。山の洞穴の聖母像を礼拝している最中、舌のない鐘が鳴り全盲の少女の目が見えるようになったというのだ。奇跡調査官の平賀とロベルトは早速現地へと赴く。この一帯はかつて「ジェヴォーダンの獣」と呼ばれる怪物が出没したとの伝説が残る地。さらに少女は3年前、森で大ガラスの魔物に出会ったことで視力を奪われたというが——⁉ 天才神父コンビの事件簿、第14弾！

角川ホラー文庫

ISBN 978-4-04-105975-3

陀吉尼の紡ぐ糸

探偵・朱雀十五の事件簿1

藤木 稟

美貌の天才・朱雀の華麗なる謎解き！

昭和９年、浅草。神隠しの因縁まつわる「触れずの銀杏」の下で発見された男の死体。だがその直後、死体が消えてしまう。神隠しか、それとも……？　一方、取材で吉原を訪れた新聞記者の柏木は、自衛組織の頭を務める盲目の青年・朱雀十五と出会う。女と見紛う美貌のエリートだが慇懃無礼な毒舌家の朱雀に振り回される柏木。だが朱雀はやがて、事件に隠された奇怪な真相を鮮やかに解き明かしていく。朱雀十五シリーズ、ついに開幕！

ISBN 978-4-04-100348-0

ISBN 978-4-04-109182-1

祭火小夜の後悔

秋竹サラダ

「その怪異、私は知っています」

毎晩夢に現れ、少しずつ近づいてくる巨大な虫。この虫に憑かれ眠れなくなっていた男子高校生の浅井は、見知らぬ女子生徒の祭火から解決法を教えられる。幼い頃に「しげとら」と取引し、取り立てに怯える糸川葵も、同級生の祭火に、ある言葉をかけられて——怪異に直面した人の前に現れ、助言をくれる少女・祭火小夜。彼女の抱える誰にも言えない秘密とは？ 新しい「怖さ」が鮮烈な、第25回日本ホラー小説大賞&読者賞W受賞作。

角川ホラー文庫

ISBN 978-4-04-109132-6

ISBN 978-4-04-108826-5